Redthorne Castle

Ein Schauerroman von
Tanja Hanika

Impressum

2. Auflage Oktober 2015

www.tanja-hanika.de

kontakt@tanja-hanika.de

Gartenstr. 12, D-54595 Weinsheim

Korrektorat: Doris Eichhorn-Zeller,

www.perfekte-texte-coburg.de/

Unter Verwendung von:

© javarman / Fotolia.com

© Vojtech Herout / Fotolia.com

© ModBlackmoon / MB Gothic Spell / Frontriver.com

©G3Typefaces / Frontriver.com

Für meinen großen und
meinen kleinen Mann

Inhaltsverzeichnis
Redthorne Castle

Personenverzeichnis

Joanne Hadley

Sie will die Freiheit fernab ihres Elternhauses genießen und ihre schriftstellerischen Fertigkeiten schulen. Dabei steht sie mehr Problemen gegenüber, als sie hätte erwarten können. Nicht einmal im Schlaf kann sie Ruhe finden, sondern wird von rätselhaften Albträumen geplagt.

Hunter Albee

Er ist ebenfalls seinem Elternhaus entflohen und findet schnell Gefallen an Joanne. Welchen Widrigkeiten er auch gegenübersteht, seinen Humor verliert Hunter nicht so schnell.

Avery Hawthorne

Der betagte Schlossherr hätte die Konsequenzen, die sein literarisches Treffen mit sich bringt, voraussehen müssen, konnte aber seiner Gemahlin diesen Wunsch nicht abschlagen.

Ida Hawthorne

Die Nerven der Schlossherrin sind recht bald höchst strapaziert. Sie versucht den Kopf nicht zu verlieren.

Robert Cartwright

Ein mürrischer Mann, der von seiner Ehefrau tyrannisiert wird, hat es wahrlich nicht leicht. Ihm als Autor bleiben dazu noch die Ideen aus. Wer könnte ihm seine ruppige Art da verdenken?

Dora Cartwright
Nicht nur auf ihren Mann wirkt sie wie ein keifender Drachen. Aber Hunde, die bellen, beißen nicht, oder?

Francis Mill
Er ist kein einfacher Gatte. Ein Aber gibt es hier nicht. Er ist schlichtweg kein einfacher Mensch, auch wenn er das die anderen Gäste gerne glauben lassen möchte.

Victoria Mill
Sie wirkt zwar unscheinbar und zurückhaltend, aber heißt es nicht zu Unrecht: Stille Wasser sind tief?

Jonathan Bradbury
Hunters langjähriger Freund steht nicht nur ihm zur Seite. Er findet noch eine andere Seite, an der er gerne verweilt.

Graham Griffith
Verbirgt dieser ungehobelte Mann hinter seinem unmöglichen Verhalten Unsicherheit oder sogar eine dunkle Seite? Mit ihm ist keinesfalls leicht auszukommen.

Mildred Townend
Der berühmten Schriftstellerin fällt es schwer, etwas anderes zu sein als Schriftstellerin. Sie übt diesen Beruf mit Haut und Haar aus – muss sie deshalb auch ihr Blut lassen?

Professor Liam Wright
So gerne er auch schwadroniert und seine Mitmenschen langweilt, bald wird dem armen Professor die Luft ausgehen.

Harold
Der betagte Butler scheint machtlos zu bleiben, obwohl er versucht etwas zu bewirken.

Megan
Für die zuvorkommende Bedienstete verändert sich in den Tagen des Treffens ihr Leben mehr, als sie es für möglich gehalten hätte.

Ethel
Sie ist mehr als nur Köchin. In einigen anderen Rollen wie Kindermädchen und Ratgeberin durfte Joanne sie bereits kennenlernen. Aber auch sie wird noch neue Seiten an ihr entdecken.

Finnley
Ein fleißiger junger Mann, der für alle Aufgaben geeignet ist.

Anne
Einfach nur eine Bedienstete. Nicht jeder kann eine große Rolle in diesem Roman spielen.

Prolog

Ich möchte sie alle töten. Allesamt!

Wie sie da sitzen, über ihren Geschichten brüten und die Feder über das Papier gleiten lassen, schürt in mir eine unbändige Wut. Am liebsten würde ich einen dieser Tische umwerfen und zusehen, wie all die wertlosen, vollgekritzelten Seiten zu Boden flattern. Diesem Nichtsnutz zu meiner Linken würde ich zu gerne die Kehle aufschlitzen. Ich möchte sie allesamt verletzen und einem nach dem anderen das Leben rauben. Aber es ist noch nicht so weit. Noch muss ich mich in Geduld üben und warten, bis meine Zeit gekommen ist. Sie wird kommen und meine Rache wird fürchterlich sein!

Ein wenig später ...

Alter, redseliger Mann. Sein Geschnatter ist mir zuwider.

Er liegt im Bett und ahnt nichts davon, dass es ihm nicht vergönnt sein wird, einen weiteren Tag seines Lebens die Nerven seiner Mitmenschen zu strapazieren.

Ich gehe auf ihn zu und beuge mich über ihn. Sein Schicksal ist besiegelt. Zwar ein leiser Auftakt dessen, was noch folgen wird, aber mein Spiel soll sich gemächlich steigern. Ich möchte Verwirrung stiften und langsam die Angst schüren, bis sie alle glauben, dem Wahnsinn zu verfallen.

Kurz lausche ich seinem Atem, dann beschließe ich, dass er lange genug unter den Lebenden verweilen durfte. Die Genugtuung, die ich fühle, als ich ihm sein Leben nehme, kitzelt mich beinahe in meinem Bauch.

Und noch ein bisschen später ...

Wie sie da sitzt, in ihrem Sessel. Ich koste jeden Moment aus, den es nun dauern mag. Zunächst lasse ich in der Ecke den Boden knarzen, dann sorge ich für ein Geräusch näher bei ihr. Sie fährt vor Schreck hoch und weiß, dass etwas nicht stimmt.

Noch versucht sie Ruhe zu bewahren, doch diese werde ich ihr austreiben!

Ich lösche das Feuer im Kamin und siehe da, sie flieht zur Tür. Hinauskommen wird sie jedoch nicht, dafür habe ich gesorgt. Sie lehnt sich mit dem Rücken dagegen und scheint ihre Möglichkeiten abzuwägen.

Keine hat sie, ihr Tod ist gewiss.

Gemächlich schreite ich auf sie zu und genieße ihre offensichtliche Furcht. Ich blicke in ihre vor Angst geweiteten Augen und mich berauscht die Macht, die ich über sie habe. Sie soll büßen. Sie soll für ein jedes Wort, für jeden Buchstaben, den sie zu Papier gebracht hat, bezahlen.

Eine Waffe mit scharfer Klinge ist die Verlängerung meines Armes, den ich auf sie niedersausen lasse. Es muss nun zu Ende gehen. Endlich werde ich ihr Blut vergießen und ihrer Fantasie Einhalt gebieten. Ich erquicke mich am Rot, das auf den Boden fließt. Horche auf den letzten Atemzug, den sie röchelnd vollführt.

Es ist viel zu schnell wieder vorbei, aber mein nächstes Opfer werde ich bald finden.

Ich will mehr Blut fließen sehen.

Kapitel 1: Joanne Hadley, 4. September 1898

Nun war Joanne fast am Ende ihrer Reise angekommen. Gedankenverloren blickte sie aus dem Fenster hinaus in die Ferne und trommelte mit den Fingern am unteren Ende des Kutschenfensters. Die lange Kutschfahrt war ihr nicht schwergefallen, da die 21-Jährige voller Aufregung ihrem Ziel entgegensah. Zum ersten Mal ohne ihre Eltern verreist, war sie auf dem Weg, um an einem literarischen Treffen teilzunehmen. Freunde ihrer Familie, Avery und Ida Hawthorne, hatten sie auf ihre Burg eingeladen, wo sich Liebhaber der Belletristik und Poesie treffen wollten, um neben inbrünstig geführten Debatten auch eigene Kunst zu schaffen. Joanne Hadley las für ihr Leben gerne und hatte seit geraumer Zeit begonnen eigene Texte zu verfassen. Somit war es ihr eine Ehre, zu solch einem Treffen eingeladen zu werden. Die junge Frau war sehr gespannt, wen sie dort alles kennenlernen und wie sich ihre schriftstellerischen Fähigkeiten entwickeln würden.

Dieser Aufenthalt versprach die aufregendste Zeit ihres jungen Lebens zu werden, denn bei ihrer Rückkehr, so hatte ihre Mutter angedeutet, würden sie sich um wichtige familiäre Angelegenheiten kümmern, die nicht länger aufgeschoben werden sollten. Nicht lange hatte die Tochter gebraucht, um diese Ankündigung zu entschlüsseln. Längst hatte Joanne versucht sich dagegen zu wehren, aber bald würde es wohl ernst werden. Einfach einen Ehemann vorgesetzt zu bekommen war ihr ein schrecklicher Gedanke. Letztendlich schien ihre Gnadenfrist abgelaufen zu sein, die sie sich mit der Ausrede der Selbstfindung und -verwirklichung hatte erschleichen können. Zu ihrem 21.

Geburtstag vor wenigen Wochen war die rettende Einladung gekommen, die ihre wohl letzte Verzögerungsmöglichkeit war, und nach einigem Bitten und Betteln hatte sie tatsächlich die Erlaubnis ihrer Eltern erhalten.

Die Kutsche holperte und ruckelte zuletzt noch heftiger, als Joanne es von der bisherigen Fahrt gewohnt war. Redthorne Castle lag nun nicht mehr fern, sie konnte schon die sagenumwobenen Türme sehen und einige Fenster erkennen. Die grauen Steine der Burganlage tranken die letzten warmen Sonnenstrahlen, als wüssten sie, dass nun eine lange, kalte Zeit auf sie zukam. Dennoch schien die sonstige Idylle getrübt: Kein Vogelsang drang an Joannes Ohr und es tanzten keine Bienen und Käfer in der Luft, nicht einmal den Wind konnte sie pfeifen hören.

Der Weg von London hierher war zwar nicht allzu weit, aber dennoch dauerte es einen ganzen Tag, bis sie ihr Ziel erreicht hatte. Um rechtzeitig zum Abendessen einzutreffen, hatte sie sich schon weit vor dem Morgengrauen von ihren Eltern verabschiedet und war in die kleine Kutsche gestiegen. Trotz ihrer Vorfreude waren ihre Beine durch die langen Stunden der Fahrt ein wenig steif geworden. Joanne wurde immer ungeduldiger und je näher die Kutsche dem Gipfel des Berges kam, auf dem Redthorne Castle majestätisch thronte, desto feuchter wurden die Innenflächen ihrer Hände, die sie immer verkrampfter im Schoß gefaltet hielt.

Sie konnte es kaum glauben, dass der letzte Besuch ihrer Familie bei Avery und dessen Gattin Ida bereits so lange zurücklag. Joanne vermisste die beiden, die ihr durch ihre vielen glücklichen Stunden auf Redthorne Castle sehr ans Herz gewachsen waren, und selbst der rege Briefverkehr konnte sie nicht beschwichtigen. Seit zwei Jahren hatte sie die Hawthornes nicht mehr gesehen, als diese geschäftlich in London unterwegs gewesen waren und das mit einem Besuch bei den Hadleys abrundeten. Oft vermisste sie die Burg und die damit verbundenen Freiheiten, die sie als Kind immer genossen hatte. Joanne spürte das vorfreudige Kribbeln jener Menschen, die das Glück haben, in ihr Kindheitsparadies zurückzukehren.

Mit Redthorne Castle verband sie Freundlichkeit, Fröhlichkeit, Sonnenschein und Schokolade. Für Letzteres hatte oftmals die einfache, aber gutmütige Köchin Ethel gesorgt, womit sie ihr so manche Stunde versüßte. Aber nicht nur wegen der Schokolade hatte Joanne Redthorne Castle und die Bewohner der Burg vermisst und es als Verlust angesehen, dass ihre Eltern aufgrund ihrer zunehmenden Verpflichtungen lange keinen Besuch mehr zustande gebracht hatten.

Die Burgbesitzer waren trotz ihres Reichtums bodenständige und gutherzige Menschen und hatten vor allem für Joanne eine besondere Zuneigung entwickelt. Leider selbst kinderlos geblieben, hatten sie umso mehr Zeit und Muße gehabt, sich in den literarischen Kreisen zu etablieren, und nun hoffte auch Joanne Fuß fassen oder zumindest einen positiven Eindruck hinterlassen zu können. Mit klopfendem Herzen und vor Scham geröteten Wangen blickte sie auf ihre mit grüner Tinte bekleckste Hände und hoffte, dass man ihr ihre tollpatschige Unachtsamkeit – oder den blinden Eifer, wie es ihre Mutter stets nannte –, sobald sie eine Feder in der Hand hielt und die Kreativität sie übermannte, nachsehen würde. Dass ihre Hände ausgerechnet grün verfärbt waren, war ihr dabei besonders unangenehm, aber ihr gelangen einfach die besten Texte, wenn sie auf die Schrift in ihrer Lieblingsfarbe blickte und nicht nur strenge, schwarze Buchstaben vor sich sah, die sie alle zu verurteilen schienen für das, was sie geschrieben hatte.

Als die anheimelnde Pracht Redthorne Castles von Joannes Kutschenfenster zu erspähen war, glitten ihre Augen über die vertrauten Umrisse. Ihren Blick vermochte sie nicht loszureißen von dem Ort, der ihr eine wunderbare Zeit versprach.

Nachdem die beiden Pferde das letzte steile Stück den Berg hinauf geschafft hatten, die Brücke überquert und das Torhaus durchfahren war, milderte der Anblick des vertrauten, dicht bepflanzten Innenhofs Joannes Unruhe etwas ab und hieß sie durch einen fast urwaldartigen Wuchs zu ihrem Abenteuer willkommen.

Mit wackeligen Beinen stieg Joanne Hadley aus der Kutsche, die nun auf Redthorne Castle angekommen war. Die Türme und Mauern der Burg, die sich vom grauen Himmel dunkel abhoben, jagten Joanne einen beunruhigenden Schauer über den Rücken. Das behagliche Gefühl voller Vorfreude, das sie zuvor ergriffen hatte, verschwand urplötzlich. Joanne schob dies auf die Angst, dass sie versagen oder sich mit ihren literarischen Bemühungen lächerlich machen konnte, und versuchte neuen Mut zu fassen.

Sowohl ein Bediensteter, Finnley mit Namen, wie sie später herausfinden sollte, als auch eine Bedienstete standen bereit. Schon beim ersten Blick auf ihr Empfangskomitee fiel Joanne der edle, in schwarz und weiß gehaltene Zwirn auf, der sie alle kleidete. Die Hawthornes waren nicht nur gerechte Herrschaften, sondern ließen es ihrer Dienerschaft auch an gewissen Annehmlichkeiten nicht mangeln. Dafür verlangten sie Loyalität und dass ein jeder sein Bestes gab.

Die Hausangestellte begann sofort eifrig eine Begrüßung abzuspulen: »Ich heiße Sie im Namen von Sir und Lady Hawthorne herzlich willkommen und hoffe, Ihre Reise verlief angenehm. Mein Name ist Megan. Bis zum Dinner haben Sie noch eineinhalb Stunden Zeit. Sie möchten sich sicherlich in Ihrem Zimmer erholen. Kann ich Ihnen Erfrischungen bringen? Oder möchten Sie direkt zu den Herrschaften gebracht werden?« Megan hatte die kleine Ansprache offensichtlich im Vorfeld eingeübt. Joanne entging jedenfalls ihr stolzer und zufriedener Blick nicht, alles fehlerfrei und mit genügend Selbstvertrauen aufgesagt zu haben.

Joanne wiederum war froh, dass sie sich direkt in ihr Gästezimmer führen lassen konnte, um dort den Sitz ihrer Frisur und Kleidung zu überprüfen. Beides hatte bestimmt durch die lange Fahrt gelitten und sollte in Ordnung gebracht werden, bevor sie in Gesellschaft erscheinen wollte. Megan kam ihr noch vom letzten Besuch auf Redthorne Castle bekannt vor, denn sie war damals mit ihrer Mutter, die selbst als Bedienstete frisch eingestellt worden war, das neuste Personal auf der Burg gewesen. Dass sie noch keine Reaktion auf das bemühte Willkommensgeheiß der jungen Frau gezeigt hatte, wurde ihr erst bewusst, als die Angestellte sie erwartungsvoll und ein wenig ungeduldig anschaute.

»Danke, Megan, aber ich bin nicht hungrig. Es wäre nett von Ihnen, mich zu meinem Zimmer zu führen«, erwiderte Joanne und lächelte Megan so freundlich und dankbar an, wie es ihr möglich war.

Nach einem gekonnt schwungvollen und anmutigen Knicks, der Joanne heimlich lächeln ließ, drehte sich Megan um und beide machten sich auf den Weg in das ersehnte Gästezimmer, dicht gefolgt von Finnley, der die spärlichen Koffer ohne sichtliche Schwierigkeiten trug.

Die Gänge und Räume, die auf dem Weg durchschritten wurden, kamen der jungen Frau allesamt vertraut, ja sogar heimisch vor. Kaum etwas hatte sich seit ihrem letzten Besuch verändert. Sie konnte es kaum erwarten, Avery und Ida zu begrüßen, dennoch war sie zunächst einmal froh, in diesem Zustand niemandem begegnen zu müssen.

Den Raum, der ihr für diesen Besuch zugewiesen worden war, hatte sie bereits als kleines Mädchen geliebt und ihn sich regelmäßig mit ihrer Schwester geteilt. Die Wände hatten einen fröhlichen und hellen Gelbton, der morgens bei einfallendem Sonnenlicht richtig zu strahlen anfing. Abgesehen von einem großen, gemütlichen Himmelbett bestand die Möblierung aus einem großen Schrank, einem Schreibtisch samt Stuhl, zwei Sesseln und einigen kleinen Tischchen, einigen Schränkchen, einem Waschtisch und einer langen Reihe von Bücherregalen mit sorgfältig ausgewählten Werken aus der Bibliothek. Das dunkle, aber weich wirkende Holz schuf eine behagliche Atmosphäre und glänzte im Licht, das zu den Fenstern herein fiel.

Joanne Hadley war endlich am Ziel angekommen. Ihr Abenteuer konnte beginnen.

Eine mit Wasser gefüllte Schale stand bereit, die junge Frau machte sich vor dem Spiegel frisch und ruhte sich kurz auf einem der Sessel aus, als ihre Augen zufielen und sie einschlief.

Joanne schreckte auf, als es sachte an der Tür klopfte.

»Miss Hadley, Sie wollen bestimmt nicht zu spät kommen. Die ersten Gäste haben sich bereits am Tisch versammelt, da dachte ich, dass ich Ihnen Bescheid geben könnte«, sagte Megan laut und deutlich durch die geschlossene Tür.

»Danke, das ist sehr aufmerksam von dir. Dann werde ich zusehen, dass ich nicht die Letzte unten bin«, antwortete Joanne, während sie einen raschen Blick in den Spiegel warf.

Die grünen Tintenkleckse hatte sie zwar nicht beseitigen können, aber ansonsten konnte sie sich durchaus zeigen. Ihre haselnussbraunen Haare waren locker hochgesteckt und machten ihr jugendliches Gesicht frei. Grüne Augen blickten ihr aufgeregt aus dem Spiegel entgegen und sie musste über sich selbst lächeln. Was erwartete sie eigentlich? Diese Gesellschaft würde schließlich nicht ihr Leben verändern. Nur weil sie hier teilnahm, würden sich ihr nicht die Pforten zum Paradies der Schriftstellerei öffnen. Und einen Ehemann würde sie schon noch früh genug ausgesucht bekommen, da brauchte sie nicht selbst zu hoffen, den Richtigen zu finden. Eigentlich konnte sie doch von Glück sprechen, wenn sie diesen lästigen jungen – und teilweise auch nicht mehr wirklich jungen – Männern überhaupt aus dem Weg gehen konnte. In London, wo die 21-Jährige lebte, hatte sie schon so manchen Verehrer erfolgreich abgewimmelt. Aber sie versprach sich viel von der vortrefflichen Gesellschaft, die Avery in seinem Einladungsbrief in höchsten Tönen angepriesen hatte, wenn er auch nicht viel über die einzelnen Mitglieder verraten hatte. Wahrscheinlich hätte sie in diesem Kreis sogar endlich Ruhe vor der ihr bevorstehenden Verheiratung, die sie zu Hause in London immer häufiger einzuholen drohte. Nochmals strich sie ihr grünes Kleid glatt, das sowohl zu Tintenflecken als auch zu ihren Augen passte, und ging auf die Tür zu.

Megan hatte auf sie gewartet, um sie in den Speisesaal zu führen, und Joanne ließ ihr die Freude, eine große Hilfe zu sein, obwohl sie sich auch selbst gut zurechtgefunden hätte. Dennoch sagte Joanne ihr, dass sie glaube, sie schon einmal gesehen zu haben, als sie das letzte Mal hier zu Besuch gewesen war.

»Es tut mir sehr leid, dass ich Sie nicht wiedererkannt habe, Miss. Es muss wohl schon lange her sein und hier ist so oft Besuch, dass ich mich nicht an Sie erinnern konnte.«

»Keine Sorge, Megan, das nehme ich dir nicht übel«, beruhigte Joanne die aufrichtig bekümmert blickende Bedienstete. »Werden hier oft solche Gesellschaften veranstaltet?«

»Nein, nein, das hier ist das erste literarische Treffen dieser Art. Die Herrschaften wollten zwar schon seit langer Zeit einmal selbst eines veranstalten, hatten aber Bedenken«, gab Megan Auskunft und biss sich auf ihre Unterlippe.

»Welche Bedenken denn? Geht es den beiden nicht gut?« Joanne wurde sich erschrocken bewusst, dass die Hawthornes nicht mehr die Jüngsten waren, und wollte unbedingt mehr über den gesundheitlichen Zustand der beiden wissen.

»Lady Hawthorne ist insgesamt wohlauf, nur Sir Hawthorne braucht ab und an ein wenig Ruhe.« Megan wrang die Hände und ihre Wangen färbten sich zartrot.

Joanne fragte sich, ob sie mit ihrer Frage einen wunden Punkt getroffen hatte. »Megan, ich …«, begann sie, stockte aber, als sie bemerkte, dass die Bedienstete sich auf die Lippen biss und sich innerlich wand. Den Blick ihrer strahlend blauen Augen hielt sie hinter ihrem honigfarbenen Haar verborgen und ihre Schultern versteiften sich.

Bis die beiden jungen Frauen vor der doppelten Tür des Speisezimmers angekommen waren, gelang es Joanne nicht, wieder ein normales Gespräch zustande zu bringen.

Megan streckte die Hand aus, um der Miss die Tür zu öffnen, hielt jedoch kurz inne. Mit ernstem Ausdruck blickte sie Joanne an und sagte: »Wenn Sie etwas benötigen, brauchen Sie nur zu klingeln. Ich werde Ihnen gerne alles bringen. Und wenn es Ihnen einmal nicht gut geht oder Ihnen unbehaglich zumute ist, dann komme ich ebenfalls gerne zu Ihnen. Jederzeit. Sie sind eine sehr nette Dame, ich stehe gerne zu Ihrer Verfügung. Zögern Sie nicht, das ist wichtig.«

Herzlich, aber auch ein wenig verwirrt bedankte sich Joanne und versuchte sich ihre Verwunderung über das Gesagte nicht anmerken zu lassen. Sie staunte, wie gut die junge Bedienstete erzogen war und wie diensteifrig sie auftrat. Obwohl sie die Hawthornes als gütige und nicht sehr strenge Herrschaften kennengelernt hatte, konnte die gesamte Dienerschaft als emsig und bemüht beschrieben werden. Die junge Frau vor ihr bildete da in keinerlei

Hinsicht eine Ausnahme. Megan öffnete die Tür und Joanne trat mit einem nervösen Kribbeln im Bauch und leicht wackeligen Beinen ein.

Auf Emmeline Asbury freute sich Joanne – neben Avery und Ida – besonders. Emmeline war, seit sie Witwe geworden war, ein fast ständiger und stets erwünschter Gast auf der Burg. Ida und Emmeline waren schon lange Jahre eng befreundet und Joanne schätzte, dass diese Freundschaft wohl schon in deren Kindheit begonnen hatte und auch erst nach beider Tod enden würde. Emmeline Asbury hatte gerade das Alter von 60 Jahren überschritten. Sie war stets freundlich und trug fast immer, wenn man sie erblickte, ein aufrichtiges Lächeln auf den Lippen, das ihre wasserblauen Augen erleuchtete und nur durch den Tod ihres Gatten erschüttert worden war. Die Witwe schien sich inzwischen aber wieder recht gut im Griff zu haben und hatte bereits zurück zu ihrem fröhlichen Selbst gefunden.

Der einzige weitere Gast, von dem Joanne Hadley erfahren hatte, war die berühmte Schriftstellerin Mildred Townend. Zur Vorbereitung auf ihre Reise hatte Joanne erneut einige ihrer Romane gelesen, um mit der verehrten Autorin darüber sprechen zu können. Sie bewunderte die Dame, die es geschafft hatte, sich nicht das Los einer Ehe aufbürden zu lassen, so wie es ihr selbst bevorstand, sondern durch ihre Schriftstellerei ihren eigenen Weg gehen konnte. Dieser bemerkenswerten Person in natura zu begegnen machte Joanne ziemlich verlegen.

Der Speisesaal wurde von einer strammstehenden Armee aus Kerzen erhellt. In zwei prächtigen Kronleuchtern, die über der langen Tafel hingen, in Wandhalterungen und unzähligen Kerzenständern leuchtete das Kerzenlicht behaglich. Sogar die mittelalterlichen Wandteppiche, die Joanne schon in ihrer Kindheit ausgiebig betrachtet und bestaunt hatte, wirkten frisch gesäubert und farbintensiver. Das dunkle Holz der Einrichtung bildete einen starken Kontrast zu den hellen Wänden und dem hellen Boden, der nur durch das sanfte Licht gemindert wurde. Joanne fühlte sich wie nach langer Zeit nach Hause zurückgekehrt und konnte sich einen herzhaften Seufzer nicht verkneifen. Zufrieden stellte sie fest, dass der Tisch erst halb besetzt war, was es ihr durch weniger Aufmerksamkeit einfacher machte, alle angemessen zu begrüßen. Ihre vorherigen Bedenken vergessend, fiel sie Ida vor Freude um den Hals und genoss die kräftige Umarmung.

»Viel zu lange ist es her, mein Liebes! Und wie erwachsen und hübsch du geworden bist. Ich habe mich so sehr darauf gefreut, dich endlich wiederzusehen, und nun bist du endlich da«, sprudelte Ida Hawthorne sichtlich begeistert hervor.

Auch Ida war sichtlich älter geworden, was Joanne an den sympathischen Fältchen erkannte, die sich nun tiefer als früher in ihre Gesichtszüge gruben, wenn sie lächelte. Aber ihre dunklen Augen funkelten noch immer so fröhlich und lebendig, wie sie es bei Joannes Anblick immer getan hatten. Sie hatte etwas an Gewicht zugelegt, wirkte aber keinesfalls plump. Ihr nun runderes Gesicht lächelte umso freundlicher.

Joanne machte sich aus der herzlichen Umarmung los, um auch Avery herzlich zu drücken. Trotz des ergreifenden Wiedersehens vergaß sie ihre gute Erziehung nicht: »Lady Hawthorne, Sir Hawthorne, ich möchte Ihnen beiden herzlich für die Einladung danken. Sie erfüllen mir damit einen großen Traum und ich konnte es kaum fassen, als ich das Schreiben bekam. Vielen Dank. Ich bin sehr froh, endlich wieder bei Ihnen sein zu können.«

»Ach, meine kleine Joanne, es ist nicht notwendig, dass du so förmlich mit uns sprichst. Wir sind doch fast Familie, mein Schatz.«

»Da kann ich Ida nur recht geben, Joanne«, fügte Avery wie seine Gattin mit strahlendem Lächeln hinzu. »Wir haben uns so lange gefreut, dich endlich wiederzusehen, da hat so eine Distanz gar nichts zu suchen. Du hättest sehen sollen, wie Idas Ungeduld von Tag zu Tag stieg, seit deine Zusage uns erreichte. Setze dich ruhig dort zu meiner Rechten, ich stelle alle vor, wenn wir vollzählig sind.«

Joanne setzte sich auf den ihr zugewiesenen Stuhl und begrüßte kurz den jungen Mann, der neben ihr saß. Den zugegebenermaßen verdammt gut aussehenden jungen Mann. Dunkle Haare, helle Augen, eine gute Figur … Aber diese Tatsache versuchte sie zu ignorieren. Sie würde schon sehr bald mehr als genug mit Männern zu tun haben. So schnell es die Höflichkeit erlaubte, wandte sie sich Ida zu, die ihr gegenübersaß, blickte sie aufmerksam an und ließ sich gerne in ein lockeres Gespräch verwickeln.

Kapitel 2: Avery Hawthorne, 4. September 1898

Der Burgherr konnte sein zufriedenes Lächeln nicht unterbinden, um ehrwürdig als Gastgeber am Kopf der Tafel zu thronen. *Sei es, wie es sei*, dachte er und genoss jeden einzelnen Augenblick. Zu seiner Linken hatte seine Frau Ida Hawthorne Platz genommen, die ihm immer wieder zur Beruhigung das Knie tätschelte. Wie er diese Frau liebte!

Avery Hawthorne saß mit schwer zu unterdrückender Aufregung im Speisesaal, der sich nach und nach füllte. Erneut strich er sich an der Brust seinen Frack glatt und rückte seinen Zylinder zurecht. Er musste an sich halten, diese Handgriffe nicht alle zwei Minuten zu wiederholen. Zum ersten Mal seit Langem fühlten sich seine alten Knochen wieder einigermaßen jung. Einige der Gäste hatte er bereits zum Lunch am Mittag begrüßen können, aber viele waren erst in den letzten Stunden eingetroffen. Es wäre gleich an ihm, sie alle bekannt zu machen. Eine ganz passable Rede hatte er sich zurechtgelegt, jetzt mussten nur noch alle von ihren Räumen den Weg zum Speisesaal finden. Glücklicherweise waren seine Gäste ohne Probleme bei der Anreise eingetroffen.

Avery freute sich schon seit Monaten auf diese Zusammenkunft. Lange hatte er gebraucht, um Ida zu überzeugen, dass sie trotz allem auch einmal die Gastgeber eines literarischen Zirkels sein konnten. Natürlich, es war nicht gerade ungefährlich, aber es würde alles gut werden. Davon war er überzeugt. Und so lange hatte er sich gedulden müssen. Bevor er zu schwach sein würde, da es mit seiner Gesundheit stetig bergab ging, sollte ihm dieser eine Wunsch noch erfüllt werden, nachdem so viele seiner Wünsche und

Hoffnungen niemals wahr geworden waren und auch nicht wahr werden würden. Mit steigendem Alter immer mehr dieser Wünsche zu begraben war gewiss alles andere als leicht gewesen.

Das Pochen in seiner Brust verstärkt sich noch weiter, wenn er an die Ränke dachte, die er dabei war zu schmieden: Dieses Treffen war für ihn eine fantastische Gelegenheit, die älteste Tochter der Hadleys zu sich zu locken, die ihm schon als kleines Mädchen fast wie eine Tochter ans Herz gewachsen war. Und vielleicht würde sie ja Interesse an Hunter Albee finden, der bestimmt wunderbar zu ihr passen würde. Er und Ida waren sich einig, dass es sich lohnte, hier dem Schicksal ein wenig auf die Sprünge zu helfen. Auch Hunters Eltern waren langjährige Freunde und Hunter selbst beinahe wie ein Sohn für Ida und ihn. Die beiden würden ein gutes Paar abgeben und wenn er vielleicht sogar noch eine Hochzeit miterleben könnte ... Überraschend schnell hatten die Eltern der beiden diesem Versuch zugestimmt, die das Freiheitsbedürfnis ihrer Kinder wohl gut kannten und sich sorgten, niemals den rechten Ehepartner zu finden und ihre Nachkommen sehr unglücklich damit zu machen. Gerade für Joanne als Frau würde sich Ehelosigkeit sowohl gesellschaftlich als auch für die private Zukunft überaus schwierig gestalten. Er hatte sich aber nicht in seinen modern denkenden Freunden getäuscht, als er ihnen zum ersten Mal den Vorschlag unterbreitete.

Erneut berührte seine Gattin Ida sacht sein Knie. »Du wirst schon sehen«, sagte sie, »es wird alles gut. Mach dir keine Sorgen.«

»Liebling, ich hadere ein wenig. Vielleicht sollte ich es unseren Gästen doch sagen, dann können sie frei entscheiden, ob sie bleiben oder gehen möchten.« Avery fühlte schon wieder einen Schwindelanfall aufkommen und graue Punkte tanzten vor seinen Augen, die er mit einer an Stirn und Augen gedrückten Hand zum Stillstand zwingen wollte.

Ida legte ihrem Gatten die behandschuhte Hand auf die Schulter und drückte sanft zu. »Du würdest sie unnötig ängstigen. Sie können jederzeit gehen, wenn sie sich unwohl fühlen. Wir haben uns entschieden und es ist wahrscheinlich unsere letzte Chance, ein solches Treffen hier zu veranstalten. Wir werden schließlich nicht jünger. Wir können, wenn nötig, jederzeit abbrechen und alle unversehens heimschicken.« Ihren Druck verstärkend ergänzte sie nach einer kurzen Pause, die ihrer Rede die gewünschte Relevanz verleihen sollte: »Wir werden sehen, wie es sich entwickelt, und entscheiden dann. Ich möchte das hier so sehr und du doch auch. Lass es uns wagen.«

Averys Bedenken wurden aus seinem Bewusstsein verdrängt als Joanne den Speisesaal betrat. Er freute sich sehr, die junge Frau endlich begrüßen zu können, und genoss auch die Freude auf dem Gesicht seiner Frau. Eine schwere Zeit lag hinter ihnen, aber sie würden nun normal weiterleben. Es würde Normalität herrschen und alles gut werden. Es musste einfach so sein. Einen kurzen Blick, wie es unter Verbündeten üblich war, wechselten die beiden Eheleute, bevor sie Joanne begrüßten.

Nachdem sich alle Gäste an den ihnen zugewiesenen Plätzen niedergelassen hatten, erhob sich Avery feierlich. Er stand am Kopf der Tafel und konnte so reihum jedem einmal tief in die Augen blicken, bevor er seine Schultern straffte, tief durchatmete und mit seiner kleinen Rede anhob.

»Meine Freunde, ich heiße Sie alle herzlich auf Redthorne Castle willkommen! Die edelsten Absichten haben uns zusammengeführt: Wir wollen gemeinsam den Gipfel literarischen Schaffens erklimmen. Gemeinsam sollen uns die Musen auf ihren Schwingen in die höchsten Höhen der Künste tragen, auf dass wir etwas schaffen, an dem sich viele Menschen erquicken können. Meine liebe Frau Ida und ich, wir freuen uns beide sehr, dass Sie alle kommen konnten. Bevor Sie sich alle miteinander bekannt machen und ich anschließend unser Vorhaben, das uns alle hier zusammengeführt hat, näher erläutere, habe ich eine wichtige Frage an Sie zu richten. Sind Sie alle damit einverstanden, die Distanz aufzugeben, die eine durchaus höfliche, aber hier hinderliche Anrede mit sich bringt? Da wir mit der Literatur, die wir hier verfassen werden, eine Offenbarung eines kleines Stückchens unserer eigenen Seele begehen werden, ist es nicht sinnvoll, uns einander als Vertraute oder gar als Freunde zu begegnen und uns auf eine Ebene zu stellen? Ich mache den Vorschlag, dass wir uns alle unser Vertrauen damit beweisen, dass wir Titel und Ränge vergessen und uns mit Vornamen ansprechend auf Augenhöhe begegnen.«

Avery sah fast alle nicken, nur der Professor blickte skeptisch und die Cartwrights schauten erschrocken, aber das war ihm in seiner beschwingten Stimmung reichlich egal. Auf die beinahe allseitige Zustimmung hin setzte er sich.

Fröhlich nickend fuhr Avery fort: »Da nicht alle miteinander bekannt sind, möchte ich nun den Vorschlag machen, dass kurz jeder reihum ein oder zwei Sätze zu seiner Person sagt. Ida, Liebling, fang du doch bitte an.«

Ida tat, wie ihr geheißen, und begrüßte selbst nochmals die Anwesenden.

Nachdem sie ausgesprochen hatte, stellte sich ein gelassen wirkender Mann vor: »Guten Abend allerseits, mein Name lautet Graham Griffith. Avery und der wunderbaren Ida danke ich für die Einladung, obwohl wir uns noch nicht lange kennen. Es freute mich, zu hören, dass sowohl meine beiden Romane als auch mein Gedichtbändlein euch zugesagt und mir diese Einladung gesichert haben. Auf die Kreativität!«

»Hallo zusammen«, sagte daraufhin Emmeline Asbury und wackelte winkend mit den Fingern ihrer rechten Hand. »Ich bin zwar meist nur eine aufmerksame Leserin jeglicher Literatur, habe aber seit einiger Zeit selbst begonnen für mich und meine Freunde zu schreiben. Noch habe ich es nicht gewagt, eines meiner Werke einem Verleger anzuvertrauen, aber vielleicht überlege ich es mir ja nach diesem Treffen anders.«

Der neben Emmeline sitzende junge Mann räusperte sich einmal gründlich und übernahm es, sich und zugleich seine Frau vorzustellen: »Ich wünsche einen guten Abend. Meine Frau Victoria und ich, Francis Mill, hatten bereits häufiger das Vergnügen, mit den Hawthornes über die neusten literarischen Strömungen und Erfolge zu sprechen. Mein Vater ist ein bekannter Verleger, aber ich schreibe lieber selbst, als im Verlagsgewerbe tätig zu sein. Mein erster Roman war zu meiner und zur Freude unseres Verlagshauses ein großer Erfolg, der eine oder andere von euch dürfte davon gehört haben. Und ohne meine Muse

Victoria wäre das wohl kaum möglich gewesen, die mir stets gerne als Probeleserin behilflich ist.«

Von Victoria kam nur ein gehauchtes »Hallo.«

Am Avery gegenüberliegenden Kopf der Tafel rückte der renommierte Professor seine Brille auf der Nase zurecht und begann direkt im Vorlesungssermon: »Guten Abend, meine Damen, meine Herren, es ist somit an mir, mich Ihnen vorzustellen. Herr Professor Doktor Liam Wright mein Name. Mein Metier ist die Literatur und ich doziere an verschiedenen Universitäten, nicht nur hier in England, sondern auch in Frankreich und sogar in Deutschland. Ich verfasse vor allem äußerst lehrreiche Sachbücher, aber fühle mich ebenfalls zu tiefgründigen und poetischen Prosawerken berufen. Ich werde Ihnen gerne in Fragen der literarischen Künste während Ihres Aufenthaltes hier behilflich sein. Scheuen Sie keinerlei Fragen, es ist meine Profession, Klarheit und Wissen in allen Bereichen, die Sprache und Literatur betreffen, zur Verfügung zu stellen.«

Als der Professor nach Luft schnappte, fuhr Mildred Townend sanft lächelnd dazwischen und sagte: »Auch ich bin nun schon einige Jahre im Literaturbetrieb tätig. Ich konnte zahlreiche Romane und Geschichten verfassen und bin froh, mich selbst vorstellen zu dürfen, damit Avery nicht wieder mit seinem Koryphäen-Geschwätz anfängt. Ich bin auf eure Werke gespannt und freue mich auch über eure Anmerkungen und Kritiken zu meinem Oeuvre.«

Der Mann, der sein Glas schnell abstellte, um sich vorstellen zu können, sah ebenso verdrießlich wie seine Frau aus, sprach aber mit freundlicher Stimme: »Guten Abend, mein Name lautet Robert Cartwright. Wie meine Frau Dora habe auch ich schon einige Bücher veröffentlicht.«

In diesem Moment wurde er auch schon von seiner Frau unterbrochen, die ihm dabei mit ihrem Handrücken leicht gegen die Schulter schlug: »Robert, ich kann mich durchaus selbst vorstellen. Guten Abend allerseits. Er hat ja bereits vorweggegriffen, aber ich bin Dora Cartwright. Ich bin gespannt, welche Auswirkungen das Treffen haben wird.«

»Hallo miteinander, ich heiße Hunter Albee«, ergriff der junge Mann das Wort, der nun an der Reihe war. Er trug ein modisch leger geschnittenes, braunes Jackett und lächelte freundlich unter seiner ein wenig schief sitzenden Melone hervor. »Ich habe zwar noch kein Manuskript zu Ende gebracht, freue mich aber trotzdem, hier zu sein, und hoffe wie immer auf Idas und Averys guten Einfluss.«

»Dir soll geholfen werden, Junge!«, rief Graham fröhlich und auch die anderen fielen in sein Gelächter ein. Er strich seinen Schnurrbart glatt, der gar nicht außer Form geraten war.

Als es wieder leise wurde, hatte Joanne schon leuchtend rote Wangen bekommen. Ihre Stimme zitterte leicht, aber sie versuchte sich dennoch selbstbewusst vorzustellen: »Guten Abend, ich bin Joanne Hadley und habe über die Jahre ein großes Interesse an Literatur entwickelt und meine eigenen ersten Schreibversuche gewagt. Ich bin sehr dankbar, in dieser Runde dabei sein zu dürfen, und freue mich auf die nächsten Tage.«

»Sehr schön«, lobte Avery die Runde. »Das hat gut funktioniert. Ich heiße euch alle nochmals herzlich willkommen auf Redthorne Castle. Mögen uns unheimliche und schaurige Gedanken kommen und Geschichten aus den Federn fließen, die sich gewaschen haben. Mehr zum Projekt selbst morgen. Um keinen zu großen Ärger mit unserer geschätzten Köchin Ethel zu bekommen, deren Essen frisch am besten schmeckt, wünsche ich nun guten Appetit.«

Erleichtert, dass direkt lockere Gespräche einsetzten und sich anscheinend jeder in der Runde wohlfühlte, nahm Avery Platz und sah zu, wie die ersten Teller aufgetragen wurden. Sie waren wie gewöhnlich schwer mit köstlich duftenden Speisen beladen.

Feierlich hatte ihre Zusammenkunft begonnen, nun sollte es richtig losgehen.

Nachdem das reichliche Dinner verzehrt war, fand sich die Gesellschaft im Salon zu weiteren Drinks ein. Ein dunkelroter Teppich wirkte durch das Kerzen- und Kaminfeuer stellenweise, als glühe er. Denselben Effekt erzielten die Vorhänge, sodass Ida den Raum gerne als ihre Gesellschafts-Hölle bezeichnete, da es üblich war, hier Tagesgäste zu empfangen. Bei Tag, wenn kein flackerndes Kerzenlicht leuchtete, blieb der Eindruck allerdings aus, man befände sich in der Unterwelt. Die Polstermöbel waren zwar einladend arrangiert, aber nach dem langen Sitzen beim Dinner hatte es sich bisher niemand darauf gemütlich gemacht. Besonders stolz war Avery auf ein Gemälde von Ida und ihm kurz nach ihrer Hochzeit, das an markanter Stelle hing.

Avery stellte zufrieden fest, dass sich die Atmosphäre spürbar auflockerte. Seine Gäste hatten sich miteinander bekannt gemacht und die Männer und Frauen standen in gemischten Grüppchen zusammen und sprachen über verschiedenste literarische, aber auch private Themen. Dass sich alle zunehmend wohlfühlten, konnte er nicht zuletzt an Joannes Haltung ablesen: Ihre zunächst verkrampft nach oben gezogenen Schultern hatten sich gelockert und die Wangen der jungen Frau glühten, während sie mit den anderen schwätzte und lachte. Averys Herz tat jedes Mal einen kleinen Hüpfer, wenn er zu ihr sah. Er und Ida hatten sich getrennt und gingen von Gruppe zu Gruppe, ganz die vorbildlichen Gastgeber, die sie so gerne waren.

»Liam, den Disput über Shakespeares Autorschaft haben wir nun bestimmt zum hundertsten Mal geführt. Ich will mich nicht überzeugen lassen, dass es jemand anderes sein soll oder gar muss. Was soll dieses neumodische Hirngespinst? Er war in einer Lateinschule und war literarisch zur Genüge gebildet«, wandte sich Avery leicht genervt ab. »Nun muss ich meine Gastgeberpflicht auch gegenüber den anderen Anwesenden erfüllen.«

Professor Liam Wrights sowieso schon altes und faltiges Antlitz runzelte sich noch stärker und er erwiderte mit einem Kopf, der so gerötet wie seine Bestürzung tief war: »So neumodisch ist dieses Hirngespinst, wie du es bezeichnest, gar nicht. Kein Stück Papier gibt es, das nachweislich seinen Namen trägt. Die Unterschriften sehen alle unterschiedlich aus und er schreibt sogar seinen Namen in unterschiedlicher Weise. Seine Kinder waren wie sein Vater Analphabeten. Und du glaubst, er ist der Verfasser dieser Werke?! Mitnichten!«

Avery atmete tief ein und sagte mit fester, beinahe inbrünstiger Stimme: »Ja, das glaube ich.« Er ließ schließlich den alten und viel zu sehr von sich eingenommenen Mann am Kamin stehen und ärgerte sich fast, auch ihn eingeladen zu haben. Aber sein Wissen konnte bestimmt noch nützlich sein und er war trotz allem Gehabe und Getöse doch ein langjähriger Freund. Um sicherzugehen, dass er ihn nicht zu sehr vor den Kopf gestoßen hatte, blickte er noch einmal kurz über die Schulter und sah, wie der Professor majestätisch auf einem der Sessel Platz genommen hatte und weiter murrte. *Nein, diesen arroganten Kerl kann man nicht beleidigen, so eingenommen von sich selbst, wie er schon immer war*, dachte Avery schmunzelnd.

Er suchte sich eine aufheiternde Ablenkung und schlenderte deshalb auf Joanne zu, die mit der ihrem eigenen Alter ungefähr entsprechenden Victoria Mill und Idas verwitweter Freundin Emmeline Asbury plauderte.

»Meine Damen, wie ich sehe, habt ihr euch bereits bekannt gemacht. Ich hoffe, ihr vergnügt euch hier.«

»Natürlich, Avery, es war eine wunderbare Idee, solch ein Treffen zu veranstalten«, plapperte Joanne aufgeregt. Auch ihr Gesicht war gerötet, aber im Gegensatz zum Professor war der Grund ihrer Aufregung eindeutig positiver Natur. Sie war sichtlich begeistert hier sein zu können.

»Genau, und die Gesellschaft ist auch treffend ausgewählt«, stimmte Emmeline zu.

»Danke für das Lob, wir haben uns Mühe gegeben.«

»Das merkt man, Avery. Es ist perfekt. Mein Mann, Gott habe ihn selig, würde es hier sehr genießen.« Emmeline nickte und schien über etwas nachzudenken. »Ich finde nur, um unsere Kreativität ein wenig anzuspornen, würde es dazugehören, uns allen einige Schauergeschichten zu erzählen. Ich meine, wir treffen uns hier alle auf so einer alten Burg und wollen etwas schreiben, am besten etwas Gruseliges, da wäre es doch angebracht, uns mit den Mythen und Legenden, die du über diese Mauern kennst, ein wenig auf Trab zu bringen.«

»Oh, das wäre herrlich«, blühte nun auch Victoria plötzlich spürbar auf und ihre ansonsten eher unscheinbaren braunen Augen bekamen einen lebendigen Glanz, »ich liebe Schauergeschichten. Sind denn sehr schreckliche Dinge hier vorgefallen? Gibt es viele Spuk- und Geistergeschichten, die sich hier zugetragen haben?«

Avery schaute zweifelnd zu Ida. Sie schien seinen Blick gespürt zu haben und sah ihn kurz unverwandt an, drehte sich aber schnell wieder zurück zu ihren Gesprächspartnern Mildred Townend und Hunter Albee. Während man der älteren Dame an ihrem blassen Teint ansah, dass sie zweifelsohne meist in ihrer stillen Kammer saß und schrieb, sprühte der junge Mann förmlich vor Leben. Er war sorgfältig gekleidet und sein Äußeres machte einen gepflegten Eindruck. Fast konnte Avery ein früheres Selbst in den dunklen Haaren und intensiv blauen Augen erkennen, die bereit waren, die Welt zu erobern. In einer anderen Gruppe sah er, wie sich Francis Mill und Graham Griffith angeregt, ja erhitzt unterhielten. Diese beiden Männer kannte er im Vergleich zu Hunter kaum und unterschiedlicher konnten sie kaum erscheinen. Obwohl offensichtlich befreundet, kleidete sich Francis nahezu wie ein eitler Geck, wohingegen Grahams Kleidung eher nachlässig zusammengestellt wirkte. Mit einem spitzbübischen Lächeln drehte er sich wieder zurück zu den drei Frauen, die ihn erwartungsvoll beobachtet hatten.

»Ida würde es gewiss nicht gutheißen, wenn ich zu so später Stunde unsere weiblichen Gäste erschreckte, aber es gibt tatsächlich ein paar Geschichten und

Familiengeheimnisse, die es über die Burg und deren frühere Bewohner zu erzählen gibt.«

Joanne legte ihm die Hand auf die Schulter. »Avery, du kannst nicht so etwas andeuten und dann nicht mehr verraten. Du kennst mich. Du weißt, ich komme um vor Neugierde! Tu mir das bitte nicht an.«

»Ach Avery«, fügte Emmeline hinzu, »ich weiß noch gar nicht, was ich schreiben soll. Vielleicht würde mir eine solche Geschichte den nötigen Schwung verleihen.«

Den Frauen war es nach einer Weile gelungen, Avery vom Wert einer solchen schaurigen Erzählung für das eigene literarische Schaffen zu überzeugen. Er sah auf seine Taschenuhr. Teilweise freudig, teilweise aber auch mit schlechtem Gewissen verkündete er ihnen und auch allen anderen, dass er um Mitternacht noch auf Wunsch der Damen eine besonders tragische Schauergeschichte bezüglich der Burg vorzutragen gedenke. Danach könnte sich, wer müde sei, zu Bett begeben. Jeder sei aber herzlich dazu eingeladen, so lange zu bleiben, wie er möchte. Er selbst würde wegen seines Alters genügend Schlaf benötigen, um am nächsten Tag wieder frisch zu sein, und sich danach zurückziehen.

Ida kam sogleich mit böse funkelnden Augen, die er besonders an seiner Frau liebte, zu ihm herübermarschiert. Er mochte es, wenn sie sich über etwas aufregte und sich richtig in Rage redete. Selbst in dem Alter, das sie nun beide erreicht hatten, wirkte sie noch jugendlich, wenn sie ihn so erbost anschaute.

Sie zog ihn mit sich in eine stille Ecke, um ihm ungestört einen Rüffel geben zu können. »Verrückt geworden, das bist du! Verrückt! Erzähle bloß nichts über

Lucinda, damit forderst du es ja geradezu heraus. Bitte begnüge dich mit irgendwelchen Legenden, aber nicht Lucinda! Und Liebling, übernimm dich nicht. Du hast noch einiges vor dir.«

Er versicherte seiner Frau, sich dahin gehend zurückzuhalten, und überlegte sich, mit welchen Worten er die auserwählte Geschichte wohl zum Besten geben sollte.

Insgesamt blickten die versammelten Menschen ihm schon recht müde entgegen, waren sie alle immerhin von mehr oder weniger weit angereist. Es war nun endlich Mitternacht und Avery würde eine der Spukgeschichten erzählen, die sich hier auf Redthorne Castle zugetragen haben sollten. Danach würden wohl alle in ihre warmen, weichen Betten schlüpfen und vielleicht von einigen aufregenden Träumen heimgesucht werden. Dann konnte das schriftstellerische Schaffen am nächsten Tag beginnen.

Einmal atmete Avery noch tief ein, um dann seine Zuhörer in seinen Bann zu ziehen. Während seines Vortrages würde sich nicht ein Augenpaar von ihm lösen können.

Dies war Avery Hawthornes Erzählung:

In den dunklen Zeiten des Mittelalters lebte ein Herr auf dieser Burg, der eine wunderschöne Tochter hatte. Diese hatte er einem seiner Feinde zur Frau versprochen, da in Zukunft Frieden in den aneinander grenzenden Ländereien herrschen sollte. Man wollte die alten Fehden vergessen. Doch seine Tochter und sein treuester Ritter hatten sich ohne sein Wissen ineinander verliebt und wollten heimlich miteinander fortgehen.

Noch am Abend vor der Flucht, die in den frühen Morgenstunden des nächsten Tages geplant war, erfuhr der Burgherr von diesem unsäglichen Plan und legte schweren Herzens seinen tapfersten Ritter in den Tiefen des Kerkers in Ketten, um ihn der Vergessenheit anheimzugeben. Seine Tochter wartete und wartete am vereinbarten Treffpunkt zur verabredeten Zeit, aber ihr Geliebter kam nicht und so machte sie sich am späten Nachmittag notgedrungen auf den Weg zurück zur Burg. Vielleicht hatte ihn ja jemand gesehen oder gesprochen und konnte ihr Kunde geben.

Bald traf sie auf ihren Vater, der sie dafür schalt, solange spazieren gewesen zu sein. Offenbar voll trauriger Bestürzung teilte er ihr mit, dass sein bester Ritter ihn in der gestrigen Nacht aufgesucht und gebeten hatte, ihn vom Dienst frei zu sagen, damit er in anderen Landstrichen zu Ruhm und Ehre gelangen konnte. Er würde nicht länger hierbleiben wollen und so sei er noch gestern Nacht für immer gegangen.

Seine Tochter konnte dies kaum glauben, hatte der besagte Ritter ihr doch seine unsterbliche Liebe geschworen; nachdem sie aber Tag um Tag vergeblich auf ihren Geliebten gewartet hatte, fühlte sie ihr Herz vor Kummer sterben. So war es ihr dann einerlei, dass sie dem Feind zur Frau gegeben wurde. Sie fügte sich ihrem Schicksal und lebte nur noch für wenige Monate auf der ehemals feindlichen Burg, bis sie dann mit gebrochenem Herzen vor Traurigkeit und Enttäuschung starb.

Der Ritter, ihr Geliebter, war derweil im Kerker hingeschieden. Man hatte ihn angekettet und dort in der

Dunkelheit ohne Wasser und Brot schmachten lassen, bis man eines Tages nur noch seine mürben Knochen hatte bergen können. Er hatte nichts gegen das Schicksal beider tun können. Die Kerkerwächter hatten berichtet, dass er bis zu seinem Tod versucht hatte, sich von den Ketten zu befreien, und zu seiner Geliebten zu gelangen. Dieses Kettenrasseln verfolgte die Wächter ihr Lebtag.

Noch heute kann man in so mancher dunklen Nacht die Ketten des verzweifelten Ritters rasseln hören.

Gebannt hatten Averys Zuhörer gelauscht und seine letzten Worte schienen noch lange nachzuklingen. Die Frauen blickten traurig und tief berührt, die Männer eher verärgert über die herzlose List des Königs. Nur Averys eigene Frau schaute erleichtert, dass er sein Versprechen gehalten und Lucinda nicht erwähnt hatte. Ein vergnüglicher Abend war zu Ende gegangen und müde verabschiedeten sich die Hawthornes von ihren Gästen bis zum Frühstück am nächsten Morgen. Avery wurde zu dem Versprechen gezwungen, das er nur zu gerne gab. So sollte jeder Abend enden: mit einer Schauergeschichte zu Redthorne Castle.

Kapitel 3: Victoria Mill, 5. September 1898

Victoria Mill war froh, dass die Nacht endlich vorüber war. Sie hatte unglaublich schlecht geschlafen, wie meist, wenn sie in einer neuen Umgebung übernachtete. Dazu waren die vielen Gedanken gekommen, die die Spukgeschichte ausgelöst hatte. Selbst ihr Mann Francis hatte sie nicht trösten können, was aber auch an seinem alkoholisierten Zustand lag. Er war spät in der Nacht ins Bett gefallen und direkt eingeschlafen. Selbst sein lautes Schnarchen hatte das Kettenrasseln nicht übertönen können, das Victoria zu hören glaubte und sie wach hielt.

Am nächsten Morgen, als er endlich ausgeschlafen hatte, saß sie gerade am Waschtisch. Victoria steckte ihre Haare zu einer einfachen Frisur auf, für deren Hilfe sie nicht die Hilfe einer Zofe in Anspruch nehmen musste. Ihr zartgelbes Lieblingskleid saß wie stets perfekt. Sie fand es keck, dass sie es aufgrund seiner enormen Länge beim Gehen durchaus hochnehmen konnte, wodurch sie ein wenig Tüll blitzen ließ und allen die Gelegenheit bot, ihr spitz zulaufendes, hochhackiges Schuhwerk zu bewundern. Sie schaute über ihre Schulter und fragte Francis, ob er sich am vergangenen Abend amüsiert hatte. Einsilbig bejahte er dies.

Victoria ließ jedoch nicht locker: »Avery und Ida haben wirklich nette Menschen eingeladen. Da fällt mir ein, hast du dich gestern mit Graham gestritten? Oder worüber habt ihr diskutiert?«

»Nur ein Gespräch.« Francis drückte seine rechte, zur Faust geballte Hand erst an den Kopf und rieb sich dann ausführlich die Augen.

»Aber ihr habt euch doch so laut unterhalten. Sicher, dass Graham es nicht falsch verstanden hat?«, beharrte Victoria nach einem kurzen Zögern, während sie ihre Frisur feststeckte.

»Du sorgst dich schon sehr um deinen Graham, nicht?« Francis´ müde, kleine braune Augen funkelten sie plötzlich viel wacher und wütend an.

»Nein, ich wollte nur ...« Sie ließ ihre Hände von den Haaren fallen und schaute ihren Gatten erschrocken an. Sie wusste, was nun kommen würde.

»Ich weiß schon, was du willst«, sagte Francis mürrisch. Er war übelster Laune. »Aber du bist jetzt verheiratet und meine treue Frau. Meine Frau, verstanden? Meins! Verdammt noch mal, mach mich nicht wütend. Zwinge mich nicht ...«

»Schatz, du hast mich missverstanden. Ich habe kein Interesse an ihm. Ich habe nicht einmal mit ihm gesprochen, er hat sich sehr freundlich mit Joanne unterhalten und ich stand nur dabei.« Victoria ging einige Schritte auf Francis zu, blieb aber in sicherer Entfernung stehen. Sie wusste, wie sie ihn besänftigen konnte. Lange hatte es gedauert, dies herauszufinden. Sie sah Francis mit nach unten geneigtem Kopf an, entschuldigte sich, beteuerte ihre Liebe zu ihm und dass sie ihn gar nicht verdient hatte und schwor Gehorsam.

Mit steiler Falte zwischen den Augenbrauen und fahrigen Bewegungen schlüpfte Victorias Gatte in sein Sakko. Wieder fielen ihr die zwei Knopfreihen unangenehm auf. Auch die Blenden, die Francis sich für die Aufschläge und den Kragen ausgewählt hatte, empfand sie als geckenhaft und gar nicht zu seiner Person passend. Er aber glaubte damit elegant und modisch zu wirken und wollte seine Ausstrahlung damit unterstreichen. So töricht, ihm seinen Irrtum vorzuhalten, war Victoria nicht. Vielleicht würde sie ihm dies mitteilen, wenn noch ein paar Ehejahre vergangen waren – wenn sich bis dahin die Mode nicht ohnehin veränderte.

Bald war der Streit beigelegt und die Mills verließen im Anschein ungetrübter Harmonie ihr Gästezimmer. Victoria gab sich große Mühe, glücklich und unbelastet auszusehen. Das war Francis wichtig. Und dieser Streit war verglichen mit anderen sehr harmlos verlaufen, deshalb bereitete es ihr kaum Mühe. Wenig hungrig war Victoria zum Frühstück gegangen und setzte sich, wie die anderen auch, an den Platz, den sie am vorherigen Abend eingenommen hatte. Sie saß damit zwischen Francis und dem nervtötenden Professor. Immerhin saß ihr gegenüber die berühmte Schriftstellerin Mildred Townend, mit der sie sich gerne über ihre Romane unterhalten wollte, was sie sich am ersten Abend noch nicht getraut hatte. Der Vorsatz, heute mutiger zu sein, hob ihre Laune.

Das Frühstück verlief um einiges formloser als das Dinner am Vorabend. Der Tisch war nicht ganz besetzt, einige aßen, andere waren bereits fertig, aber alle unterhielten sich angeregt. Auch die Gastgeber schienen ihr Vergnügen zu haben. Ida schwätzte regelrecht mit der ihr gegenübersitzenden Joanne, die Victoria gestern schon ein wenig näher kennengelernt hatte.

Joanne Hadley, die nur wenige Jahre jünger war als sie selbst, machte den Eindruck einer aufgeweckten Frau, die noch nicht so recht wusste, wie es mit ihrem Leben weitergehen sollte. Zumindest hatte sie nichts von einem Verlobten oder Geliebten verraten, aber die Schriftstellerei lag ihr eindeutig sehr am Herzen. Davon zeugten nicht zuletzt die mit Tinte bekleckten Hände, die sie für Victoria einerseits ein wenig schmuddelig machte, aber andererseits fühlte sie einen neidvollen Stich, zumindest einen kleinen. Sie selbst würde nie schreiben dürfen. Und die aufregende Zeit, sich zu verlieben und einen Mann zu finden, war auch ein für alle Mal vorbei. Dass der darauf folgende Ehealltag zu einigen – oft auch unschönen – Entpuppungen führen konnte, das wusste Victoria ganz genau.

Avery unterhielt sich mit einem jungen Mann, der rechts neben Joanne saß. Hunter Albee war sein Name. Sie hatte noch nicht mit ihm gesprochen und würde es wohl auch nicht tun. Francis wurde schnell eifersüchtig und wütend, was er bereits an diesem Morgen bewiesen hatte, obwohl er ansonsten meist ein guter Mann war. Victoria war darauf bedacht, ihn nicht zu verärgern, womit sie sich selbst das Leben erleichtern konnte, und so versuchte sie sich strikt an den weiblichen Teil der Gesellschaft zu halten – bis auf eine Ausnahme zumindest. Daher interessierte sie es nicht besonders, dass Avery einen weiteren männlichen Gast ankündigte, der wohl bald zur Gesellschaft hinzustoßen würde. Es handelte sich um einen Freund Hunters namens Jonathan Bradbury. Ein wenig schwirrte Victoria sowieso schon der Kopf von den vielen neuen Namen, da vergaß sie diese ihrer Meinung nach für sie irrelevante Information schnell wieder und gab sich dem Gedanken hin, mit wem sie sich heute Abend heimlich treffen wollte. Wenn sie auch sonst das brave Eheweib gab, das er erwartete, diese kleine Eskapade wollte sie sich unbedingt zugestehen. Immerhin war sie auf äußerste Vorsicht bedacht und Francis würde garantiert nichts bemerken. Wenn auch nur die Chance bestünde, dass er Lunte roch, würde sie ein solches Wagnis niemals eingehen.

»Victoria, du siehst ein wenig übernächtigt aus. Hast du nach der Spukgeschichte nicht mehr gut schlafen können? Oder trägt die ungewohnte Matratze die Schuld?«, riss Mildred Townend sie aus ihren Träumereien. Die schon etwas ältere Dame zeigte mütterliche Sorge, obwohl sie selbst kinder- und gattenlos lebte, was Victorias Herz für die verehrte Schriftstellerin umso mehr einnahm. Wenn sie sich bemühte, dann könnte sie Mildred gewiss als Freundin gewinnen. Angesichts dieser Vorstellung schlug ihr Herz ein wenig schneller.

»Nein, ich habe nicht sehr gut geschlafen, was aber nicht an den komfortablen Betten lag. Die Geschichte hat mich tatsächlich noch lange beschäftigt. Und wie sieht es bei Ihnen aus?«

»Nenn mich ruhig Mildred, meine Liebe, wir sind hier alle Freunde. Ich habe recht gut geschlafen, für mich wirkt eine solche Geschichte stets sehr anregend. Meine Fantasie beginnt damit zu spielen, sucht Anknüpfungspunkte für weitere Geschichten oder entwickelt Ausgestaltungen der Figuren und dergleichen. Mich würde es allerdings interessieren, wie es um meinen Mut bestellt wäre, würde ich zur Protagonistin einer Schauergeschichte.«

»Das glaube ich dir gerne. Ich kann mir nicht erklären, woher du die vielen Ideen für all die wunderbaren Romane bekommen hast. Gestern beim Dinner wollte ich dich das schon die ganze Zeit fragen, aber damit wirst du wohl ständig belästigt.« Victoria war stolz auf sich, wie selbstbewusst sie die persönliche Anrede umsetzte.

»Ach was, frage nur, was du wissen möchtest. Ich liebe es, über die Schriftstellerei zu sprechen. Sie ist mein Leben. Die Geschichten sind mir teilweise ohne mein Zutun zugeflogen, meist sind sie jedoch harte Arbeit und vieles verwerfe ich selbst nach viel Schreibaufwand wieder. In meinem langen Leben konnte ich viele Erfahrungen und Eindrücke sammeln, was einem natürlich beim Schreiben hilft. Oftmals sieht man etwas oder man träumt, man hört eine Legende oder liest von einer historischen Person und so beginnt es dann im Kopf zu arbeiten. Weißt du, was ich meine?«

Victoria genoss es, noch eine ganze Weile sich angeregt mit Mildred unterhalten zu können, die ihr geduldig und anscheinend sogar mit Vergnügen jede ihrer Fragen ausführlichst beantwortete. Als jeder sein Frühstück eingenommen hatte, schlug Ida vor, dass die Frauen gemeinsam ein wenig durch den Garten schlendern könnten. Mit einem kurzen Seitenblick zu Francis versicherte Victoria sich seiner Zustimmung und verließ zusammen mit Mildred und den anderen Damen den Tisch und schließlich das Innere der Burg zum Garten, der im Burghof lag.

Die Sonne strahlte sanft auf sie alle herunter und dennoch roch die Luft nach Regen. Die Mücken flogen tief und einige wenige Schäfchenwolken zogen über den Himmel, der innerhalb des quadratischen Burghofs zu sehen war. All das waren, soweit Victoria wusste, Anzeichen für ein baldiges Gewitter. Noch wollten die Frauen aber das gute Wetter genießen, denn der stetig näherrückende Winter würde wieder lang und streng werden. Die Wände der Burg ragten ringsum in dem Himmel, dennoch fühlte sie sich überraschend frei und ein bisschen wie im Paradies angekommen. Auf die vornehme Blässe bedacht, hielten sie sich zunächst im Schatten der circa fünfzehn dicht belaubten Bäume auf, die einen Großteil des kleinen Gartens ausmachten. Victoria Mill genoss es, im Kreise dieser netten Menschen ihre Zeit verbringen zu können und Abwechslung von ihrem Alltag zu finden.

Alle plauderten fröhlich miteinander und Victoria nutzte die Gelegenheit, Ida auf die Spukgeschichte anzusprechen, als sie sich ihr bot. »Eine wirklich traurige und gleichzeitig unheimliche Geschichte, die uns dein Gatte gestern erzählt hat. Sie hat mich letzte Nacht noch lange beschäftigt und tut es auch weiterhin.«

»Da hast du recht, meine Liebe, sie ist wirklich tragisch«, stimmte Ida bedächtig nickend zu.

»Hast du denn schon einmal selbst die Ketten auf Redthorne Castle rasseln hören, Ida?«, wollte Joanne sofort wissen und hakte sich bei Ida unter.

»Ach, weißt du, in alten Gemäuern gibt es viele Geräusche und nicht alle lassen sich immer eindeutig zuordnen«, wich Ida ein wenig aus.

»Gibt es für die Geschichte historische Belege? Denn wenn sie nicht stattgefunden hat, kann es schwerlich ein Gespenst geben«, mischte sich Dora Cartwright ein, blickte streng und reckte ihr Kinn ein wenig weiter nach oben als zuvor.

»Soviel wir wissen, gab es besagten Burgherren und er hat wohl auch seine früh verstorbene Tochter mit seinem Feind vermählt. Ansonsten ist mir nichts bekannt. Aber die

Zeiten waren damals eben so. Das arme Mädchen wurde für politische Zwecke geopfert. Der geehelichte Burgherr hat sie womöglich als Tochter des Feindes schlecht behandelt, weshalb sie verstarb. Oder sie wurde krank. Oder schwanger und starb bei der Geburt. Der Tod war damals allgegenwärtig, das ist er heute fast noch genauso. Über den Ritter weiß ich nichts.«

»Gibt es denn weitere Spukgeschichten wie die von gestern Nacht? Oder wird Avery uns fortan mit langweiligen Kriegsgeschichten quälen?«, fragte Mildred, die schon wieder auf Ideenjagd zu sein vermochte.

»Es gibt hier nur die üblichen Geschichten, wie sie jede zweite Burg vorzuweisen hat. Und natürlich die Geschichte, wie Redthorne Castle zu seinem Namen kam. Ich werde Avery vorschlagen, sie heute Abend vorzutragen. Aber keine Sorge, bevor Avery sich der historischen Geschichten bedienen muss, hat er noch allerlei Spuk in seinem Repertoire.«

Victoria hoffte sehr, noch die eine oder andere Geschichte zu hören, und äußerte dies auch. Aus Joannes gedankenverlorenem Blick schloss sie, dass sie damit nicht die Einzige war.

»Meine Damen, ich muss mich entschuldigen. Ich habe eine Idee, die ich sofort notieren möchte«, sagte die bis dahin still gebliebene Emmeline Asbury und verschwand, noch bevor nachgefragt werden konnte, worum es sich denn handele, in Richtung der nächsten Tür in die Burg.

»Das kam irgendwie unerwartet«, schmunzelte Ida über ihre langjährige Freundin.

»Ja, ich hoffe doch, dass auch mir bald eine Idee einfach so zufliegt. Bei mir ist das ja immer härteste Arbeit«, erwiderte Dora Cartwright in einem Ton, der Victoria reichlich missgünstig vorkam.

Diese Frau wirkte wie ein echtes Scheusal. Ständig keifte sie in scheinbar unbeobachteten Momenten ihren nur unerheblich freundlicheren Mann an und fand andauernd etwas, worüber sie sich ärgern und auslassen konnte. Victoria Mill beschloss, wie sie es stets bei ihr unangenehmen Menschen hielt, Dora wenn möglich aus dem Weg zu gehen und sie zu ignorieren. Ida sah irgendwie überfordert aus, als würde sie ihre Freundin gerne in Schutz nehmen, wollte aber gleichzeitig keine feindselige Stimmung schaffen.

»Ich denke, wir werden alle noch den einen oder anderen guten Einfall haben. Genau dafür ist ja dieses Treffen gedacht. Wenn es erst heute Abend richtig losgeht und eine betriebsame Stimmung herrscht, wird die Fantasie von ganz alleine angespornt«, versuchte Ida Dora versöhnlich zu stimmen.

»Fantasie, Fantasie. Das ist nicht alles, was zählt. Man sollte das literarische Handwerk nicht nur als Träumerei eines fantasierenden – bestenfalls von Musen geleiteten – Individuums herabstufen. Oder glaubt ihr etwa diesen Irrsinn von wegen Genie? Es werden noch immer mancherlei Traktate zum Geniegedanken veröffentlicht. Eine Schande ist das. Regeln müssen beachtet, Grundsätze müssen befolgt werden. Nur mit Fantasie wird unsere werte Emmeline nicht weiter kommen, als sie es bisher geschafft hat. Und das ist offen gestanden ja noch kein einziger Schritt weit«, mäkelte Dora weiter. »Und warum verziehen Sie Ihr Gesicht so mürrisch, Miss Hadley?«

Joannes empörte Züge wurden kurz durch die Überraschung, ertappt worden zu sein, ein wenig weicher. Schnell verwandelte sich ihr Gesicht aber wieder in eine leicht gereizte Miene und Victoria war gespannt, was sie gleich sagen würde. Mit geröteten Wangen und an ihrem Kleid nestelnden Fingern antwortet Joanne mit leiser, aber fester Stimme: »Ich finde es nicht nett, sich unfreundlich über Personen zu äußern, die nicht anwesend sind. Mit allem Respekt für Ihre bisherigen literarischen Erfolge, Mrs. Cartwright, aber ist es nicht schade, das Schreiben nur als mühselige Arbeit aufzufassen? Kann der Schriftsteller mit seinem Werk nicht einen ebensolchen Spaß haben wie der Leser? Wenn Bilder im Kopf entstehen und die Figuren ein Eigenleben entwickeln ...« Ihrer Miene nach hätte sie gerne noch mehr hinzugefügt, war aber selbst froh und stolz, überhaupt etwas vorgebracht zu haben.

»Ich will Ihnen Ihre jugendliche Naivität einmal nicht übel nehmen, junges Fräulein. Sie könnten bestimmt viel von mir oder von Mildred lernen. Aber Sie sollten es sich das nächste Mal sehr genau überlegen, ob Sie wieder in einem solchen Ton mit mir sprechen«, sagte Dora Cartwright und trug das humorloseste Lächeln im Gesicht, das Victoria jemals gesehen hatte. *Dieses schier infernalische Grinsen muss der Sensenmann zur Schau tragen, wenn er einen holen kommt*, dachte Victoria.

Die feine Röte, die Joannes Wangen überzog, begann sich noch mehr zu vertiefen und auszubreiten, bis schließlich ihr Kopf samt Dekolleté so rot leuchtete. Victoria befürchtete, gleich könnte die junge Frau in eine Ohnmacht fallen. Dabei fragte sie sich, ob sich Joanne wegen des

Tadels schämte oder ob sie wütend war und sich zusammennahm, um nichts Böses zu antworten.

»Jedem seine Arbeitsweise. Ich denke, die Arten zu schreiben sind so facettenreich wie die Schreiber und die Texte selbst«, warf Ida hilflos in die Runde.

Die ursprünglich freundschaftliche, gemütliche Stimmung war verflogen und einige Wolken hatten sich vor die Sonne geschoben, weshalb sie beschlossen, sich vor dem Mittagessen noch einmal zurückzuziehen, um in Ruhe Briefe zu schreiben oder etwas zu lesen.

Victoria bedauerte es, erneut trister Tatenlosigkeit anheimgegeben zu werden, aber sie tröstete sich mit den vielen künftigen Stunden, die sie noch in heiterer Gesellschaft verbringen würde.

Als Victoria in ihr Zimmer trat, fand sie es leer vor. Die weiß getünchten Wände wirkten kälter denn je und die Vorhänge hingen trostlos vor den Fenstern herab. Selbst der Teppich machte für sie einen betretenen, einsamen Eindruck. Sie hatte nicht mit Francis gerechnet, der wahrscheinlich in einer gemütlichen Männerrunde saß. Da sie nicht vorhatte, selbst etwas zu schreiben, zerbrach sie sich gar nicht erst den Kopf über mögliche Ansätze für den Abend, wie es wohl momentan die meisten der anderen Frauen taten. Vielleicht sollte sie es ja doch einmal wagen und versuchen selbst etwas zu verfassen. Victoria bereitete es zwar auch Freude, Francis´ Texte zur Probe zu lesen und nötigenfalls mit Anmerkungen zu versehen, dennoch wünschte sie sich seit

Langem, einmal eine Geschichte aus ihrer eigenen Feder fließen zu lassen. Aber es sollte ja nicht sein.

Da sie heute keine Briefe zu schreiben hatte, schritt sie an der mit Büchern reichlich bestückten Regalreihe entlang und überlegte sich, welches zu lesen sich lohnen würde. Als Victoria den dicken Band mit Shakespeares Dramen entdeckte, war ihre Entscheidung getroffen. Es gab schlichtweg für jede ihrer Stimmungen einen passenden Shakespeare.

Kapitel 4: Joanne Hadley, 5. und 6. September 1898

Es war später Nachmittag und bevor sie die erste literarische Zusammenkunft in der Bibliothek antrat, dachte Joanne Hadley lediglich daran, wie warm und weich ihr Bett war. Und welch seltsamen Träume es für sie bereithielt. Auch wenn sie nicht viel hatte schlafen können und bestimmt so übernächtigt aussah wie Victoria Mill, wollte sie doch an diesem Abend nicht schon direkt ins Bett gehen, sondern ihr Engagement unter Beweis stellen. So ausgelaugt, wie sie auch war, konnte sie die Aufregung für einige Stunden wachhalten. Sie wollte zumindest den Beginn von etwas Wunderbarem schaffen.

Bestimmt konnte sie ihre wirren Träume, die sie in den viel zu kurzen Schlafphasen heimgesucht hatten, später noch verwenden und versuchte sich deshalb an jedes Detail zu erinnern und nichts zu vergessen.

Nicht aber wollte sie sich an die Geräusche erinnern, die sie gehört hatte. Joanne war wie erstarrt im Bett gelegen, als sie geglaubt hatte, Ketten rasseln zu hören. Aber diese Einbildung war gewiss der Gespenstergeschichte entsprungen, die Avery so kurz vor dem Zubettgehen erzählt hatte.

Mehrfach hatte sie in der gestrigen Nacht ein leises Klirren gehört und immer verzweifelter und verzagter hatte sie versucht einzuschlafen. Joanne wollte durch einen tiefen Schlummer dem gespenstischen Kettenrasseln entgehen, das sie zu hören geglaubt hatte und das sich ihr zu nähern schien.

Die Stirn in Falten gelegt, die ihre Mutter zur Weißglut gebracht hätten, grübelte sie darüber nach, was sie in ihrem Traum gesehen hatte: Eine einsame junge Frau stand mit leicht eingezogenem Kopf und herabhängenden Schultern regungslos da. Sie starrte in den teuren Spiegel und erforschte ihr eigenes Gesicht, das entweder seine Mitmenschen, die ganze Welt oder sich selbst verabscheute. Ruckartig löste sie sich von ihrem eigenen Anblick und nahm ein Tintenglas voll schwarzer Flüssigkeit von dem Tischchen neben sich und warf es mit einer kräftigen, von Verzweiflung sprechenden Geste gegen den Spiegel, der daraufhin in viele kleine Bruchstücke zersplitterte. Die Scherben zu ihren Füßen schienen sie still anzuflehen, eine von ihnen in die Hand zu nehmen. Was hatte dieser Traum nur zu bedeuten?

Zur Aufwärmung wollte Joanne zunächst ein kleines Gedicht verfassen. Etwas, woran sie nicht allzu lange arbeiten musste, aber all ihre Inspiration und Kreativität darauf verwenden konnte. Es sollte etwas Unheimliches und zugleich Tragisches sein. Diese Mischung hatte sie auch bei der Schauergeschichte Averys fasziniert. Bildreich und atmosphärisch dicht sollte es werden, also durch und durch gelungen.

Nach dem eher unerfreulichen Spaziergang am Vormittag und dem Lunch hatte sie sich zurückgezogen, um etwas zu lesen und über ihre bevorstehende literarische Arbeit nachzudenken. Den Versuch, zu schlafen, hatte sie gar nicht erst unternommen, sondern als verschwendete Zeit abgetan, was sie nun ein wenig bereute. Die Vorfreude trieb Joanne frühzeitig aus ihrem Zimmer hinaus und sie machte sich beschwingten Schritts auf den Weg zum verabredeten Treffpunkt des ersten richtigen literarischen Treffens: in die Bibliothek. Natürlich hatte sie sich ein Glas ihrer grünen

Lieblingstinte mitgenommen, mit der sie schreiben wollte, egal, wie unprofessionell oder kindisch es wirken würde.

Noch bevor Joanne die Bibliothek erreicht hatte, hielt der Butler sie auf. Harold hatte, seit sie hier angekommen war, recht mürrisch geschaut. Aber in ihrer Kindheit hatte sie ihn als zuvorkommenden, netten Menschen erlebt, weshalb sie keine Scheu vor ihm empfand. Dunkel konnte sie sich sogar noch daran erinnern, mit ihm Fangen und Verstecken im Garten und in der Burg gespielt zu haben. Bereits damals war er kein junger Mann mehr gewesen, aber er hatte durch Freundlichkeit und Humor rasant ihr Kinderherz erobert.

»Miss Hadley, ich sorge mich um Sie. Ich weiß, wie sehr Sie Sir und Lady Hawthorne am Herzen liegen, und deshalb frage ich mich, ob es für Sie das Richtige ist, an diesem Treffen teilzunehmen.« Mit tiefen Falten auf der Stirn und um die Augen sah er sie durchdringend an.

»Harold, ich danke Ihnen für Ihre Fürsorge, aber Ihre Bedenken sind unbegründet. Ich fühle mich sehr wohl hier«, antwortete Joanne überrascht auf Harolds Skepsis und fuhr die Kleckse auf ihren Händen nach.

»Sie waren schon immer ein sehr nettes und lebendiges Mädchen und ich möchte, dass das auch so bleibt. Deshalb muss ich deutlicher werden: Wäre ich zur Stelle gewesen bei Ihrer Ankunft – und nicht aufgrund meiner Rückenprobleme Finnley –, dann hätte ich Sie direkt darauf hingewiesen, dass Ihr Vorhaben nicht gut enden wird. Womöglich hätte ich Sie gar gebeten wieder abzureisen.«

»Sie hätten mich direkt wieder heimgeschickt?«, entfuhr es Joanne mit einem kleinen Schnauben. »Harold, nochmals, ich kann Ihnen für Ihre Sorge nur danken. Aber ich weiß, dass ich mit den anderen Gästen hier meine Fähigkeiten noch lange nicht messen kann. Ich habe nicht den Ehrgeiz, jemanden zu übertreffen, sondern möchte lediglich mehr über die Schriftstellerei lernen.«

Harold blickte finsterer als zuvor drein und sagte leise, aber deutlich: »Meine liebe Miss, das meinte ich nicht. Ich bin sicher, Sie verfassen wunderbare Texte. Aber fühlen Sie sich denn absolut wohl hier? Hören Sie auf Ihre Intuition! Wenn Sie sich ängstigen, dann aus gutem Grund, denn diese Gemäuer sind alt und niemand kann wissen, was in ihnen lauert.«

Harold schien noch etwas sagen zu wollen, drehte sich dann jedoch um und war um die nächste Ecke verschwunden, noch bevor Joanne etwas hätte erwidern können. Sie bedauerte es, dass so manche Menschen einen leichten Spleen, wenn nicht gar geistigen Knacks bekamen, wenn sie alt wurden. Aber am vorherigen Tag hatte auch Megan, die junge Bedienstete, seltsame Dinge gesagt. Was war nur mit der Dienerschaft los? Waren sie durch die hohe Gästezahl überfordert? Oder gab es neuerdings Geheimnisse auf Redthorne Castle, die es für eine neugierige Frau wie sie zu ergründen galt?

Eine unangenehm säuselnde Stimme erschreckte sie: »Meine wunderschöne Joanne, hast du dich verlaufen? Oder weshalb stehst du hier so herum, als seiest du die ansehnlichste Statue des gesamten Redthorne Castle?«

»Graham, ich habe dich gar nicht bemerkt. Ich war in meine Gedanken vertieft …«, druckste Joanne und konnte nur schwer verbergen, wie ungern sie alleine mit ihm sprach, nachdem seine Blicke sie tagsüber so aufdringlich verfolgt hatten. Er mochte ein fähiger Schriftsteller sein, Sympathie empfand sie nicht für ihn.

»Bestimmt hast du von mir geträumt«, lächelte er selbstsicher und süffisant.

»Nein«, sagte Joanne gereizt, was sie bereute, denn so war sie nicht erzogen worden. Freundlicher setzte sie hinzu: »Ich habe über eine mögliche Idee für eine Geschichte nachgedacht. Ich wollte gerade zur Bibliothek gehen.«

»Und was wollte der alte Butler von dir?«, fragte Graham neugierig.

»Er heißt Harold und hat mir einen schönen Abend und viel Erfolg gewünscht. Ich kenne ihn von Kindesbeinen an und wir hatten noch keine Gelegenheit, miteinander zu sprechen.«

Joanne wusste selbst nicht, weshalb sie Graham so dreist belog. Aber sie traute ihm einfach nicht. Ständig sagte er diese Dinge, schmierte ihr den sprichwörtlichen Honig ums Mäulchen und schaute sie auf eine unheimliche Art an, von der sie eine Gänsehaut bekam. Gleichzeitig hatte sie aber den starken Verdacht, dass er all das nicht ernst meinte und es seine Art war, so mit jungen Frauen umzugehen. Mit diesen Neckereien verbarg er womöglich nur seine eigene Unsicherheit oder sogar Unzulänglichkeit. Dass herausragende berufliche Erfolge auf sich warten ließen, dürfte ihm immer schwerer zusetzen. Mit Mitte 30 war es für ihn wohl langsam an der Zeit, sich nach einer geeigneten Gattin umzusehen. Sie konnte sein Betragen und ihn selbst weder einschätzen noch leiden und wollte ihm nicht anvertrauen, dass sie das Verhalten von Megan und Harold besorgte.

Graham blieb still und betrachtete ein Gemälde, worin sie ihre Chance gekommen sah, sich von ihm zu entfernen. Joanne drehte sich um und legte die letzten Meter zur Bibliothek zurück und Graham blieb stets einen Schritt hinter ihr.

Sie fühlte sich verfolgt. Nur schwer konnte sie sich beherrschen, ihre Schritte nicht zu beschleunigen. Auf keinen Fall wollte sie, dass Graham Griffith merkte, welch ein Unwohlsein er bei ihr auslöste. Er würde das bestimmt genießen. Und ob ihr sehr unvorteilhaftes Bild von ihm gerechtfertigt war, blieb für sie herauszufinden.

Als sie die schwere Eichentür zur Bibliothek durchschritt, konnte Joanne wieder freier atmen. Einerseits war sie nicht mehr mit Graham alleine und andererseits hatten Bücher stets eine solche Wirkung auf sie. Schon als kleines Mädchen hatte sie es genossen, an den hohen Regalreihen voller Bücher entlangzuwandern, sie zu betrachten und den beruhigenden und zugleich vielversprechenden Duft von altem Papier, Pergament und Ledereinbänden aufzusaugen, der sie in allerlei fremde Welten entführte.

Seit ihrem letzten Besuch hatte sich einiges in dem ihr gut bekannten Raum verändert, was mit dem Treffen zusammenhängen musste: Viele der flauschigen und entspannenden Sessel waren entfernt und einige zusätzliche Tische aufgestellt worden. Damit war die gemütliche

Atmosphäre einer betriebsamen, motivierenden Stimmung gewichen, die für ihr gemeinsames Vorhaben bestens geeignet war. Es gab große Tische, an denen gemeinsam gearbeitet werden konnte, aber auch einige kleinere Tischchen ein Stück abseits der anderen, die nur Platz für eine, maximal zwei Personen boten. Auf den Tischplatten lagen einige Bögen feines Papier, die Joanne still anflehten beschrieben zu werden. Ebenfalls standen dort kleine Tintenfässchen mit der ihr unliebsamen schwarzen Tinte und Kristallgläser mit Schreibfedern. Kerzenhalter auf der Arbeitsfläche und an den Wänden sorgten für ausreichend Licht. Die Helligkeit des Raumes und die Aufregung, die nun mehr und mehr wuchs, ließen Joanne ihre Müdigkeit vergessen und in ihr wuchs der Wunsch, endlich beginnen zu können.

Ihr unsteter Blick wanderte erneut die vielen langen und hohen Regalreihen entlang. Die junge Frau konnte nur schätzen, wie viele wunderbare Stunden sie hier als Kind verbracht hatte. Sie war zwar ein kleiner Wildfang gewesen, wie sie Ida oft liebevoll genannt hatte, aber sie konnte auch oft ruhig dasitzen und in einem Buch schmökern. Die große Auswahl, die ihr hier zur Verfügung stand, hatte sie als Kind überwältigt. Auch der wunderbare Geruch, an den sie sich gerne erinnerte, war erhalten geblieben. Es roch nach alten Büchern und eine ganz feine Note von Rosenduft lag in der Luft, der wohl aus dem Rosengarten stammte, der sich vor den Fenstern der Bibliothek befand. In dieser Bibliothek war sie sich stets wie in einem sicheren Hafen vorgekommen, der selbst bei rauster und stürmischster See Schutz bieten würde.

Joanne nahm an einem der größeren Tische neben Emmeline Platz, die ihr aufmunternd zulächelte, und stellte ihr eigenes Tintenglas demonstrativ, aber trotzdem mit unsicherer Miene vor sich. Die ältere Dame sah es und musste noch mehr schmunzeln, was Joanne nicht entging. Sie fühlte sich davon aber keineswegs gekränkt, sondern wusste, dass sie bei Emmeline mit allen ihren Ecken und Kanten auf Zuneigung stoßen würde. Joanne konnte sehr gut verstehen, weshalb Ida sich diese wunderbare Person als Freundin ausgewählt hatte: Emmeline war ein heiterer Sonnenschein, der jede Regenwolke vertreiben konnte.

Mit einer schlichtweg nicht zu besänftigenden inneren Unruhe wartete Joanne gespannt, bis die übrigen Gäste endlich kamen. Auch die schon Anwesenden erschienen ihr nervös oder zumindest konzentriert, denn die Gespräche waren auf ein Minimum reduziert. Joanne blickte sich versonnen in der Bibliothek um und machte sich Gedanken über ihr Gedicht oder schwelgte zur Abwechslung in Kindheitserinnerungen, die hier besonders lebendig waren.

Neben ihr ließ sich bald Victoria Mill nieder, die sie freundlich anlächelte und sich anschließend aufmerksam umsah.

Im Gegensatz dazu suchte Dora Cartwright sich einen Einzeltisch aus und streifte Joanne kurz mit einem giftigen Blick. Nachdem sie mit ihr am Vormittag so aneinandergeraten war, hatte sie auch nichts anderes erwartet und war froh, sich weitere Bemerkungen verkniffen zu haben. Sie persönlich störte sich nicht an der eisigen Stimmung zwischen Dora und ihr, hoffte allerdings, Ida damit nicht traurig zu machen oder zu beleidigen. Immerhin war Dora Cartwright Averys und Idas Gast und sie hatte einige Veröffentlichungen vorzuweisen. Da war es nur verständlich, dass diese arrogante Person mit ihrem Wissen prahlte und meinte, der unerfahrenen Joanne unerwünschte Ratschläge geben zu müssen.

Joanne gegenüber saß Hunter Albee, dessen Blick sie kurz begegnete. Neben ihm hatte sie einen Fremden entdeckt, den sie neugierig betrachtete. Ihre Verwunderung, diesen Mann nicht vorher wahrgenommen zu haben, währte nur kurz, da sie es sich damit erklären konnte, dass sie sehr mit sich selbst beschäftigt war. Er war eher klein und hatte eine recht schmale Figur, wodurch er ein wenig wie ein flinkes Wiesel wirkte, aber durch seinen aufgeschlossenen und freudigen Blick war er ihr sogleich sehr sympathisch.

Nachdem Avery alle Versammelten begrüßt und seine Freude kundgetan hatte, dass es nun losgehen würde, stellte er den fremden jungen Mann vor: »Und nun, meine Freunde, möchte ich euch mit Jonathan Bradbury bekannt machen. Er ist vor einer Stunde mit dem Pferd eingetroffen und kann glücklicherweise somit schon unserem ersten offiziellen Treffen beiwohnen. Jonathan ist ein Freund Hunters, der diesen überhaupt erst zum Schreiben gebracht hat. Veröffentlicht hat er zwar noch nichts, aber er hat immerhin einige fertige Manuskripte in der Schublade.«

Frech zwinkerte Avery Hunter zu, der daraufhin lächelnd mit den Augen rollte und den Kopf leicht schüttelte. Die beiden Männer waren einander offensichtlich sehr vertraut und Avery erlaubte sich wohl häufiger solche Scherze. Danach versank Joanne wieder in ihren Gedanken und bekam nichts mehr davon mit, was Avery noch sagte. Erst als er still war und andere bereits zu Feder und Papier gegriffen hatten, tat sie es ihnen gleich.

Die Aufregung, die in ihrer Brust kribbelte, ließ sie zunächst keinen klaren Gedanken fassen. Joanne atmete einige Male tief durch und dachte daran, welche große Ehre es überhaupt war, in dieser Bibliothek zu sitzen. In einem Raum mit Mildred zu sitzen, während diese ihr von den Lesern heiß ersehntes nächstes Werk verfasste. Sich einen Tisch mit Emmeline zu teilen, die möglicherweise gerade mit diesen Seiten ihre ersten Schritte in die Welt der Literatur und Verlage tat. Joanne wäre zu gerne aufgestanden und hätte allen über die Schultern gespäht, um die ersten Worte und Sätze zu erhaschen, die auf das Papier flossen. Von Mord und Tod und Spuk und derlei grausigen Dingen würden sie gewiss handeln.

Es lief mehr oder weniger zufriedenstellend. Zwar war sie sehr langsam, aber immerhin hatte sie einen Anfang zu Papier gebracht. Andere bekritzelten versunken und arbeitswütig Seite um Seite, aber Joanne ließ sich nicht aus der Ruhe bringen. Auch nicht vom Gemurmel, das zwischen Robert und dem Professor herrschte, die, den Wortfetzen nach, die Joanne verstehen konnte, eine kleine Debatte führten. Erst ein Gedicht zum Aufwärmen, sagte sie sich, das geht natürlich etwas langsamer. Aber dann werde auch ich richtig anfangen.

Joanne wrang sich Worte und Reime aus dem Kopf und zermarterte sich ihr Gehirn. Sie tauchte ab in eine andere Welt, aus der sie bald erschöpft wieder auftauchte. Sie lehnte sich zurück und hatte Mühe damit, ihre Augen offen zu halten. Die Polsterung ihres Kleides, die ihr neben der engen Schnürung ihres Korsetts eine unnatürlich weibliche Figur verschaffen sollte, behinderte sie beim Sitzen, aber Joanne war zu müde, um sich daran zu stören.

Unter halb geschlossenen Augenlidern bemerkte sie, dass die Kerze vor ihr auf dem Tisch als einzige begann zu flackern. Joanne fühlte keinen Luftzug und fragte sich, ob das Wachs oder der Docht schlecht werden konnte. Der Qualm brannte in ihren Augen, kratzte in ihrer Lunge. Kurzerhand blies sie die Kerze aus. Joanne schloss ihre Lider, um zu verhindern, dass ihr eine Träne über die Wange lief. Das schabende Geräusch der über das Papier gleitenden Federkiele klang wie Musik in ihren Ohren und sie konnte kaum dem Drang widerstehen, selbst grüne Worte fließen zu lassen. Sie hob ihren Blick und hielt in der Bewegung, nach ihrer Feder zu greifen, inne. Ihre Kerze brannte wieder. *Vielleicht hat Emmeline sie entzündet,* redete sie sich ein und bekämpfte das mulmige Kribbeln in ihrer Brust.

In einer kleinen Schreibpause nach einer guten Stunde Arbeit massierte sie mit ihrer linken Hand ihre verkrampfte Rechte. Sie war stolz auf jedes einzelne Wort und hatte das Gefühl, sich die Schmerzen in ihrer Hand erarbeitet zu haben.

»Schreiben kann harte Arbeit sein, nicht wahr?«, fragte Emmeline herzlich lächelnd und knetete selbst ihren Nacken, der unter einer raffinierten Hochsteckfrisur zu sehen war. Sie trug wohl ähnliche Gedanken wie Joanne selbst.

»Und schmutzig noch dazu«, flüsterte Joanne zurück und drehte ihre Hände ein paar Mal hin und her, um der älteren Dame ihre neuen Kleckse zu zeigen.

Nun sah auch Victoria von den Seiten auf, die sie von Francis zum Korrigieren bekommen hatte. Anscheinend hatte sie nicht vor, selbst etwas zu verfassen.

»Immerhin hast du dir eine schöne Farbe für deine kleine Schweinerei ausgesucht«, fügte Emmeline schelmisch grinsend hinzu und zauberte damit auch den beiden jungen Frauen ein Lächeln auf die Lippen.

»Aber es steht dir gut«, sagte Victoria. »Ist die Farbe absichtlich passend zu deinen Augen gewählt?«

Joanne musste sich ein Lachen verkneifen, um die anderen nicht zu stören. Für sie stand in diesem Moment fest, dass dies ein wunderbarer Aufenthalt werden würde und sie bestimmt mit neu gewonnenen Freunden heimkehren würde.

Wie sehr sie sich mit dieser Vermutung irrte, ahnte sie nicht.

»Ja, so sehen echte Künstlerhände nun mal aus«, antwortete Emmeline und zeigte eigene Tintenspritzer. »Was meint ihr, wäre es nicht Zeit für ein weiteres von Averys Schauermärchen?«

»Das wäre perfekt. Weitere Inspiration kann niemals schaden«, stimmte Joanne zu und auch Victoria nickte eifrig.

»Avery!«, sagte Emmeline laut und erntete dafür neugierige, von den Cartwrights und dem Professor aber verärgerte Blicke. Dora schüttelte sogar entnervt den Kopf. »Wäre es dir recht, uns eine weitere Schauergeschichte zu erzählen? Natürlich nur, wenn allen eine Pause recht ist.«

Averys Augen leuchteten und mit schnellem Nicken verkündete er, dass er gerne die Geschichte erzähle, wie der Name der Burg Redthorne Castle zustande kam. »Wann soll ich damit beginnen?«, fragte er aufgeregt.

»Mir käme eine Pause gerade sehr gelegen«, sagte Hunter, warf seine Schreibfeder auf sein Manuskript und streckte sich gähnend.

»Das glaube ich gerne«, lachte Jonathan, »aber auch ich bin gespannt.«

»Können wir nicht einfach weiterarbeiten? Diese Unterbrechung bringt doch nichts«, mischte sich Dora murrend ein.

Robert stimmte mit gerunzelter Stirn seiner Frau zu: »Da muss ich Dora einmal recht geben. Unterhaltsam oder nicht, wir haben doch erst angefangen.«

Dora zischte leise: »Ich kann alleine für mich sprechen, Robert!«

»Eine kleine Pause wird bestimmt nicht schaden«, erwiderte Emmeline versöhnlich. Beinahe liebevoll tätschelte sie ihren seidig glänzenden, dunkelblauen Kapotthut.

Joanne traute sich selbst zu äußern, dass sie gerne die Geschichte hören würde. Victoria fügte ein freudiges »Ich ebenso« hinzu, zog aber schnell den Kopf ein, als sie des erbosten Gesichtsausdrucks ihres Gatten Francis gewahr wurde.

»Nun gut, dann ist es also beschlossen. Das ist die Geschichte, wie unsere Burg zu ihrem rotdornigen Namen kam«, sagte Avery, rutschte tief in seinem Stuhl herunter, nahm ein Glas Brandy zur Hand und begann zu erzählen.

So lange, wie die Aufzeichnungen zurückreichen, war Redthorne Castle, wenn auch damals noch anders benannt, für seine wunderschönen weißen Rosen bekannt. Als die Blüten im frühen Sommer in voller Pracht standen, tobte ein Krieg um die hiesigen Ländereien. Obwohl das Kampfesgeschehen gar nicht direkt an der Burg stattfand, gelang es einigen Rittern des verfeindeten Heers, heimlich in die Gemäuer einzudringen. Sie hatten sich dem Kampf entzogen und wollten über die zurückgebliebenen, schutzlosen Bewohner herfallen.

Die Feindesbande suchte und fand bald die Damengemächer und fiel über die unglücklichen Frauen her. Den zwei jungen Töchtern des Burgherrn war jedoch rechtzeitig, als wilde Schritte auf den Gängen zu hören gewesen waren, zur Flucht verholfen worden.

Die verängstigten Schwestern hielten sich verkrampft an den schweißnassen kleinen Händen und schlichen durch die ihnen bekannten Gänge und versteckten sich. Es schien ihnen, dass immer mehr feindliche Soldaten kamen oder dass zumindest die Eindringlinge es immer wilder trieben. Ihnen war klar, dass sie alles versuchen mussten, um ihnen nicht in die Hände zu fallen. Die Schwestern huschten zur Bibliothek und schlossen sich darin ein, da sie sich hier vor den marodierenden Fremden in Sicherheit glaubten. Sie setzten sich in eine Ecke, hielten sich eng umschlungen und tauschten flüsternd ihre Ängste aus.

Doch schwere Schritte, die eisern auf dem Boden hallten, ließen sie verstummen. Ein zotteliger, verwahrloster Ritter in unvollständiger Rüstung hielt lächelnd den Schlüssel der Bibliothekstür in seiner Hand und steckte ihn in seinen Stiefel.

»Wir werden eine Menge Spaß haben, meine hübschen Damen«, sagte das Scheusal und griff sich gut gelaunt in den Schritt.

Panisch sprangen die Mädchen auf und liefen zur Tür, zu der sie allzu gerne hinausgeflohen wären. Ihre jungen Fäuste hämmerten wie wild gegen das dunkle Holz. Dort sollte für die beiden allerdings kein Ausgang sein. Entsetzt drehte sich die ältere der beiden um, lehnte sich resigniert gegen das Holz und flüsterte: »Schwesterherz, die Fenster. Lass uns springen. Der Tod ist gewiss nicht schlimmer als das, was dieser gottlose Schurke plant.«

Der feindliche Krieger hatte sich die Verzweiflung gerne angesehen, aber als die beiden jungen Damen plötzlich so still wurden und sich umarmten, wurde er unruhig. Er ging langsam einige Schritte auf sie zu, als sich die Schwestern von der Türe abstießen und auf eines der Fenster zu rannten. Vor Überraschung kurz erstarrt, kam er ihnen nicht schnell genug hinterher, um sie zu fassen zu bekommen. Er war schnell genug aber, um zu sehen, wie sie durch das geschlossene Fenster sprangen und hinab in die Rosenbüsche fielen. Ihre zarten Leiber lagen abscheulich verdreht da und ihr Blut färbte die einst reinen weißen Rosen rot.

Als am Abend der Burgherr von der Schlacht zurückkehrte und seine geplünderte Burg und die überfallenen und teilweise getöteten Bewohner auffand, wurde ihm sein Herz vor dunkler Vorahnung schwer. Besorgt suchte er seine Töchter und fand sie leblos in den Rosen liegen.

Fortan trug die Burg den Namen Redthorne Castle, auf dass das Leiden und der tragische Tod der Mädchen nie dem Vergessen anheimfallen werden. Vergessen wird er wohl nie, denn manchmal kann man an der Bibliothekstüre noch das verzweifelte Klopfen von vier Fäusten hören und den metallischen Geruch von Blut riechen.

Nach dieser Geschichte war es zunächst eine ganze Weile still geblieben. Als Joanne aus ihrer eigenen

Bestürzung erwachte, sah sie, dass auch viele der anderen Gäste traurige und grüblerische Mienen trugen.

Emmeline durchbrach als Erste die andächtige Stille, die eingekehrt war, »Avery, ist das tatsächlich so geschehen?«

»Nun ja, es gibt keine Aufzeichnungen darüber, was in der Bibliothek geschehen ist oder wie die jungen Damen dazu gekommen sind, aus dem Fenster zu ›fallen‹, wie es heißt. Aber der Krieg in den Ländereien und der hinterhältige Überfall auf die Burg sind leider historische Fakten. Zudem ist das die einzige Geschichte, die es zum Namen Redthorne Castle gibt und schon seit Jahrhunderten tradiert wird. Ich fürchte also, dass nichts dagegen spricht, dass sie stimmt.«

Lange wurden noch die Mädchen bedauert, die in ihrer Verzweiflung den Freitod dem brutalen Fremdling vorgezogen hatten. Zudem wurde spekuliert, inwiefern eine solche Geschichte überhaupt wahr sein kann und wie wahrscheinlich es ist, dass sie über die Jahrhunderte inhaltlich unverändert bleiben konnte.

Schließlich wandten sich aber alle wieder ihren eigenen Arbeiten zu. Joanne fiel es zunächst sehr schwer, ihre Gedanken von dieser traurigen Geschichte abzulenken. Sie hatte großen Respekt vor den Mädchen, die tapfer und mutig genug waren, ihr Schicksal selbst in die Hand zu nehmen. Selbst dann noch, wenn sie es vorzeitig beenden mussten und mit ihrem Suizid ihr Seelenheil verdarben. Sie glaubte selbst nicht dazu in der Lage zu sein und hoffte, dass sie es nie herausfinden müsste. Nach einer ganzen Weile verbat sich Joanne aber, sich weiter den Kopf darüber zu zerbrechen, und tauchte ihre Schreibfeder resolut in die Tinte.

Am Ende des Abends waren ihre Finger und Hände noch grüner als bei ihrer Ankunft, was Joanne jedoch als durchaus positives Zeichen ihrer Bemühungen deutete. Müde verließ sie die Bibliothek, nachdem sich bereits der Professor und die Mills verabschiedet hatten, und machte sich auf den Weg zu ihrem Bett. In ihren Gedanken hallte Averys Erzählung lange nach.

Ein in dieser Burg noch nicht erlebter Schauder verfolgte sie und die immer stärker werdende Angst überwältigte Joanne schier. Sie spürte, wie sich langsam eine leichte Gänsehaut über ihren Körper ausbreitete und sie durch einen kalten Hauch, den sie im Nacken spürte, zu zittern begann. Natürlich war nichts Ungewöhnliches zu sehen, aber die Schwärze in den dunklen Ecken und Winkeln wirkte tiefer und zum ersten Mal bedrohlich. Joanne, soeben aus der heimeligen Bibliothek getreten, wollte schleunigst zurück in ihr Zimmer fliehen und sich dort die Bettdecke über den Kopf ziehen, um die Welt um sich herum auszublenden, die ihr düster und tödlich wie nie vorkam. Ihre Schritte wurden immer schneller, bis sie schließlich beinahe rannte. Leise Schritte, quietschendes Holz und ein leises Atmen begleiteten Joanne auf ihrem Rückweg, doch wenn sie sich über die Schulter spähte, konnte sie niemanden entdecken. Als ihr eigener Atem diese leisen Geräusche überdeckte, meinte sie gar ein Weinen zu hören, dessen unnatürlicher Klang sie dazu veranlasste, nicht nach dem Ursprung suchen zu wollen.

Endlich erreichte sie den Gang, in dem sich ihr Zimmer befand. Schnell zog sie die Tür auf, huschte hinein und sperrte sie hinter sich ab. In der Sicherheit ihres Raumes angekommen, kam sie sich fast lächerlich vor, war aber gleichzeitig aufrichtig erleichtert, ihren Rückzugsort mit heiler Haut erreicht zu haben. Wer von den Anwesenden hätte sie verfolgen sollen? Bestimmt liegt diese Angstattacke nur an der Geschichte, versuchte sich Joanne selbst zu beruhigen. Aber noch nie zuvor waren ihr die langen, düsteren Flure und Gänge von Redthorne Castle so unheimlich und gefährlich vorgekommen. Als sei etwas erwacht, das sie nun holen wollte. Als verfolge sie jemand und sei ihr auf den Schlichen.

Für diesen Gedanken schalt sich Joanne selbst, dass sie nicht so kindisch sein sollte. Als Erwachsene brauchte man keine Angst mehr zu haben. Nicht vor Gespenstern und auch nicht wegen Albträumen. Das lag weit hinter ihr, in ihrer Kindheit, als sie in jeder Ecke und in jedem dunklen Winkel halb voll Abenteuerdrang, halb ängstlich, etwas Gruseliges hatte lauern sehen. Auch auf dieser Burg, die ihr von je her wie ein zweites Zuhause erschienen war, hatte sie schon so manches Mal ihre beängstigende Fantasie eingeholt, aber noch nie zuvor war ihr die Gefahr so real und bedrohlich erschienen.

Sie erinnerte sich daran, wie sie als Kind vermeintliche Präsenzen gespürt hatte. Wovon, konnte sie nie sagen, und schrieb es dem alten, geschichtsträchtigen Gemäuer zu. Joanne konnte sich erst in dieser Nacht eingestehen, wie sehr sie diese Gedanken und Erinnerungen noch heute ängstigten. Lag hierin einer der Gründe, weshalb sie niemals zuvor alleine zu den Hawthornes zurückgekehrt war? Ihre Eltern, die zuletzt keine Zeit gehabt hatten, eine Reise mit der ganzen Familie zu unternehmen, hätten sie womöglich schon zu einem früheren Zeitpunkt kommen lassen, wenn Joanne es wirklich versucht hätte.

Schnell machte sie sich an ihrem Waschtischchen für das Bett fertig, schlüpfte hinein und hoffte auf einen tiefen Schlaf mit angenehmen Träumen. Sie wollte diesen düsteren Gedanken entfliehen und hoffte, sich nicht in einem Netz aus Albträumen zu verfangen.

Wieder hatte es, selbst nachdem ihre Angst abgeklungen war und trotz ihrer bleiernen Müdigkeit, lange gedauert, bis Joanne endlich eingeschlafen war. Sie musste tief geschlafen haben, als sie am frühen Morgen von Schreien aus ihren Träumen gerissen wurde. Sie wusste noch, dass erneut beklemmende Träume sie heimgesucht hatten, weil sie so verkrampft im Bett gelegen war, dass alle ihre Muskeln schmerzten wie nach einer zu anstrengenden Wanderung in den Bergen. Der genaue Inhalt war ihr sofort entfallen, als sie die Augen aufschlug.

Die Schreie hatten panisch, verängstigt und gleichzeitig von einem tief gehenden Ekel erfüllt geklungen. Schnell stand Joanne auf, zog sich ihren Morgenmantel über und ging vor die Zimmertür, um nachzusehen, ob jemand Hilfe benötigte. Weiter unten im Gang konnte sie die Cartwrights vor dem Zimmer des Professors stehen sehen. Neben ihr öffnete sich gerade die Tür von Hunters Zimmer. Er blickte alarmiert und müde zuerst in Richtung des Schreis und dann zu ihr.

Der Morgen war bereits angebrochen, aber im nahezu fensterlosen Flur war es noch immer sehr düster. Joanne ging an Hunter vorbei und auf Dora und Robert zu. Die beiden sahen sie nicht einmal an, sondern starrten beharrlich auf eine feste Stelle im Zimmer, weshalb sie selbst einen im gleichen Maße neugierigen wie besorgten Blick hineinwarf. Ein überwältigender Würgereiz schnürte ihre Kehle zu, als ihr die Lage deutlich wurde. Ein Kloß bildete sich in ihrer Kehle und in ihrem Magen wurde es flau. Sie fühlte, wie ihr eine Grabeskälte aus dem Zimmer entgegenströmte.

Kapitel 5: Hunter Albee, 6. September 1898

Hunter lief direkt hinter Joanne her, um zu erfahren, was geschehen sein mochte, da um diese unsäglich frühe Stunde ein so spitzer Schrei ausgestoßen worden war. Noch ein wenig benommen vom Schlaf wäre er beinahe gegen sie gelaufen, als sie plötzlich vor der offenen Tür stehen blieb.

Der Klang des Schreis verhieß nichts Gutes. Hunter machte sich deshalb auf so einiges gefasst. Nicht umsonst. Gerade noch hatte er selig im warmen Bett geschlafen und nun blickte er auf eine Leiche hinab.

Professor Liam Wright lag bleich im Bett.

Neben dem Toten stand Anne, eine der Bediensteten, die ihn wohl wecken wollte. Der Schrecken stand ihr ins Gesicht geschrieben und ihre Hände hielt sie zu Fäusten geballt nebeneinander vor den Mund gepresst. Das arme Mädchen, das wohl wie angewiesen hier war, um ihn zu wecken, und dabei den Leichnam fand, schien verkrampft zu versuchen weitere Schreie in ihre Kehle zurückzustopfen.

Der Professor hatte oft betont, dass die frühen Morgenstunden nicht vergeudet, sondern gut genutzt werden sollten. *Nun ist der arme alte Mann gestorben, ohne zu begreifen, welch ein Segen es sein kann, lange im warmen und gemütlichen Bett zu bleiben*, dachte Hunter. *Manche Dinge lernt man eben nie.*

Oft hatten ihn seine Eltern – ohne es wahrlich ernst zu meinen – einen Taugenichts genannt. Er schlief lediglich gerne lange und arbeitete dafür bis in die tiefe Nacht oder den frühen Morgen hinein. Damit konnte er zwar nicht in die Fußstapfen seines Vaters treten, aber das wollte er sowieso nicht. Schon als kleiner Junge hatte er den Erwartungsdruck gespürt und mit Trotz darauf reagiert. Niemand würde ihm vorschreiben, wie er sein Leben zu führen hatte. Auch die dezenten Hinweise, dass es endlich Zeit war, sich eine Frau zu suchen und für einen Erben für das ach so tolle, ja nahezu anbetungswürdige Imperium seines Vaters zu sorgen, stieß bei ihm auf taube Ohren. Hätten sie eben noch einen Sohn bekommen sollen. Er würde bestimmt seine neu erblühte Leidenschaft, die Schriftstellerei, nicht aufgeben, um Bekleidung anzufertigen. Da konnten die Verkaufszahlen so gut sein, wie sie wollten.

Emmeline war zu Anne neben das Bett getreten und schüttelte traurig den Kopf.

»Er scheint einfach im Schlaf gestorben zu sein. Wie seinerzeit mein Mann. Ein gnädiger Tod, aber nicht weniger traurig. Vielleicht auch hier ein Herzversagen?«, fragte Emmeline in leiser Stimme, wie um den Toten nicht aufzuwecken und zu stören.

Die arme Witwe musste sich schrecklich an den Tod ihres Mannes erinnert fühlen, weshalb Hunter sie sogleich herausführen wollte. Anne weinte und schluchzte weiterhin wild vor sich hin. Der Professor war offensichtlich ihr erster Toter.

Zu Emmeline getreten, hielt Hunter inne, als Anne plötzlich wirre Satzbruchstücke verlauten ließ: »Er ist einfach … Er lag da und war kalt ... Das darf nicht passieren ... Das sollte nicht passieren!«

Auch Ida war rechtzeitig hinzugetreten, um den Ausbruch ihrer Bediensteten mitzubekommen. Sie legte ihre Hand auf Annes Unterarm, während sie selbst kreidebleich zum Verstorbenen schaute und nachdenklich die Stirn runzelte. »Es ist ja alles gut, meine Liebe«, sagte sie. »Lass dir von Megan einen Tee machen. Das wird deine Nerven beruhigen. Und Hunter, würdest du bitte Harold und Finnley holen?«

Ohne zu zögern, machte sich der Angesprochene auf den Weg, verließ das Zimmer und konnte noch sehen, wie Ida ihre Freundin fest umarmte und Joanne versuchte die schluchzende Anne zu beruhigen.

Den Bedienstetenflügel kannte er aus seiner Jungenzeit, in der Hunter es sehr gemocht hatte, dort zu spielen. Immer hatte er jemanden gefunden, der Zeit für ihn hatte, oder jemanden, den er nötigen konnte, Zeit zu erübrigen, und so wurde es ihm niemals langweilig. Mit schnellen Schritten näherte er sich den nebeneinanderliegenden Türen von Harolds und von Finnleys Kammer und klopfte an beiden an. Fast zeitgleich streckten sie ihre Köpfe heraus, um zu sehen, ob es ein Problem gab. Finnley, der alle Reparaturarbeiten in der Burg ausführte, war um einiges jünger als Harold und sah selbst ebenso wie seine Kleidung ganz verknittert aus, als sei er gerade aus dem Bett gestiegen. Harold hingegen schaute ihn mit wachen Augen an und trug bereits seinen faltenfreien Anzug.

»Meine Herren, ich entschuldige mich für die frühe Störung. Aber es handelt sich um einen Notfall. Naja, nicht wirklich, denn der schlimmste Fall ist ja bereits eingetreten. Kurz gefasst: Dem Professor kann nun endlich großer Nachruhm widerfahren. Er ist in seinem Bett verstorben.«

»Wir werden uns darum kümmern, Mr. Albee. Danke, dass Sie extra hierhergekommen sind«, sagte Harold und trat direkt vor die Tür, um seine Arbeit anzugehen.

»Ich werde gleich folgen, Harold«, versprach Finnley und zog sich wieder in sein Zimmer zurück.

Die beiden Männer machten sich gemeinsam auf den Weg und alsbald durchbrach Harold erneut das Schweigen: »Mr. Albee, ich denke, es wäre das Beste, wenn dieses Treffen abgebrochen würde. Besser, Sie machen sich, so gerne ich Sie wiedergesehen habe, unverzüglich auf den Heimweg.«

»Ich verstehe es, Harold, dass der Tod eines Menschen hier auf dieser Burg Sie schwer trifft, aber weil ein alter Mann schließlich seinem Schöpfer gegenübertritt, um ihn anstelle seiner Mitmenschen zu belehren, sollte dies nicht dafür sorgen, dass diese Zusammenkunft, auf die sich alle gefreut haben, abgebrochen wird.«

»Mit allem Respekt, so sollten Sie nicht über einen Verstorbenen sprechen, junger Herr.« Harolds emotionsloser Einwand verriet Hunter nicht, ob er ihn bestürzt, erzürnt oder amüsiert hatte. Oder vielleicht gar nichts von allem? Es machte jedenfalls nicht den Eindruck, als würde ihn der Verlust des Professors zermürben.

»Ich entschuldige mich, Sie haben natürlich recht.«

Erneut versuchte Harold seine Warnung vorzubringen und blieb stehen, um deren Wichtigkeit zu betonen: »Ich habe bereits Miss Hadley geraten sich zurückzuziehen. Ich halte es für überaus wichtig…«

»Wann denn? Da wussten Sie doch noch gar nichts von einem Toten!«, unterbrach Hunter den Butler und schaute ihn aufmerksam an. Was wusste er? Was wollte er erreichen?

Harold konnte nur einen kurzen Moment lang Hunters Blick standhalten, sah dann weg und lief weiter. »Verzeihung, ich hätte nicht damit anfangen sollen, ich meinte es nur gut mit Ihnen beiden. Ich darf nicht deutlicher werden. Aber, und Sie können mir vertrauen, Sie sollten über eine Abreise nachdenken und alle mitnehmen, die Ihnen lieb und teuer sind«, sagte Harold, woraufhin er bis zur Ankunft bei dem verstorbenen Professor Wright schwieg.

Inzwischen hatten sich alle bis auf Mildred und Graham vor und im Zimmer des Toten versammelt. Hunter hatte als Kind die gesamte Burg auf den Kopf gestellt, dabei musste ihm allerdings dieser Raum entgangen sein. Er wirkte beinahe wie eine Mönchszelle. Bett, Waschgelegenheit, Tisch und Stuhl sowie ein Schrank. Mehr Mobiliar gab es nicht und Hunter vermutete, dass dem Professor die karge Einrichtung gefallen hatte, damit sie ihn nicht von seinem Schaffen ablenken könnte. Ein großer Geist begnügt sich mit geringem Gut. So einen Satz hätte er dem Verstorbenen durchaus zugetraut.

Hunter schätzte, dass die übrigen beiden von dem Tumult unberührt weiter ihr Bett hüteten, und wünschte sich in gewisser Weise selbst dorthin zurück. Auch Joanne fehlte, doch sie hatte Anne weggebracht. Hunter sah, wie betroffen die meisten der Anwesenden waren: Die Cartwrights zogen sich zwar mit neutralen Mienen wieder in ihr Gästezimmer zurück, sein Freund Jonathan sprach jedoch einfühlsam mit

Emmeline, während Ida den deutlich mitgenommenen Avery tröstete. Ihm ging es sehr nahe, dass einer seiner Gäste und Freunde verstarb, und Ida wirkte nervös und aufgewühlt, so wie sie sich ständig umsah und unermüdlich an ihrem Morgenmantel herumnestelte.

Harold durchschnitt mit seiner neutralen Stimme die leisen Gespräche: »Master Hawthorne, wie gedenken Sie fortzufahren? Soll nach einem Arzt geschickt werden?«

»Jaja, ein Arzt. Aber bitte bedecken Sie zunächst den Toten.«

Der Butler kam der Aufforderung seines Herrn nach und verließ gerade den Raum, als Finnley hinzukam. Er instruierte ihn, einen Arzt zu holen, und drehte sich erneut herum.

»Kann ich sonst noch etwas tun? Ich werde dafür sorgen, dass starker Tee serviert wird, wenn Sie wünschen.«

»Tee ist gut, danke, Harold«, murmelte Avery schwach mit fahlem, eingefallenem Gesicht, das kaum lebendiger aussah als das des Toten. Er war eindeutig überfordert und dankbar, dass Harold wie schon seit vielen Jahren für ihn da war.

Abrupt drehte dieser sich um und verließ dienstbeflissen das Totenzimmer.

Nun mischte sich auch endlich Ida ein: »Ich denke, dass nun keiner mehr Schlaf finden wird. Wer möchte, kann im Speisesaal Tee einnehmen und des Toten gedenken. Wer sich zurückziehen möchte, kann dies natürlich auch gerne tun.«

Ringsum konnte man bedrückte und blasse Gesichter sehen. Hunter ging gemeinsam mit den anderen schweigend zum Speisesaal, wo tatsächlich sehr bald frisch aufgebrühter und besonders starker Tee serviert wurde. Als er die Wärme in seinem Bauch spürte, empfand er plötzlich ein tiefes Gefühl der Dankbarkeit, noch am Leben zu sein. Er wollte noch so viel erleben und fertigbringen.

Als die Tür heftig aufgerissen wurde und Finnley durch den Speisesaal stürmte, wurde Hunter aus seiner verträumten Lebensplanung gerissen. Ohne jemanden zu beachten, durchquerte der Bedienstete den Raum und verließ ihn ebenso wild wieder durch eine andere Tür. Kaum hatte sich Hunter über dieses Verhalten gewundert, da betrat Harold die Bühne, dicht gefolgt von Finnley. Hunter fühlte sich wie in einem schlechten Theater. Was würde wohl als Nächstes passieren?

Der Butler flüsterte Avery etwas ins Ohr, woraufhin dieser sich an seinem Tee verschluckte und heftig hustend viele kleine Tröpfchen des Getränks über den Tisch verteilte. Hunter wartete gespannt auf die tragische Wendung, die sich gewiss sogleich entfalten würde. Stets an seiner Seite, schlug Ida ihrem Gatten leicht und fürsorglich auf den Rücken. Er wurde noch blasser, als er schon zuvor gewesen war, und Ida meinte, er solle sich besser in seine Räume zurückziehen und ausruhen. Vehement schüttelte er mit dem Kopf und sagte etwas davon, dass er hier eine Verantwortung zu tragen habe, da er schließlich der Burgherr war. Die Atmosphäre wurde immer angespannter. Hunter fühlte sich an einen heftigen Streit zwischen seinen Eltern erinnert, den er als Kind mit angesehen hatte und bei dem er ebenso zur Tatenlosigkeit verdammt auf den Ausgang hatte warten müssen.

Resigniert schüttelte Ida den Kopf und wandte sich an Hunter: »Hunter, Liebling, könntest du so gut sein und mit

Finnley gehen? Am besten wäre es, Jonathan, wenn du die beiden begleiten könntest. Wir haben ein unvorhergesehenes Problem mit der Zugbrücke. Außerdem wäre es sehr zuvorkommend von euch, wenn Ihr den Professor in kühlere Räume bringen könntet. Ich möchte nicht, dass Harold sich seinen alten Rücken verletzt.«

Verwirrung machte sich bei den beiden angesprochenen jungen Herren breit. Was sollte mit der Zugbrücke nicht in Ordnung sein? Noch bevor Hunter etwas hätte erwidern können, sagte Jonathan bereits zu: »Natürlich, Ida. Wir werden alles deinen Wünschen gemäß ausführen.«

»Vielen Dank, das ist sehr nett von euch. Und Avery, mein Schatz, du legst dich jetzt ins Bett. Um alles wird sich gekümmert, wie du siehst.«

Mit grimmiger Miene nickte der bevormundete Hausherr und verließ gemeinsam mit den drei jungen Männern den Speisesaal. Kurz bevor sich ihre Wege trennten, begegneten sie Mildred und Joanne.

Besorgt trat Joanne zu Avery: »Du siehst ja so blass aus! Es tut mir sehr leid um deinen Freund. Können wir irgendetwas für dich tun?«

»Joanne, die Zugbrücke. Wir können keinen Arzt kommen lassen. Ida wünscht, dass ich mich ausruhe. Dass uns gerade meine Zugbrücke zum Verhängnis wird! Ich mag meine Burg traditionell und jetzt soll das gefährlich werden?«, sagte Avery und verschwand in Richtung Treppe zu seinen Gemächern, ohne eine Reaktion der jungen Frau abzuwarten.

»Was sagt er da?«, fragte Mildred scharf. »Stimmt etwas mit der Zugbrücke nicht?«

»Wohl nur kurzfristig, Mylady. Wir versuchen die eingestürzte Zugbrücke zu reparieren und wieder begehbar zu machen«, versuchte Finnley die nervös an ihrer Augenbraue zupfende Mildred zu beruhigen.

»Sind wir etwa gefangen?«, hakte sie nach.

»Für den Moment leider ja.«

Joanne bekam große Augen. *Was für eine hübsche Farbe ihre Augen haben! Und der Rest ist auch nicht zu verachten,* schoss es Hunter durch den Kopf.

Joanne fragte leise, kaum hörbar: »Und wenn sie irreparabel zerstört ist?«

»Dann, Miss, müssen wir warten, bis unsere Misere vom Zulieferer entdeckt wird und er Hilfe ruft. Dann können wir von außen befreit werden. Denn wir haben nicht die Mittel und Werkzeuge, eine Ersatzbrücke oder einen Steg zu bauen.« Wieder war es Finnley, der wacker Rede und Antwort stand.

Jonathan nickte und wandte ein: »Lasst uns hoffen, dass wir das wieder hinbekommen. So kompliziert kann der Mechanismus ja nicht sein.« Hunter schaute seinen Freund an und wusste, dass er zwar versuchte alle zu beruhigen, selbst aber nicht an seine trostreichen Worte glaubte. Seine Mimik verriet ihn, was ihm Hunter durch ein humorloses Lächeln und ein vages Kopfschütteln zeigte. Sie kannten sich zu lange, um einander anschwindeln zu können. Von den Umstehenden wurde Hunters Geste glücklicherweise nicht bemerkt.

»Aber sind Sie hier denn nicht für solch einen Vorfall gewappnet?«, machte Mildred mit zittriger Stimme ihrer Empörung Luft.

»Einige Werkzeuge haben wir hier, aber nicht alles. Und auch keine Bretter, die lang und dick genug sind, um einen Fluchtweg zu bilden.«

Nun wollte auch Hunter die erschrockenen Frauen beruhigen: »Wir werden jetzt erst einmal schauen, vielleicht können wir die Zugbrücke in wenigen Minuten wieder benutzen. Und wenn nicht, wird der Zulieferer ja sicherlich auch bald kommen, oder, Finnley?«

»Na ja, wegen des literarischen Treffens war er ja erst da und alle Vorräte wurden aufgefüllt. Es wird bestimmt noch einige Tage dauern. Harold weiß dahingehend mehr.«

Daraufhin wurde es still. Mit besorgten Mienen setzten die Frauen den Weg zum Speisesaal fort und die Männer gingen zum Burgtor.

An der Zugbrücke angekommen, die ihre einzige Verbindung in die Welt dort draußen war, konnten die Männer schnell erkennen, dass sich nichts mehr machen ließ. Es klemmte nicht nur einer der wichtigsten Hebel. Zu allem Überfluss waren auch einige der Querverstrebungen geborsten, sodass die Bretter fast lose herabhingen. Einige hatten sich bereits gelöst und waren in den Burggraben gefallen, bei den anderen war es nur noch eine Frage der Zeit, bis auch sie herunterkrachen würden. Jeder Reparaturwille der Männer blieb leider vergebens. Missmutig blickend standen sie da, Jonathan rüttelte mal hier, klopfte mal da, aber es war für alle offensichtlich, dass nichts helfen würde.

»So ein verdammter Mist, das bringt doch nichts, Jonathan!«, schimpfte Hunter. »Wenn Avery nicht darauf bestehen würde, diese dämliche hölzerne, längst veraltete Zugbrücke jeden Abend hinaufzuziehen, dann stünden wir jetzt nicht vor diesem Problem!« Er konnte es nicht länger mit ansehen, wie sein Freund unnötigerweise an diversen Stellen herumwerkelte.

Gereizt schaute sein Freund ihn an, eine nicht weniger grantige Entgegnung auf den Lippen.

Finnley ging dazwischen, bevor die beiden eine Zänkerei beginnen konnten, die sie gar nicht gewollt hätten. »Dann sollten wir uns um den Transport des Herrn Professor kümmern. Immerhin, etwas bleibt zu tun. Hier lässt sich nichts machen.«

Die drei machten sich auf, die nächste Aufgabe anzupacken. Hunter würde den Rest des Tages die Frage nicht aus dem Kopf bekommen, wie es zu einer solchen Zerstörung der Zugbrücke hatte kommen können.

Im Zimmer des Professors war es Hunter unnatürlich kalt, obwohl ein Temperaturunterschied zu den anderen Räumen der Burg nicht erklärt werden konnte. Der tote Körper war seither unangetastet unter dem Leintuch liegen geblieben. Mit dieser unleidlichen Aufgabe betreut zu werden, damit hatte Hunter bei seiner Ankunft auf Redthorne Castle nicht gerechnet. Aber was getan werden musste, musste eben getan werden. Besser, sie schafften ihn sogleich hinunter in die kühlen Kellerräume, bevor er hier oben zu riechen begann. Und in seiner Nähe wollte er den toten Professor nicht so gerne haben, was zu dessen Lebzeiten ebenfalls gegolten hatte. Sie stellten sich um das

Bett herum und jeder schien darüber nachzugrübeln, wie die Sache oder vielmehr der Körper am besten anzupacken wäre.

Da kam Hunter ein Gedanke: »Sollten wir nicht nachsehen, ob er auch tatsächlich tot ist? Nicht, dass wir einen Scheintoten in den Keller schleppen und ihn damit erst wirklich umbringen! Ist heutzutage ja gar nicht so selten, dass man lebendig begraben wieder aufwacht.«

»Da hast du recht«, stimmte Jonathan zu. »Wobei er dann wenigstens nur im Keller läge. Und guter Wein, den er ja, wie ich hörte, immer schon zu schätzen wusste, wäre nicht fern!«

Daraufhin musste Hunter schmunzeln. Auf seinen Freund war Verlass. Er hatte schon so manche unliebsame Situation erträglicher gemacht. Nicht zuletzt die Sache mit der Leiche hier, die zwischen ihnen verhüllt von einem weißen Tuch auf dem Bett lag.

Finnley seufzte einmal und ergriff dann das Leintuch am Fußende des Bettes mit beiden Händen. Mit einem Ruck zog er es vom Professor herab. »Wie können wir sichergehen?«, fragte er die beiden anderen.

Hunter sah ratlos auf den Toten hinunter und wollte gerade feststellen, dass er so lebendig wie immer wirkte und dass es keine leichte Aufgabe sei, verkniff sich aber den Scherz. Irgendwann musste man auch einmal ernst bleiben, den anderen hätte er damit sowieso nicht geholfen.

Er sah, wie Jonathan sich mit dem Zeigefinger ein paar Mal gegen das Kinn tippte. Schließlich nickte dieser. »Männer, ich habe da eine Idee. Ich bin sofort zurück!«, murmelte Jonathan und eilte aus dem Raum hinaus.

An Finnley gewandt stellte er fest: »Bei jedem anderen würde ich sagen, dass das ein Fluchtversuch ist. Ich bin gespannt, was er dieses Mal wieder aus dem Hut zaubert.«

Averys Bediensteter zuckte nur mit den Schultern.

Nicht lange musste sich Hunter den Professor betrachten, da kam Jonathan hastigen Schrittes zu ihnen zurück. In der Hand hielt er seinen Rasierspiegel.

Hunter konnte sich ein Lachen nicht verkneifen. »Möchtest du prüfen, ob wir es mit einem Vampir zu tun haben? Du denkst wahrlich an alles, mein Freund.«

Ohne viele Worte zu verlieren, hielt Jonathan den Spiegel dem vermeintlichen Leichnam unter die Nase und wartete einige Augenblicke ab. »Er beschlägt nicht. Anscheinend ist er wirklich tot. Horchst du mal, Hunter, ob sein Herz schlägt?«

Hunter wollte die Aufgabe, die Jonathan so leichtfertig an ihn verteilte, von sich weisen, sah aber, dass sein Freund in diesem Moment selbst seine Hand ohne zu zögern auf Professor Liam Wrights Handgelenk legte und nach einem Puls suchte. Da blieb ihm nichts anderes übrig. Finnley verhielt sich einen Schritt vom Fußende des Bettes entfernt mucksmäuschenstill und sah nicht danach aus, als würde er sich darum reißen, diese Aufgabe zu übernehmen. Hunter wollte nicht weibisch sein und kneifen. Hunter trat näher heran und stieß mit seinem rechten Schienbein sacht gegen das Bettgestell. Langsam beugte er sich vor. Um keinen Geruch vernehmen zu müssen, den er womöglich niemals wieder aus seiner Nase bekommen hätte, atmete er durch den Mund. Er näherte sich dem Brustkorb des Professors und hielt sein rechtes Ohr dicht darüber. So nahe hatte er ihm niemals kommen wollen, aber in diesem Moment war er froh, dass der alte Mann das nicht mehr mitbekam. Er lauschte und konnte nichts als Stille ausmachen. Ein kleines Stückchen senkte er seinen Kopf weiter hinab, aber im toten Körper unter ihm blieb alles still. Die einzigen Geräusche waren sein eigener Atem und das Rauschen seines Blutes in seinen Ohren. »Nichts«, stellte er knapp fest.

Daraufhin deckte Finnley den Leichnam, der sich somit nach ausführlicher Prüfung tatsächlich als solcher erwiesen hatte, wieder zu. Hunter ging an den Schrank und fand nach kurzer Suche zwei weitere große Laken, in die sie den Professor einwickelten. Überrascht bemerkte Hunter, dass ein schlaffer Mensch im Tod mehr zu wiegen schien als am Leben.

»Das Päckchen ist gepackt. Lasst ihn uns nach unten schaffen und irgendetwas Lebendiges tun!«, bat Hunter.

Kapitel 6: Robert Cartwright, 6. September 1898

Mit einem lauten Knall flog ein schwarzgefiederter Vogel gegen die Glasscheibe eines der Fenster des Billardsalons. Der Schreck über dieses Geräusch ließ Robert darin innehalten, mit den Mittel- und Zeigefingern auf seinen Knien zu trommeln. Empört über den Störenfried schüttelte er den Kopf und nahm gleich darauf seinen Takt wieder auf.

Obwohl Robert froh war, sich am Nachmittag zurückgezogen zu haben und sich ungestört von den anderen Menschen auf dieser Burg zu wissen, überlagerten viele Ärgernisse dieses kleine Glück, das ihm geblieben war. Er hatte eine Flasche guten Weines bei sich, hatte zuvor mindestens eine weitere geleert und saß nun angetrunken auf einem Lehnsessel am Fenster, das dumme Vögel in ihrem Flug offensichtlich außerstande waren wahrzunehmen. Sie waren so unfähig wie die Menschen um ihn herum.

Sie starben, ängstigten sich, nörgelten. Vor allem Dora meckerte und zeterte tagein, tagaus, was er fast nicht mehr ertragen konnte. *Warum hat mich Gott nur mit so einem Weib gestraft?,* fragte er sich selbst immer wieder. Natürlich wusste er auch die Antwort auf seine Frage: Weil er ein so schlechter Mensch war. Trotz dieser Einsicht hatte er nicht vor, das zu ändern. Jeder ist sich immerhin selbst der Nächste und am Ende ist man doch allein. Mit dieser Einstellung hatte er es auch verhindern können, helfen zu müssen, diesen alten, toten Klugscheißer herumzuschleppen. Zwar war er von kleiner und schlaksiger Statur, beinahe eremitisch abgemagert, aber niemand trug gerne Leichen durch die Gegend.

Robert hatte sich geschwind von den anderen Gästen zurückgezogen, genügend Wein mitgenommen und ließ es sich gut gehen. Zumindest, so gut es eben unter den herrschenden Bedingungen möglich war. Dass diese verflixte Dienerschaft die Zugbrücke nicht repariert bekam! Er konnte kaum nachvollziehen, weshalb noch keiner der jungen Burschen etwas unternommen hatte. In dem Alter war er voller Tatendrang gewesen. Seine etwas mehr als 40 Jahre lasteten viel zu oft und viel zu schwer auf seinen Schultern und er hoffte auf die energische Jugend. Aber keiner der Idioten unternahm etwas.

Er blickte aus dem Fenster und versuchte sich über seine eigenen Gefühle klar zu werden. Alle machten ein ungeheures Aufhebens wegen der Tatsache, dass sie gefangen waren. Aber sie hatten ursprünglich sowieso alle geplant, mehrere Tage zu bleiben, und Robert war zuversichtlich, dass noch, bevor die Abreisefrist erreicht wäre, der Zulieferer käme und sie alle befreite. Selbst in seinem vom Wein benebelten Zustand konnte er noch erkennen, dass das Problem, das alle sahen, darin lag, dass ihnen die Möglichkeit genommen war, wieder zu gehen. Man blieb nicht mehr freiwillig Gast auf Redthorne Castle, sondern war Gefangener dieser alten Burg. Als hätte das verdammte Gemäuer es geplant, dann die Bewohner und deren Gäste mit ihren dornigen Ranken alle zu umschlingen, wenn die Zahl der Seelen, die sich dort befanden, am höchsten war. Welche unheimlichen Gedanken er sich da machte. Auf keinen Fall wollte er zu so einer Memme werden, wie es die anderen waren.

Vielleicht waren aber solche Gedanken ja geeignet für einen kurzen Roman. Eine gute Idee war bei ihm inzwischen viel zu lange ausgeblieben. Beim gestrigen Treffen hatte er Tüchtigkeit heucheln müssen. Wie überaus schmählich, dass es so weit mit ihm gekommen war. Nutzlos, unzulänglich und geringwertig fühlte Robert sich, wie so oft.

Dora hatte ihm diesen Eindruck so häufig vermittelt, dass er sich nun von alleine so fühlte. Dieses verflixte Weib brauchte gerade etwas zu sagen. Sie selbst hatte ebenfalls lange nichts Anständiges mehr geschrieben. Und früher hatte er diese aufsässige, nichtsnutzige Kröte einmal anziehend gefunden. Zugegeben, schlecht sah sie auch heute nicht aus, aber wie hatte er sich in diese hinterhältige Schlange nur einmal verlieben können? Das musste mindestens Hunderte von Jahren zurückzuliegen, als sie beide noch von Hoffnungen und Erwartungen erfüllt waren. Doch sie hatten sich gehörig geirrt. Ruhm und weitläufige Reisen um die ganze Welt waren ausgeblieben. Dafür hatte sich seine Ehefrau eingebildet, noch vor der Hochzeit schwanger – angeblich unabsichtlich – werden zu müssen. Aber gegen ihr gemeinsames Kind, ein heute erwachsener Sohn, hatte er nichts. Im Gegenteil, er war wohl das einzig Achtbare, was aus ihrer verfluchten Verbindung resultiert war.

Die Tür zum Billardsalon öffnete sich. Wie hieß das Sprichwort so schön? Wenn man vom Teufel spricht – oder in diesem Fall an ihn denkt.

»Hier versteckst du dich also!«, keifte Dora ihn unverzüglich an.

»Ich verstecke mich nicht. Ich habe mich zurückgezogen und gedenke des Professors.«

»Und wie du gedenkst. Du denkst doch niemals. Du säufst nur wieder. Bemitleidest dich selbst, wie ich dich kenne. Bist selbstgerecht und ...«

»Ja genau, das bin ich alles«, fuhr Robert Dora ins Wort, bevor sie wieder mit einer ihrer lästigen Schimpftiraden in Schwung geraten konnte. »Wie sollte ich mit einem solchen Weib auch anders sein? Lass mich in Ruhe. Ich kann dich und deine Boshaftigkeit, dein Gezänk und dein Geplärre schlichtweg nicht länger ertragen.«

Robert war aufgestanden und es fiel ihm schwerer als gedacht, gerade zu stehen und ohne zu wanken zur Tür zu laufen. Er versuchte so aufrecht wie möglich den Raum zu verlassen. Woher er diesen verächtlichen Rest Stolz nahm, wusste er selbst nicht. Robert hatte seiner Frau den Rücken gekehrt und ignorierte ihr Gezeter. Als sei sie gar nicht da, schloss er leise hinter sich die Tür und lief durch die Gänge der Burg.

Bald hatte er die Orientierung verloren und irrte eine Weile umher, es gab ohnehin nichts anderes zu tun.

Erst in der Empfangshalle konnte er erkennen, wo er sich befand. Die imposante Treppe fiel vor den im gleichen Holz getäfelten Wänden kaum auf, wenn die beiden Flügeltüren des Eingangsportals geschlossen waren und kaum Tageslicht hereinfiel. Durch die Galerien zu beiden Seiten der Treppe hatte die Eingangshalle dennoch etwas sehr Herrschaftliches und Beeindruckendes. Bevor Robert ihnen hätte ausweichen können, sah er sich einigen Männern gegenüber. Hunter, Jonathan, Francis und Graham standen im Kreis und besprachen die Situation.

Neugierig geworden durch die aufgeregte Unterhaltung, trat er auf sie zu: »Meine Herren, wie stellt sich aktuell unsere Lage dar?«

»Unverändert«, antwortete Graham. Dieser Kerl konnte ihn wohl nicht leiden, da er keine große Hilfe war. Eigentlich gar keine Hilfe. Die Antipathie beruhte auf Gegenseitigkeit, weshalb Robert ihm ungeniert einen grimmigen Blick zuteilwerden ließ. Graham musste darüber lächeln und wirkte völlig unberührt von seiner Unfreundlichkeit. Dieser Bastard! Und seine verdammte Frau Dora musste ausgerechnet ihm diese anzüglichen Blicke zuwerfen.

Hunter fügte mit einer wegwerfenden Handbewegung und einem Schulterzucken hinzu: »Die Bediensteten meinten, dass wir uns keine Sorgen machen müssten. Es gäbe genügend Vorräte und auch kleine medizinische Zwischenfälle könnten gehandhabt werden. Wir müssen das Ganze einfach aussitzen.«

»Und wie sieht es mit unserem literarischen Schaffen aus?«, erkundigte sich Robert. Jetzt, wo er einen minimalen Hauch von Kreativität neben all den anderen größtenteils alkoholischen Flüssigkeiten in sich aufblubbern spürte, wollte er unbedingt auch tätig werden.

»Nun ja, da der alte Professor von uns ging, herrschen allgemein einige pietistische Bedenken, die wir wohl aber aus dem Weg räumen können«, informierte ihn Francis.

»Ja, genau«, lachte Hunter, »wir ehren den Professor ja genau genommen damit, wenn wir weiter literarisch tätig sind.« Alle nickten eine Weile einträchtig und ein kurzes Schweigen senkte sich über die Männer, das Robert aber zu durchbrechen suchte.

»Das ist wahr«, stimmte Robert lächelnd zu. Der Junge gefiel ihm. Er hatte Humor und war nicht so spießig oder grimmig wie Francis oder Graham. Vor allem warf seine vermaledeite Frau Hunter keine hitzigen Blicke zu. »Und worüber hattet ihr so erregt gesprochen?«

»Ich hatte vorgeschlagen«, sagte Jonathan betont lässig, »dass es doch einen Versuch wert wäre, dass ich über die Burgmauer klettere. Der Burggraben führt ja kein Wasser. Den zu durchqueren wäre also kein allzu großes Problem. Mehr Gedanken macht mir, wie ich daraus wieder herausklettern könnte.«

Hunter entgegnete darauf mit gereizter Stimme: »Wir versuchen schon die ganze Zeit Jonathan klar zu machen, dass dies ein unnötiges Risiko ist. Wie ich dir soeben erläutert habe, müssen wir das Ganze nur aussitzen. Wir müssen ja sowieso nirgendwo anders hin, deshalb musst du nicht wie ein Verrückter auf der Mauer herumtänzeln, Jonathan.«

»Ist ja in Ordnung, Hunter, aber eine Idee wäre es allemal gewesen. Im Notfall könnte man darüber nachdenken.«

»Dann müsstest du trotzdem bis zum nächsten Dorf wandern. Und wenn dir etwas zustößt, ist Rettung fern«, entgegnete Hunter seinem Freund mit gerunzelter Stirn und legte ihm eine Hand auf die Schulter.

Die Unterhaltung verfolgte Robert noch mehr oder minder interessiert, bald entschied er sich jedoch, sich auf sein Zimmer zurückzuziehen. Er hoffte, Dora dort nicht zu begegnen, aber er wollte es wagen, denn etwas Schlaf würde ihm gut tun, selbst wenn sie dort wäre. Vielleicht war sie ja noch beleidigt genug, um ihn in Ruhe zu lassen. Und mit ganz viel Glück würde nicht einmal ihr unseliges Katzenvieh ihn belästigen, das sie unbedingt hatte mit hierher schleppen müssen.

Besonders viel Schlaf hatte er nicht erhaschen können, bevor sich die Tür geräuschvoll öffnete, die Katze über ihn rannte und seine Frau hereinkam. Zuvor hatte das unselige Katzenvieh, wie er Doras geliebte Mina gerne nannte, seinen Schlaf durch einige Spiel- und Jagdversuche gestört und nun kam die Besitzerin dieses ebenso nervigen wie eigensinnigen Geschöpfs und vertrieb jegliche Ruhe.

Einen Moment lang hatte er gehofft, es sei diese süße Bedienstete namens Megan, aber das hatte er wohl nur geträumt. Wie ernüchternd die Realität immer wieder sein konnte. Man glaubte gerade, eine Elfe würde zu einem ins Zimmer tänzeln, und dann wurde man von einem trampelnden, Feuer speienden Drachen geweckt. Dora ein Drache. Das gefiel Robert und seine Laune hob sich enorm.

»Hallo, mein engelsgleicher Liebling«, säuselte er und ihn freute es, wie entsetzt Dora ihn anblickte.

»Hast du dir jetzt den letzten Rest deines Verstandes weggesoffen?«, entgegnete sie bitter, aber ein deutlich unterdrücktes Lächeln lag in ihren Zügen. Sie konnte es nicht verbergen, dass auch sie dieses Spiel liebte, dafür kannte er sie zu gut. Das Problem war, mit den Beleidigungen aufzuhören, die Distanz zu beenden und keine Grenzen zu überschreiten. Keiner von beiden wollte den ersten Schritt tun. Die gesamte Situation war zu festgefahren.

Ohne ein weiteres Wort setzte sie sich an den Schreibtisch und begann etwas zu schreiben. Briefe? Eine Geschichte? Oder gar ein Gedicht? Robert hatte keine Ahnung und es kümmerte ihn auch nicht sehr. Na ja, eigentlich schon, wenn er ehrlich war. Weiterhin vergnügt über ihre Reaktion ließ er seinen Kopf zurück auf die Kissen fallen. Sie hatten beide eine ausgesprochen besondere Beziehung zueinander. An Leidenschaft mangelte es gewiss nicht. Aber seine Frau hatte ein verdammt loses Mundwerk, das er manchmal zugegebenermaßen sogar genoss.

Nach einigen Minuten stellte er fest, dass er nicht wieder eindösen würde, und setzte sich auf. Nur ein leichter Schwindel befiel ihn, es ging ihm wieder gut und der Alkohol vernebelte nicht länger seinen Verstand. Zumindest nicht zur Gänze. Eine Zeit lang saß er noch tatenlos herum, doch dann beschloss er ebenfalls etwas zu schreiben. Heute Abend würden sie alle staunen, wenn er zeigte, was er geschafft hatte. Ein neues Projekt sollte verfasst werden.

Er setzte sich neben Dora an den Tisch und bat sie um eine Schreibfeder.

»Was willst du denn noch alles von mir haben?«, fragte sie weniger mürrisch, als es wohl beabsichtigt war. »Du hast mir schon meine Jugend genommen, meine Lebensfreude und alle meine Wünsche.«

»Aber dein loses Mundwerk ist dir geblieben«, sagte er und lächelte sie seit langer Zeit einmal wieder an, was ihm schwerer fiel, als es sollte. Sein Gesicht fühlte sich dabei an wie eine Grimasse.

»Ich bin hier nicht die Einzige, deren Mund hin und wieder schneller arbeitet als der Verstand.« Sie lächelte zwar nicht zurück, aber einen so milden Ton hatte Robert schon seit Langem nicht mehr von Dora gehört.

Robert kam an diesem Nachmittag zwar nicht mehr zum Schreiben, führte aber mit seiner Ehefrau ein interessantes Gespräch über die Menschen, mit denen sie hier gefangen waren. Er würde so manchen genauer im Auge behalten müssen. Was seiner Frau nicht alles auffiel!

Kapitel 7: Joanne Hadley, 6. September 1898

Die Tür zu Bibliothek stand weit offen, das Feuerholz im Kamin knisterte und freundliche Gesichter blickten ihr entgegen. Joanne fühlte sich herzlich eingeladen und nicht so fehl am Platz, wie sie durch die tragischen Umstände befürchtet hatte.

Als alle versammelt waren, hob Avery zu einer kleinen Rede und gemeinsamen Andacht zu Ehren des Professors an. Nach einer anschließenden Gedenkminute widmeten sich die Schriftsteller und angehenden Autoren zunächst ihren eigenen Werken. Joanne wollte auch dieses Mal nicht auf ihre grüne Tinte verzichten und tauchte mit einer ungeduldigen Vorfreude ihren Federkiel hinein. Worte, Verse und Reime brannten ihr auf der Seele und auch ihre Geschichte konnte kaum mehr länger warten.

Ein schlechtes Gewissen hatte sie zwar, dass sie so ungerührt nach dem Tod eines Menschen einfach alle weitergearbeitet hatten, aber es wurde beschlossen, dass als Gefangene in dieser Burg ein Zeitvertreib nicht schaden konnte und man eines Literaturprofessors schließlich nicht besser gedenken konnte als damit, Literatur zu produzieren. Bei der Arbeit am Gedicht hatte sie aber immer mehr vergessen, andächtig zu sein, und schrieb versunken und fleißig Vers um Vers. Die Leiche irgendwo unter ihren Füßen war zwar hin und wieder in ihren Gedanken aufgetaucht, aber stets hatte sie versucht dieses unheimliche Schreckensbild schnellstmöglich zu verdrängen.

Ihr Gedicht hatte sie rascher beendet, als sie sich hätte vorstellen können, und Joanne suchte gerade nach einer bestimmten Formulierung für ihre Gruselgeschichte, als Idas

Stimme sie in ihren Gedanken unterbrach. »Wenn ihr alle einverstanden seid, würde ich gerne eine kleine Pause einlegen. Was ich längst in die Runde fragen wollte: Seid ihr alle schon in den Genuss gekommen, diesen Roman mit den Marsianern zu lesen? Wie hieß er noch? Genau! ›Krieg der Welten‹ von H.G. Wells.«

»Dass du das noch immer als Genuss bezeichnest«, raunte Avery und Joanne sah ein belustigtes Funkeln in seinen Augen, »Ich hätte dir dieses vermaledeite Büchlein gar nicht geben dürfen.«

»Von Genuss würde ich gewiss nicht sprechen. Es ist ein Angriff auf das Empire!«, tat Francis kund.

Graham sagte: »Wenn man die Politik beiseitelässt, ist es ein unterhaltsam geschriebener Roman: Etwas Frisches und Neues, womit man sich durchaus die Zeit vertreiben kann.«

Joanne war traurig, dass sie es bisher versäumt hatte, den besagten Roman zu lesen, wurde aber durch Emmelines Ausruf davon abgelenkt. »Wie solche Marsianer wohl aussehen würden, wenn es sie gäbe?«

Dora zupfte an den Ärmeln ihres grauen Kleides und sagte: »Ts! Solche Gedanken sind ganz und gar unchristlich. Ich kann das nicht gutheißen.«

»Wie auch immer«, mischte sich nun ein breit lächelnder Hunter ein, »seit mein verehrtester Lewis Caroll im Januar gestorben ist, kann ohnehin nichts Lesenswertes mehr veröffentlicht werden.«

»Wirklich, Hunter? Kinderbücher?«, ertönte zuerst Jonathans Lachen, in das alle mit einfielen.

Das abendliche Treffen war schließlich für Joanne trotz des Todes des Professors zum vollen Erfolg geworden. Sie hatte sich amüsiert, sie hatte geschrieben. Wie hätte ein Abend für sie angenehmer verlaufen können? Ihr Kopf war von der konzentrierten Arbeit bald erschöpft und so hatte Joanne entschieden sich zurückzuziehen. Ihr Schreiben sollte wie sie selbst ruhen.

Kaum war sie wieder in ihr Bett gestiegen, darauf vertrauend, in dieser Nacht endlich Ruhe und Schlaf zu finden, war es erneut mit der hart erkämpften Normalität zu Ende.

Ein Gewitter begann, das in seiner Intensität vergeblich seines gleichen suchte. Zuerst setzte ein starker Regen ein, dessen Tropfen hart gegen die Fensterscheiben prasselten, was Joanne noch atmosphärisch und angenehm vorkam. Im Sommer liebte sie es, auch wenn ihre Mutter sie dafür regelmäßig verfluchte, bei Spaziergängen durch den warmen Sommerregen zu laufen, statt sich zügig einen Unterschlupf zu suchen. Oft war sie völlig durchnässt, aber glücklich heimgekommen, was ihre Mutter insgeheim, so glaubte sie zumindest, schmunzeln ließ. Vordergründig nahm diese allerdings ihre Erziehungspflicht wahr und schimpfte mit Joanne, dass es einerseits nicht schicklich sei, sich so durchnässt und mit ruinierter Frisur vor der Haustüre blicken zu lassen, und dass sie aber vor allem an ihre Gesundheit denken sollte. Allein diese Erinnerung an ihr wundervolles Zuhause ließ Joanne lächeln. Sie vermisste ihre herzensgute Mutter, die stets nur das Beste für sie wollte und es immer gut mit ihrer Tochter meinte, auch wenn sie dies nicht immer direkt zeigte.

Der angenehm prasselnde Regen war allerdings bald vom tosenden und stürmischen Wind verweht worden, sodass unregelmäßig ganze Wassermassen gegen die

Scheiben klatschten. Dieser schier orkanstarke Wind schien die Burg Stein für Stein auseinandernehmen zu wollen.

Als ein starkes Donnergrollen, das die Wände und den Boden vibrieren ließ, immer näher und näher kam, wurde Joanne zunehmend unruhig. Sie versuchte sich zunächst damit zu trösten, dass sie, wenn sie schon nicht schlafen konnte, dann auch wenigstens nicht wieder diesen seltsamen Traum von der Frau vor dem Spiegel haben würde. Dieser Gedanke beruhigte sie allerdings nicht einmal ansatzweise, wenn der gesamte Raum für einen Sekundenbruchteil von einem Blitz erhellt und direkt danach vom Donner geschüttelt wurde.

Joanne entschied, dass sie sich ausführlich genug im Bett herumgeworfen hatte, und stand wieder auf. Sie hüllte sich in einen flauschigen Morgenmantel und wollte ein wenig durch die Gänge der Burg spazieren, um sich ein bisschen abzulenken oder vielleicht sogar müde zu werden. Beides war ihr recht.

Ein ums andere Mal erhellten gleißende Blitze den Nachthimmel. Ein Gewitter war für Joanne schon von Kindesbeinen an ein wenig beängstigend gewesen. Hatte sie ihre Angst aber erst einmal überwunden, wenn das Gewitter weiter in die Ferne zog, wirkte es belebend auf sie und sie konnte es als faszinierendes Spektakel am Himmel genießen. Vor allem, seit sie angefangen hatte, selbst Gedichte und Geschichten zu schreiben, fiel es ihr zunehmend leichter, einem Gewitter eine positive Seite abzugewinnen, da sie in solchen Nächten eine besondere Inspiration verspürte. Oft konnte sie sich dann nicht mehr zügeln und musste im Kerzenschein unzählige Worte zu Papier bringen.

Über ihre literarischen Vorlieben dachte sie nach, während sie wie ein Gespenst durch die dunklen Flure der Burg wandelte. Das Gewitter berauschte sie in dieser Nacht auf besondere Weise. Ihre Gedanken flossen wie ein Strom durch ihren Kopf und sie fügte sich ganz natürlich in ihre Umwelt ein. Eine ächzende Holzdiele hier, ein knarrendes Möbelstück dort; was ihr sonst unheimlich erschien, beflügelte in diesem Moment ihre Fantasie nur noch mehr.

Ohne es bewusst entschieden zu haben, schlug Joanne den direkten Weg zur Küche ein. Als Kind hatte sie diesen heimeligen Ort voll Wärme und köstlicher Gerüche geliebt und in einer Nacht wie dieser konnte es nicht schaden, hier erneut Zuflucht zu suchen. Als sie vor der Tür stand und einen kleinen Lichtschimmer darunter herausblitzen sah, wollte sie zunächst umkehren, da sie nicht wusste, wen sie dort antreffen würde. Eine Auseinandersetzung mit Dora oder ein Zusammentreffen mit Robert wären ihr sogar noch unangenehmer als schlechte Träume. Sie dachte sich aber, dass eine heiße Schokolade ihr gut tun würde, und wollte ihren grummelnden Magen nicht auf den letzten Metern enttäuschen. Als Kind hatte heiße Schokolade sie bei Albträumen oder kleinen Krankheiten stets aufgemuntert und aufgepäppelt. Und es wäre interessant zu entdecken, wer noch die Vorräte von Redthorne Castle plünderte.

Leise öffnete Joanne die Tür und sah vor sich den Rücken eines jungen Mannes in legerer Kleidung, der die Schränke wie ein diebischer Waschbär durchwühlte und offensichtlich nicht damit rechnete, dabei von jemandem ertappt zu werden. Es war Hunter. Noch konnte sie unbemerkt gehen. Gefesselt durch das sich ihr bietende Bild blieb sie dennoch stehen und sah ihm neugierig zu.

Beide zuckten zusammen, als hinter ihnen die Köchin Ethel sie mit resoluter Stimme ansprach: »Kinder, setzt euch, ich mache euch eine schöne Tasse heißer Schokolade, dann könnt ihr auch wieder schlafen. Ich habe mir schon gedacht, dass ich hier gebraucht werde, nach so einem miserablen Tag und in einer solchen Nacht.«

Hunter sah vor allem Joanne überrascht an, fasste sich schnell wieder und setzte sich auf einen der Stühle an dem Tisch.

Joanne huschte ein Lächeln über die Lippen, wenn sie daran dachte, wie Ethel mit ihnen sprach. Zu Hause wäre das ein Unding gewesen, ihre Mutter hätte das niemals toleriert. Aber bei Ethel war das etwas anderes. Sie nahm für Joanne eher den Rang einer Kindheitsfreundin als den einer Bediensteten ein.

Joanne tat es Hunter gleich und setzte sich an das andere Ende der Tafel. Irgendwie hatte sie das Gefühl, dass sie lieber Abstand von ihm hielt. Er war die Art Mann, die ihr ansonsten den Kopf verdrehen könnte, und das wollte sie unbedingt vermeiden. Sie atmete einmal tief durch und bemerkte, wie Ethel sie abschätzend anblickte. »Danke, Ethel, das wäre wunderbar!«, bedankte Joanne sich bei der Köchin, die schon in so mancher Nacht zur Stelle gewesen war und ihr eine Tasse ihrer Schokolade zubereitet hatte. Auf Redthorne Castle lauerten überall die Geister ihrer Kindheit. Selbst die anscheinend vergessenen Erinnerungen holten sie unaufhörlich ein.

»Kein Problem, Kleines. Wie geht es denn deinen Eltern? Sie waren schon lange nicht mehr hier. Die Herrschaften vermissen sie, wie sie auch dich vermisst haben«, fragte Ethel unverblümt.

»Alle sind wohlauf. Ich denke, dass sie ebenfalls bald zu Besuch kommen möchten. Zum Glück ließen sie mir aber die Freiheit, dieses Mal alleine zu kommen.«

»Genieße sie, Kind. Wenn du erst verheiratet bist, sieht es vielleicht mit der Freiheit nicht so rosig aus. Aber vielleicht wird bei dir ja alles anders. Bei der Jugend ist immer so viel im Umbruch. Und wie steht es mit deinen Eltern, Hunter?«, plauderte Ethel und musste sich nur kurz umdrehen, um geschickt rührend zu verhindern, dass die Milch anbrannte oder überkochte.

»Mein Vater arbeitet zu viel, so wie immer. Ansonsten gut, schätze ich.«

»Du schätzt?«, fragte die Köchin mit einem Glucksen nach, drängte aber nicht weiter in Hunter, als dieser ihr zur Antwort lediglich ein kurzes, unverständliches Murmeln schenkte. Eine Weile herrschte Schweigen, während Ethel die heißen Getränke zubereitete.

Joanne ertappte Hunter hin und wieder dabei, wie er ihr nicht zu deutende Blicke zuwarf. Wahrscheinlich war er verwundert, wann sie zu ihm in die Küche gekommen war, und fragte sich wohl, warum sie nichts gesagt hatte. *Vielleicht hält er mich ja sogar für ein bisschen übergeschnappt*, dachte Joanne amüsiert. Sie hielt daraufhin ihre Augen auf Ethel gerichtet und schaute ihr bei ihrer Arbeit zu. Auch zu Hause liebte sie es, bei den Bediensteten in der Küche zu sitzen und ihnen bei der Küchenarbeit zuzusehen. Sie waren wie kleine fleißige Arbeitsbienchen und Joanne bewunderte oft die geschickten und routinierten Handgriffe. Da sie sich selbst leider allzu häufig schusselig anstellte und Dinge zerbrach oder fallen ließ, sich schlimmstenfalls selbst verletzte, war es den meisten Bediensteten zu Joannes Bedauern lieber, wenn sie nicht mithalf. »Dann sind wir schneller«, hörte sie die Angestellten meist mit einem Augenzwinkern sagen.

»Warum ihr nicht schlafen könnt, muss ich euch nach dem Tod des Professors ja nicht fragen. Aber ihr seid so still. Trinkt erst einmal etwas, dann geht es euch besser. Ein wenig Zucker belebt einen jeden«, riet Ethel und stellte vor den beiden jeweils eine dampfende Tasse mit wunderbar süß duftender Schokolade ab. Sie selbst trank nur heiße Milch. Immer wieder warf die ein wenig in die Jahre gekommene Köchin den beiden jungen Menschen Blicke zu, mit denen sie wohl versuchte abzuschätzen, wie es ihnen ging. Oder sie fragte sich gar, was die beiden zu so später Stunde gemeinsam in der Küche angestellt hatten, wie Joanne befürchtete.

Um die erneute Stille zu vertreiben, lobte sie das wohltuende Getränk: »Danke, Ethel, es schmeckt wirklich köstlich.« Joanne wurde ein wenig verlegen. Besonders einfallsreich war diese Aussage nicht, aber zu so später Stunde war ihre Kreativität wohl schon eingeschlafen.

»Ja, genau wie früher«, stimmte Hunter zu. Seine bereits geleerte Tasse stellte er auf dem Tisch ab, fuhr sich über die Oberlippe und schielte zum Topf hinüber. Ethel entging dies nicht und sie schenkte ihm gerne nach. Als sie ihm seine Tasse zurückreichte, sagte er: »Ich weiß gar nicht, wie lange es her ist, dass ich heiße Schokolade getrunken habe.«

»Verpönst du es sonst als Frauengetränk?«, wollte Joanne lachend wissen. Hunters kindliche Begeisterung amüsierte sie und sie dachte daran, wie häufig sie zu Hause ihre Finger an einer heißen Tasse wärmte.

»Nein. Na ja, vielleicht ein wenig. Ich habe einfach schon lange nicht mehr daran gedacht, nachts Schokolade zu trinken.«

Ethel schmunzelte, wie es viele Erwachsene tun, die an die guten alten Zeiten denken, als die flügge gewordenen Kinder noch klein waren, und sagte: »Joanne habe ich, als sie noch ein kleines Mädchen war, besonders oft diesen beruhigenden Schlaftrunk zubereitet. Aber wehe, es geriet zu viel Zucker hinein, dann hatten Harold, Maggy und ich einige Hände voll zu tun, dich wieder müde zu bekommen.«

»Maggy! An sie habe ich lange nicht mehr gedacht. Ich hätte sie gerne noch einmal gesehen«, gab Joanne traurig zu. »Ich habe leider kaum Erinnerungen mehr an sie.«

»Sie ist ja auch gestorben, als ihr noch recht klein wart«, sagte Ethel und blinzelte einige Male schnell, damit sich kein Tränchen aus ihren Augen stahl. Joanne hätte sie gerne in den Arm genommen, verbot sich diese Zutraulichkeit aber. Immerhin war sie kein Kind mehr. Und selbst damals hatte ihre Mutter es nur ungern gesehen, wie nah sie dem Personal stand.

Hunter fragte: »Was ist eigentlich geschehen? Sie ist mir als Kind zwar immer uralt vorgekommen, aber so alt war sie doch bestimmt noch nicht. Immerhin hat sie für Avery und Ida gearbeitet.«

»Sie war tatsächlich sehr alt und hat hier eher gelebt als gearbeitet. Maggy war schon hier als Averys Amme und

Kinderfrau. Er hätte sie nie vor die Tür – oder das Burgtor – gesetzt.«

»Fehlt sie dir sehr?«, fragte Joanne und biss sich auf ihre Unterlippe.

Ethel neigte den Kopf schief und antwortete: »Wohl nicht so sehr wie den anderen. Mir ist sie nicht so fern. Sie ist oft bei mir.«

»Du meinst in Gedanken?«, bohrte Joanne weiter.

»Ach Kinder, manchmal sind die Seelen der Verstorbenen nicht so fern, wie sie wirken. Manchmal kann das wunderbar sein, aber manchmal auch gefährlich. So wie jetzt.«

Zeitgleich schauten Hunter und Joanne überrascht auf und fragten: »Was ist jetzt?«

»Das wird die Zeit zeigen«, antwortete Ethel und verstummte kurz. Ihre ernste Miene hellte sich schnell wieder auf. »Erzählt einmal, wie soll es bei euch nach dieser Veranstaltung hier weitergehen?«

Der Themenwechsel brachte Joanne ein wenig durcheinander, aber sie wollte Ethel nicht ein Gespräch aufdrängen, das diese offensichtlich nicht zu führen bereit war.

Ihre Unterhaltung plätscherte noch eine Weile dahin und bald verabschiedete sich Ethel abrupt. Sie riet den beiden ebenfalls zu Bett zu gehen, um noch genügend Schlaf zu erhaschen, bevor der nächste Morgen graute.

Der Köchin, die eine gewisse Autorität durch ihre heiße Schokolade innehatte, gehorchten Hunter und Joanne. Sie erhoben sich nur kurze Zeit nach Ethel von ihren Stühlen. Gemeinsam machten sich die beiden auf den Rückweg.

»Woran schreibst du momentan?«, fragte Hunter leise und lotste Joanne durch die Gänge der Burg. Schnell war ihr aufgefallen, dass er einen Umweg ging und sie durch Fragen über ihre Schriftstellerei davon abzulenken versuchte, aber ihr sollte es recht sein. Müde war sie noch nicht und ihr Begleiter machte den Eindruck, ein netter Mensch zu sein. Sie hob den Saum ihres bodenlangen Kleides ein wenig an, um bei seinem Schritt besser mithalten zu können.

»Noch schreibe ich an einem Gedicht. Wenn das fertig ist, möchte ich einen längeren Text schreiben. Vielleicht baue ich ja diesen seltsamen Traum ein …« Nachdem sie ihren Traum erwähnt hatte, hielt Joanne inne. Sie konnte es aber nicht so recht bereuen, Hunter davon erzählt zu haben. Er war ein angenehmer Gesprächspartner und da Ida und Avery ihn mindestens ebenso lange kannten wie sie selbst, vertraute sie ihm.

»Welchen Traum?«, kam die prompte Nachfrage.

»Ich habe in der ersten Nacht hier von einer Frau geträumt, die voller Abscheu in den Spiegel gesehen hat. Schließlich hat sie ein Tintenfass in den Spiegel geworfen und er zersplitterte. Wie es weitergeht, weiß ich nicht. Ebenso wenig weiß ich, was ich letzte Nacht geträumt habe. Und das ist seltsam, denn ich erinnere mich immer – absolut immer – an meine Träume.« Joanne sah Hunter während ihrer Schilderung in die Augen, um festzustellen, ob er sie für verrückt oder kindisch hielt. Erleichtert stellte sie fest, dass sie lediglich sein Interesse weckte.

»Was, glaubst du, war der Anlass dafür, dass sie den Spiegel zerstörte? War sie hässlich?«

Joanne musste lachen und verneinte.

»Vielleicht träumst du ja heute Nacht wieder von ihr und erfährst, wie es weitergeht.«

»Ob ich das hoffen soll, weiß ich nicht so recht«, sagte Joanne und richtete mit zwei Handgriffen ihre ohnehin makellose Frisur. »Es war schlichtweg ein besonderer Traum. Anders als meine üblichen. Ich habe mich so fehl am Platz gefühlt, als gehörte ich gar nicht dorthin.«

Nachdenklich tippte sich Hunter mit dem Zeigefinger einige Male an sein Kinn, dessen klare Linie Joanne gefiel. Schließlich brachte er erst stockend, dann immer schneller folgende Worte hervor: »Harold meinte – und das, noch bevor die Zugbrücke kaputtging –, dass ich die Burg besser verlassen sollte, und deutete an, dir etwas Ähnliches geraten zu haben.«

Ihr beider Weg führte sie weiterhin auf dem verzweigtesten Pfad durch die Burg. Joanne bekam jedoch kaum mehr etwas davon mit. Hier ging etwas vor sich, sie konnte allerdings nicht sagen, worum es sich handelte. »Ja, ich glaube, Harold hat sich Sorgen gemacht, dass meine literarischen Ergüsse im Vergleich zu euren Werken – gelinde gesagt – Mist sind. Ich habe ihn aber schon beruhigt und ihm versichert, dass ich hier bin, um zu lernen, und nicht, um die beste Geschichte zu verfassen. Aber dass er dich ebenfalls wieder nach Hause schicken möchte, ist seltsam.« Joanne genoss die Offenheit, die zwischen Hunter und ihr herrschte. Er bedrängte sie nicht so wie Graham und sie erzählte ihm gerne von sich. Sie würden bestimmt gute Freunde werden, dachte Joanne und fühlte Freude wegen des Gedankens, wie viel ihr das Treffen bereits gebracht hatte. Daher kam seine nächste Feststellung, die auf eine kurze Stille folgte, umso unerwarteter.

»Gestatte mir eine Bemerkung: Du hast wirklich süße Grübchen, wenn du lächelst«, stellte Hunter wie aus dem Nichts fest. Dabei war sie sich gar nicht bewusst gewesen, gelächelt zu haben. Joanne biss sich auf die Lippen und senkte den Kopf.

Inzwischen waren sie in der Ahnengalerie angekommen: einem langen und selbst bei Tageslicht etwas unheimlichen Gang mit Gemälden der Thorne-Familie. Im dämmrigen Zwielicht des Kerzenscheins war nicht alles zu erkennen und man konnte nur erahnen, ob man alleine war oder sich jemand in der Nähe aufhielt. Selbst die sonst freundlichen Gesichter von Averys Vorfahren wirkten düster und bedrohlich.

»Und du hast einen seltsamen Namen. Hunter. Albee. Wer heißt denn schon so? Bist du etwa der Jäger aller Bienen?«, kommentierte Joanne patziger, als es hätte sein sollen. Sie wollte nicht so eine Art Gespräch führen. Gerade hatte sie begonnen, sich auf freundschaftlichem Terrain wohlzufühlen. Kaum war ihre Entgegnung heraus, da tat es ihr bereits leid. Die Situation war ihr mehr als unangenehm, aber Hunter begann zu lachen und sie hielt es nicht lange aus, nicht mitzulachen.

Langsam gingen sie an den Porträts vorbei und Joanne fühlte sich immer unwohler, zunehmend bedroht und immer beklemmter. Ihr gemeinsames, wenn auch einträchtiges Schweigen lastete zusätzlich auf Joannes Schultern. Die Erwähnung ihrer Grübchen verdrängte sie und ihre Aufmerksamkeit galt den Bildern: Hatten ihr die Augen des einen Mannes gerade nachgeschaut? Das war bestimmt nur eine künstlerische Raffinesse. Aber hat sich dort nicht soeben die Hand einer Dame bewegt? Und das Knarren von

Holz, hörte nur sie es? Sie verkrampfte sich immer mehr und dieser schier endlos lange Gang ängstigte sie wie niemals zuvor. Die Dunkelheit vor den Fenstern wirkte tief und unendlich, als gäbe es keine Welt mehr, die dort draußen auf sie wartete. Was war nur mit ihr los? Oft hatte sie in ihrer Kindheit die Gemälde betrachtet, aber noch nie hatte ihr die Furcht dermaßen die Kehle zugeschnürt und ihre Beine weich werden lassen. Eine für Joanne fast greifbare Bedrohung lag in der Luft.

Hunter bemerkte zwar ihr Unwohlsein, wusste allerdings nicht, woher es kam, denn er entschuldigte sich fälschlicherweise: »Verzeihung, ich hätte das nicht sagen sollen. Ich gebe ja fast einen Graham ab.«

Joanne versuchte sich aus ihrer Angst zu befreien und einen lockeren Ton zu finden: »Na, so schlimm wie der stellst du uns Frauen zum Glück nicht nach. Aber das ist es nicht. Ehrlich gesagt, kommen mir diese Gemälde hier ziemlich unheimlich, ja bedrohlich vor. Findest du sie nicht beklemmend und beängstigend? Meine dumme Fantasie spielt mir wohl wieder einmal üble Streiche.«

»Nein, in diesem Licht wirken sie tatsächlich sehr lebendig. Den Gemälden scheint etwas Eigenartiges anzuhaften«, stimmte Hunter zu. Mit etwas beschleunigten Schritten verließen sie die Ahnengalerie und wanderten weiter durch die dunklen Flure.

»Avery kann sehr stolz auf seine Vorfahren sein. Wie man sieht, entstammt er einer langen Reihe mächtiger und erfolgreicher Menschen«, sagte Joanne. Ihr Herz schlug noch immer schneller und sie schaffte es nicht, sich abzulenken oder ihre Furcht hinter sich zu lassen. Hin und wieder drehte sie sich nach allen Seiten um, aber was sie zu sehen glaubte, war nie da.

»Ja, nur hoffentlich hängt nicht bald auch sein Porträt hier. Ida sorgt sich sehr um ihn.«

»Hatte er in letzter Zeit gesundheitliche Probleme? Er ist zwar sichtlich älter geworden«, stellte Joanne besorgt fest, »aber ernstlich krank erschien er mir seit meiner Ankunft nicht.«

»Ich weiß es nicht. Er musste sich wohl ab und an von einem Arzt untersuchen lassen und das Bett hüten. Aber Ida und Avery teilen einem kaum etwas mit. Sie wollen niemandem zur Last fallen.«

»Hoffentlich ist es nichts Schlimmes und nur das steigende Alter.«

Hunter machte ein Gesicht, als ängstigte er sich. »Das Alter finde ich schon schlimm genug.«

»Da ist etwas Wahres dran«, gab Joanne zu. »Aber früher waren die beiden so vital. Übrigens ist mir vorhin während des Gesprächs mit Ethel aufgefallen, dass es seltsam ist, dass wir uns noch nie zuvor gesehen haben. Ich meine, wir waren beide als Kinder recht häufig hier zu Besuch, da hätten wir ...«

»Das schmerzt! Du erinnerst dich nicht an mich? Wir haben uns einige Male gesehen. Du hast mich mit Laub und Ästen beworfen, dafür habe ich dir eine Maus auf den Kopf gesetzt. Du hast wie ein Schreihals gebrüllt und dich fortan in der Bibliothek versteckt, was mir gerade recht war. Ich hatte damals noch nichts für Mädchen übrig.«

»Aber heute schon«, lachte Joanne und biss sich sogleich auf die Zunge. Die Worte waren schneller heraus, als sie es hatte verhindern können.

»Nein, heute habe ich nichts mehr gegen euch Mädchen. Du hast aber immer noch etwas gegen uns Männer.«

Darauf wusste Joanne einmal nichts zu erwidern, was ansonsten nur selten der Fall war. Da war etwas Wahres dran. Wie sollte man aber anders sein, wenn man einer Zwangsehe entgegenblickte: einer Zukunft, die man mit einem Menschen verbringen musste, den man bestenfalls respektierte, schlimmstenfalls verachtete. Der der Herr über das eigene Leben wäre. Sie war nicht an Politik interessiert; wenn sie auch Frauenrechtlerinnen achtete, kümmerte sie sich lieber zunächst um ihr eigenes Leben. Ihre Freundinnen freuten sich darauf, verheiratet zu werden und eine Familie gründen zu können. Aber ihr selbst konnte es nicht genug sein, Mutter einer Heerschar von Kindern zu werden. Sie wollte etwas erleben, sie wollte sich mit ihrer Literatur selbst verwirklichen. Ein Gatte würde ein solches Vorhaben niemals akzeptieren und daraus könnte man ihm nicht einmal einen Vorwurf machen. Bevor sie zu sehr in ihren Grübeleien versumpfte, konzentrierte sich Joanne auf das Hier und Jetzt. »Du warst das also mit der Maus!«, stellte sie fest, um irgendetwas gesagt zu haben. »Die Tiere sind mir noch heute nicht ganz geheuer.«

Sie waren inzwischen in dem Gang angekommen, wo die Gästezimmer lagen, und blieben abrupt stehen, als sie laute Geräusche hörten. Ein heftiger Streit, aber keine einzelnen Worte waren zu hören. Sie gingen die letzten Schritte bis zu Joannes Raum und blieben dort stehen.

»Schon ein seltsames Paar, die beiden Cartwrights«, sagte Hunter und kratzte sich am Kopf. Als er merkte, was er tat, steckte er seine Hand zurück in die Hosentasche.

»Glücklich können sie so nicht sein«, überlegte Joanne. »Vor allem Dora kommt mir mit ihrem Leben im Allgemeinen – und im Speziellen mit mir als ihrem Mitmenschen – sehr unzufrieden vor.«

Die beiden lächelten und stellten fest, dass es wohl nichts und niemanden gab, was Dora zufriedenstellen konnte, und dass sich Robert damit eine schwere Lebensaufgabe ausgesucht hatte, falls er es weiterhin versuchte.

Schließlich verabschiedete sich Joanne, wünschte eine gute Nacht und schlüpfte durch die Tür in ihr Zimmer.

Verdammt, schalt sich Joanne im Stillen, als sie wieder alleine in einem Sessel saß, dieser verdammte Hunter sollte mir nicht so sympathisch sein. An Schlaf war nicht zu denken. Ihre Gefühle waren zu verwirrt, was nicht ausschließlich an dem jungen Mann lag, dessen Gesellschaft sie genossen hatte. Das alte Gemäuer Redthorne, einer ihrer Lieblingsorte aus der Kindheit, hatte seinen Zauber verloren.

Und nun, da sie das Gespräch mit Harold erwähnt hatte, war ihr eine unterschwellige Bedeutung aufgefallen, die ihr zuvor entgangen war. Er hatte Joanne warnen wollen. Er hatte sie wegschicken wollen, obwohl oder gerade weil er sie gerne mochte. Der gute alte Harold hatte gemeint, sie solle ihrer Intuition trauen. Und ihre Intuition schrie sie geradezu an, dass hier etwas nicht stimmte. Aber inzwischen hatte sie keine Möglichkeit mehr, zu gehen. Das Desaster mit der Brücke hatte sie alle zu Gefangenen gemacht. Wie hatte das geschehen können und weshalb gerade jetzt? Doch selbst, wenn sich ihr die Gelegenheit böte, würde sie die Burg nicht verlassen und dem literarischen Treffen ein Ende setzen. Zum ersten Mal in ihrem Leben fühlte sich Joanne wie eine erwachsene Person und nicht wie ein überbehütetes Kind behandelt. Sie wollte ihr Leben, wie es jetzt war, noch eine Weile genießen, bevor es wieder vorbei war. Sie hatte nette Menschen kennengelernt, deren Gesellschaft sie nicht vorzeitig verlassen wollte. Ein kleines Abenteuer würde ihr und ihrer Kreativität bestimmt nicht schaden.

Kurz entschlossen zog sie sich ihren Morgenmantel aus. *Meine Güte, ich bin heute Nacht einem jungen Mann nur im Morgenmantel entgegengetreten!*, dachte Joanne nervös. Sie konnte sich das Gesicht ihrer Mutter zu gut vorstellen, wenn sie davon erführe, und wollte das mit allen Mitteln verhindern. Sie legte sich ins Bett und nahm sich vor, alle Sorgen und Kümmernisse am nächsten Morgen zu durchdenken. Nun wollte sie schlafen. Die Leiche im Keller oder im Kerker, so genau wusste sie es nicht, sollte nun, nachdem sie die Vorstellung den ganzen Tag über verfolgt hatte, endlich vergessen sein.

Dank der heißen Schokolade glitt sie problemlos in einen tiefen Schlaf, der lediglich durch den seltsamen Traum mit der Frau vor dem Spiegel gestört wurde. Ein weiteres Detail, das sie lieber nicht erfahren hätte, enthüllte sich Joanne in dieser Nacht.

Kapitel 8: Dora Cartwright, 7. September 1898

Ihr halbes Leben – und sogar ein wenig mehr – hatte Dora mit ihrem Ehemann verbracht. Anfangs hatte sie ihn vergöttert, inzwischen verabscheute sie ihn oftmals. Aber manchmal gelang es ihm, ihre Zuneigung zu ihm wieder aus ihr herauszukitzeln. Obwohl dieses Wechselbad der Gefühle anstrengend war und sie meist unglücklich machte, langweilig wurde ihr mit Robert nie. Immerhin hatte er ihr einen wunderbaren Sohn geschenkt, wenn sie dieses Geschenk auch anfangs nicht als solches bezeichnet hatte.

Erschöpft von der Nacht, die Robert und Dora hindurch gestritten hatten, obwohl sie am Nachmittag ungewöhnlich gut miteinander ausgekommen waren, rieb sie sich die Augen. Eine anschließende Versöhnung war, wie fast immer in den letzten Jahren, ausgeblieben. Ob er sie mit ihren 40 Jahren nicht mehr attraktiv fand? Vorsichtig straffte sie mit den Fingern die Fältchen um ihre Augen herum. Ihre Haut war nicht mehr die einer 20-Jährigen, das konnte sie nicht verleugnen. Falten hatten sich in ihr Gesicht geschlichen, ohne dass sie es hätte verhindern können. Zögerlich fuhr sie sich durch die Haare, die den Zofen immer mehr Mühe bereiteten. Sogar ihr Haar, auf das sie immer stolz gewesen war, hatte in den letzten Jahren seinen Glanz verloren und war so spröde, wie sie sich selbst gab. Dora fühlte sich immer weniger anziehend, weshalb sie sich das Gegenteil beweisen wollte: Sie hatte es auf Graham abgesehen. Wenn sie ihn dazu brächte, ihr seine Aufmerksamkeit zu schenken, dann könnte sie nicht nur ihr Selbstwertgefühl zurückgewinnen, sondern womöglich auch Roberts

Eifersucht wecken und ihm so zeigen, dass sie ihm nicht egal war.

Am Morgen nach dem Streit sah sie ihr Ziel klar vor Augen und verbrachte eine lange Zeit damit, sich für das Frühstück zurechtzumachen. Während es für sie in den letzten Tagen eher eine Spielerei gewesen war, hatte sie nun den festen Vorsatz gefasst, dem jungen Mann den Kopf zu verdrehen.

»Willst du aussehen wie ein Clown oder warum malst du dir das ganze Zeug ins Gesicht?«, maulte Robert, der plötzlich hinter ihr im Spiegel zu sehen war. »Du machst dich lächerlich!«, fügte er hinzu, als hätte er nicht ohnehin schon genug gesagt, um ihr den Tag zu vermiesen.

Dora giftete intuitiv zurück: »Du hast ja keine Ahnung! Und wenn ich schon dir nicht mehr gefalle, dann wenigstens mir und den anderen Gästen dieser Burg.« *Wäre seine Aufmerksamkeit doch anderer Natur gewesen*, dachte Dora beleidigt, *dann müssten wir jetzt nicht eine solche Beziehung führen, wie wir es tun.*

Keine zwei Stunden später waren ihre Vorsätze zunichtegemacht. Der Morgen war für Dora Cartwright keineswegs glücklich verlaufen. Zunächst reagierte Graham zwar freundlich, aber keineswegs interessiert auf ihre offensive Herzlichkeit. Bald war sie ihm lästig geworden, das spürte sie deutlich, obwohl er sich bemühte, es vor ihr zu verbergen. Er schielte sogar, während sie mit ihm sprach, zu den jüngeren Frauen hinüber. Graham hatte weder zur Kenntnis genommen, wie sie ihren Kopf zur Seite neigte, noch, wie sie möglichst verführerisch ihre Augen aufschlug. Um sich selbst eine größere Schmach zu ersparen, ließ sie es mit der Tändelei bleiben und hielt sich im Hintergrund.

Es dauerte nicht lange, da war die Gesellschaft der anderen für Dora fast nicht mehr zu ertragen. Im geräumigen Speisesaal fühlte sie sich eingeengt und bekam beinahe keine Luft mehr. Geistesabwesend schnappte sie Satzfetzen auf und musste mit anhören, wie sich alle darüber ausließen, wie ertragreich das Treffen und wie produktiv sie alle waren. Am einen Tischende wurde über die neuen Ideen gestaunt, am anderen Ende wurden geschliffene Formulierungen gelobt. Doras Muse hatte allerdings seit Langem die Flucht ergriffen und schien nicht zu beabsichtigen, zu ihr zurückzukehren.

Möglichst bald murmelte sie an niemand Bestimmten einige Worte von einer leichten Migräne und zog sich zurück, um bei ihrer lieben Katze Trost zu suchen, dem einzigen verlässlichen Geschöpf auf dieser Burg. Alleine mit Mina fühlte sie sich entspannt und konnte sich schließlich an die Arbeit machen. Oder es zumindest versuchen, sich an die Arbeit zu machen.

Dora setzte sich an einen der Schreibtische und genoss es, Ruhe vor ihrem Gatten zu haben. Er konnte sein und sich betrinken, wo er nur wollte, und sie kümmerte sich nicht darum. Wenn schon so vieles nicht so war, wie sie es sich erhofft hatte, hier würde sie nun etwas schreiben, mit dem sie zu neuem, zu richtigem Ruhm kommen würde. Und ihre treue Katze saß vor ihr auf dem Tisch und unterstützte sie mit ihrem leisen Schnurren.

Dora und ihre Katze Mina waren für eine ganze Weile einträchtig zusammengesessen, jede ihrer Tätigkeit folgend. Während Dora sich langsam aus der zähen Gefangenschaft in Kreativitätslosigkeit in ihre sie befreiende Arbeit steigerte und emsig wie schon lange nicht mehr Satz an Satz reihte, putzte sich ihre Katze so eifrig, als müsse sie alle Sünden dieser Welt lediglich mit ihrer kleinen rauen, rosa Zunge fortwischen. Ruckartig hielt die rot getigerte Katze mit ihrer Säuberung inne und blickte in etwas verrenkter Haltung verharrend mitten in den Raum. Durch die abrupte Bewegungslosigkeit der Katze war Dora dies nicht entgangen und sie beobachtete aufmerksam ihr geliebtes Tier. Vielleicht hatte sie ja eine Fliege entdeckt und würde diese sogleich auf lustige Weise jagen und erlegen. Das anschließende Verspeisen des noch warmen und zuckenden Tiers fand Dora zwar weniger niedlich als vielmehr abscheulich, aber so war die Natur nun einmal.

Mina reagierte jedoch nicht wie erwartet. Weiterhin dieselbe Stelle hinter Dora fixierend, stellte sie sich langsam auf. Ihre Pupillen wurden schmaler als zuvor und sie begann einen Buckel hervorzustrecken und ihr Fell zu sträuben. Plötzlich fauchte sie mit gebleckten Zähnchen und begann wie wild zu schreien. So ein Verhalten hatte das ansonsten brave Tier niemals zuvor gezeigt.

Entsetzt drehte Dora sich um, neugierig, was eine solche Reaktion bei Mina ausgelöst haben mochte, und da sah sie es nur einen Meter vor sich. Ihre Katze hatte versucht sie zu warnen, zu schützen. Aber vor dem Anblick, der sich Dora bot und ihren Geist irreparabel schädigte, konnte ihre Mina sie nicht schützen. Aus Leibeskräften begann Dora in das Geschrei der Katze mit einzustimmen und konnte nicht mehr aufhören, selbst als der Anblick sich ihr nicht länger bot.

Sie bekam nicht mit, wie ihre Tür aufgerissen wurde. Vage nahm sie wahr, dass mehrere Menschen versuchten sie zu beruhigen.

»Immerhin hat sie aufgehört zu schreien und zu zucken«, hörte Dora jemanden sagen.

»Sie braucht einen Arzt.« Das hatte jemand anderes mit besorgter Stimme hinzugefügt.

»Den wir ihr nicht holen können. Der könnte auch nicht mehr tun als sie zu beruhigen.«

»Er würde ihr vielleicht wohldosiertes Laudanum verabreichen.« Wem gehören all diese Stimmen? Dora konnte nicht ausmachen, wer sprach.

»Wahrscheinlich nicht, sie wird ja gerade erst wieder wach.«

»Es ist meine Schuld. Sie ist mein Gast. Es ist meine Schuld!« War das etwa Avery?

Sie nahm wahr, dass sie zugedeckt auf einem Bett lag. Es waren mehrere Menschen anwesend. Was wollten sie alle hier?

»Was hat sie nur? Wir müssen ihr helfen«, Robert klang so besorgt, wie sie ihn noch nie gehört hatte. Außer damals, als er ihr einen letzten Handkuss vor der Geburt ihres Sohnes schenkte und der Hebamme drohte, er würde sie eigenhändig erwürgen, sollte seiner Frau etwas zustoßen.

Zuvor war sie ohne Robert auf ihrem Zimmer gewesen. Auf Redthorne Castle. Sie hatte geschrieben.

Dann erinnerte sie sich, weshalb sie im Bett lag und warum alle bei ihr waren. Und der Schrecken war so groß, dass sie erneut in eine tiefe, gnädige Ohnmacht glitt.

Ihr Gesicht war vor lauter Tränen ganz feucht, als sie das nächste Mal erwachte. Dora lag noch immer in ihrem Bett, aber inzwischen war es dunkel geworden. Ist noch derselbe Tag?, fragte sie sich. Doch das war nicht wichtig. Nicht mehr. Zeit spielte keine Rolle mehr, nur noch Tatsachen. Oder trog sie ihr Geist?

»Dora, es ist alles in Ordnung. Du bist nicht alleine.«

Zuerst erkannte sie die Stimme nicht, aber als sie die Augen aufschlug, sah sie, dass Ida und Joanne bei ihr saßen.

»Robert ist unten bei den anderen und isst eine Kleinigkeit zu Abend«, sprach Ida weiter. »Wir konnten ihn schließlich etwas beruhigen und ihn überzeugen, sich noch vor der Nacht zu stärken, wenn er auf dich aufpassen wird.«

Dora liefen Tränen ihre Wangen hinab, aber kein Schluchzer entrann sich ihrer Kehle. Immerhin das nicht. Nie hatte sie eine solche Schwäche zeigen wollen, aber in Anbetracht des Geschehnisses war es ihr wohl nicht zu verdenken. Nur, dass wahrscheinlich niemand ahnte, was sie gesehen hatte. Durch den Tränenschleier hindurch sah sie Joanne ein Glas Wasser auffüllen.

»Vielleicht möchtest du ja etwas trinken? Du hast lange im Schlaf geweint, etwas Flüssigkeit tut dir bestimmt gut«, sagte die junge Frau vorsichtig und freundlich.

Dora konnte nur schwach nicken und nahm das angebotene Wasser entgegen. Sie war vorerst froh, dass niemand fragte, was ihr widerfahren war, denn dann wäre sie vollends zusammengebrochen. Dora versuchte nicht mehr daran zu denken und deshalb wunderte sie sich darüber, dass gerade Joanne an ihrem Bett saß.

Als wäre dieser Gedanke ein Zeichen gewesen, stand Ida auf und meinte, sie würde Avery Bescheid geben, dass Dora nun erwacht war. »Er macht sich unheimliche Sorgen und es wird ihn sehr erleichtern, von dieser kleinen Besserung zu hören. Joanne, bleibst du noch bei Dora, bis Robert kommt?«, fragte Ida und ging hinaus, ohne eine Antwort abzuwarten.

Das Schweigen legte sich unangenehm und drückend über die beiden. Dora hätte einiges zu sagen gehabt, konnte sich selbst aber nicht dazu antreiben, diese Mühe auf sich zu nehmen. Nicht daran denken, sagte sie sich im Stillen vor, du darfst nicht den letzten Rest deines Verstandes verlieren.

Joanne fiel offensichtlich nichts anderes ein, deshalb sagte sie: »Ein schönes Zimmer habt ihr bekommen.«

»Ja. Wir sind das erste Mal hier auf dieser Burg und es gefällt uns sehr gut hier.« Dora war über jede Sekunde, die sie ablenkte, dankbar.

»Dein süßes Kätzchen scheint sich allerdings noch eingewöhnen zu müssen. Sie ist nicht von deiner Seite gewichen.«

»Mina ist ein Engel. Sie hat mich gewarnt. Joanne, ich danke dir, dass du dich um mich kümmerst, obwohl ich so garstig war. Es tut mir leid.« Noch nie war es ihr leichtgefallen, sich zu entschuldigen, und deshalb klang ihre Stimme, wenn sie es schon einmal tat, trotz ihrer Schwäche fest und ernst.

»Dora, keine Sorge, es wird alles gut. Du musst noch lange nicht deinen Frieden mit mir machen. Bald bist du wieder auf den Beinen und kannst mich so manches lehren«, lächelte Joanne verschmitzt, aber es war ihr deutlich anzusehen, dass sie sich sehr unwohl fühlte.

»Joanne, bitte suche einen Ausweg. Ich ertrage es nicht mehr, in diesem verfluchten Gemäuer zu sein. Die Gefahr ist größer, als ihr alle denkt. Wir alle ...«, weiter konnte Dora nicht sprechen, als sie erneut verkrampfte und schließlich von heftigen Schluchzern geschüttelt wurde.

Ängstlich und voller Sorge blickte Joanne die Frau im Bett an und war erleichtert, dass sich in diesem Augenblick die Zimmertür öffnete und Robert hereintrat.

»Danke, Joanne, ich bleibe jetzt bei meiner Frau«, sagte Robert in sachlichem Ton und blickte starr zu Dora.

Joanne nickte, lächelte Dora an und wünschte ihr noch eine gute Besserung. Schnell war sie zur Tür hinaus und Robert setzte sich auf ihren Stuhl, der dicht an Doras Bett stand. Inzwischen konnte sich Dora wieder fangen und ihrem Gatten die Hand reichen.

»Dora, mein Schatz«, sagte er ruhig und einfühlsam, »was ist denn nur geschehen?«

»Robert. Das wird mir niemand glauben. Ich glaube es ja selbst kaum.«

»So sage mir doch, was sich zugetragen hat!«

»Ich habe etwas gesehen und begreife nun die Gefahr, die uns allen droht.«

»Bitte werde deutlicher.«

Dora versuchte Worte für ihr Erlebnis zu finden, aber es gab keine passenden. Erneut bebte ihr ganzer Körper durch das Schluchzen, das sich nicht verhindern ließ und das sich in ihrem Hals bildete. Erdbebenartig verließ das Schluchzen sein Epizentrum und schüttelte Doras ganzen Körper. Robert streichelte ihre Wange und sie war überrascht und glücklich über seine Zärtlichkeit. Sie hatten Fehler gemacht, die sie so spät erkannt niemals wieder gutmachen konnten. Aber in diesem Augenblick verstanden sie sich wortlos.

Bald war Dora Cartwright wieder in einen tiefen Schlaf oder in eine Ohnmacht gesunken. Sie konnte sich nicht daran erinnern. Immer wieder war sie aufgewacht, sah ihren Mann im Kerzenschein am Bett sitzen und empfand eine tiefe Dankbarkeit dafür, nicht alleine in der Dunkelheit liegen zu müssen. Doch bevor sie dieses Dankgefühl hätte aussprechen können, war sie erneut eingeschlafen.

Einige Male wurde sie durch ihre eigenen hysterischen Schreie wach, andere Male durch ihre Tränen. Stets war Robert bei ihr, strich ihr über die Wange oder sah sie nur an. Dora griff nach seiner Hand und drückte sie kurz.

Ein letztes Mal glitt sie in einen tiefen, ruhigen Schlaf, aus dem sie niemals wieder erwachen sollte.

Kapitel 9: Hunter Albee, 7. und 8. September 1898

Nach dem Dinner hatten sich alle außer den Cartwrights in einem gemütlichen, kleinen Raum vor dem Kamin versammelt. Von der angenehmen Atmosphäre, die diesem Raum üblicherweise innewohnte, war an diesem Abend kaum etwas spürbar. Sie befanden sich inmitten eines ernsten Gesprächs über ihre Lage.

»Nein, ich nehme die Schuld auf mich. Ihr könnt sagen, was auch immer ihr möchtet, aber ihr könnt mich nicht vom Gegenteil überzeugen. Einer meiner Gäste ist gestorben und ein anderer liegt krank im Bett. Dora scheint ihres vorherigen gesunden Geisteszustandes komplett entrückt«, machte Avery seiner deutlich spürbaren Bedrückung und Sorge Luft.

»Schatz, ich finde, du solltest dich hinlegen«, kam der nur allzu bekannte Einwand Idas, für den sie eine spöttische Miene ihres Gatten erntete.

»Und ich finde, wir sollten die ganze Sache abbrechen. Wir müssen einen Weg finden, um Hilfe zu holen. Das Treffen hätte gar nicht erst beginnen dürfen, und das weißt du«, sagte Avery und blickte mit ernstem und fahlem Gesicht in die Runde. Seine Augen sahen die Gäste aber nicht müde an, wie es zu erwarten gewesen wäre, sondern Hunter konnte kurz ein tatkräftiges Blitzen darin erkennen.

Emmeline unterbrach die sich anbahnende Streitigkeit mit erhobener rechter Hand: »Wir müssen nun erst einmal zusehen, dass wir unser Möglichstes für Dora und auch für Robert tun. Auch kein Arzt kann ihr helfen, außer dass er sie ruhigstellt.«

Ida stand auf und ging los, um nachzusehen, ob die Cartwrights noch etwas brauchten. Hunter blickte in die Gesichter der Anwesenden und entdeckte dieselben Gefühle, die auch er verspürte. Verwirrung. Sorge. Aber auch Tatendrang. Nur Averys überaus schuldvollen Blick konnte er nicht ganz nachvollziehen. Eine besondere Sorge schien auf seinem Gewissen zu lasten.

»Vielleicht wäre es doch ganz klug, Jonathans Angebot anzunehmen. Wenn er die Burgmauer herunterklettern und Hilfe holen kann, dann könnte sich ein Arzt um Dora kümmern, ein Leichenbestatter den Professor mitnehmen und wir alle wären wieder frei«, sinnierte Graham, ohne sichtbar schlechtes Gewissen darüber, das Wohl Jonathans aufs Spiel zu setzen.

Francis kam Hunter mit einer verärgerten Antwort zuvor: »So eine Dummheit schlägst du nur vor, wenn sie ein anderer machen soll. Das ist viel zu gefährlich. Die Lage ist noch halbwegs unter Kontrolle, da sollte keiner sein Leben in Gefahr bringen. Oder möchtest du die Kletterpartie selbst wagen?«

»Jonathan ist jünger und in besserer Form, ihm gelingt, was mir nicht gelingen würde.« Hunter ballte die Fäuste. Dieser dreiste Mensch hatte nicht einmal den Anstand, bei dieser dreisten Forderung rot zu werden. Zu gerne hätte er Graham einen Kinnhaken verpasst, besann sich allerdings rechtzeitig seiner Kinderstube.

»Graham, es ist ein Unding, sich so herauszureden. Die paar Jahre ...«, brauste Francis weiter auf, aber seine Frau Victoria unterband seinen Redeschwall, bevor er richtig einsetzen konnte, indem sie ihm die Hand auf die Schulter legte und ihn zärtlich ansah. Dennoch überraschte diese heftige Reaktion Hunter. Hatte Francis ein derart ausgeprägtes Gerechtigkeitsgefühl oder sprach eine Abneigung gegen den einstigen Freund aus ihm?

Nun mischte auch er sich ein: »Wenn ein dringender Notfall eingetreten ist, können wir entscheiden, ob und wer über die Mauer klettert. Jonathan, bitte gehe zu diesem Zeitpunkt kein solches Wagnis ein.« Er kannte seinen Freund und befürchtete eine von ihm heimlich geplante Nacht- und Nebel-Aktion zum Wohle aller. Als er aber Zustimmung im Blick seines Freundes erkannte, der ihn stumm lächelnd ansah, beruhigte er sich ein wenig.

»Wenn das kein Notfall ist! Die Arme dort oben«, grummelte Avery und zeigte in Richtung des Raumes, wo Dora lag, »kämpft gerade um ihren Verstand, um ihre geistige Gesundheit.«

»Das tut sie nicht«, widersprach die soeben wieder eingetretene Ida. »Sie schläft ruhig und tief und fest.«

»So habe ich mir das alles dennoch nicht vorgestellt«, brauste Avery auf und schlug mit der Faust auf die Armlehne seines Sessels.

»Es hilft nichts. Niemand weiß, woran Dora leidet«, stellte Emmeline fest. »Womöglich hätte sie ja auch zu Hause einen Zusammenbruch erlitten.«

»Oder sie leidet gar nicht«, sagte Graham, »Und möchte einfach die restliche Zeit in ihrem Bett zubringen.«

»Das ist kein netter Vorwurf«, stellte Ida müde fest.

»Aber auch nicht ganz von der Hand zu weisen«, stimmte Francis zu, woraufhin Victoria eifrig nickte. »Sie hat die ganze Zeit über nichts zustande gebracht.«

Joanne schüttelte den Kopf: »Dann habt ihr nicht richtig hingesehen. Sie war nicht sie selbst. Ich konnte kurz mit ihr sprechen.«

Emmeline spielte erneut die Schlichterin und sagte: »Das alles tut jetzt nichts zur Sache. Sie…«

Graham unterbrach sie barsch: »Das tut es sehr wohl!«

Nun mischte sich die zuvor grüblerisch wirkende Mildred ein: »Das ist ein Chaos hier. Und keinen Nutzen kann man daraus ziehen. Wir sollten überlegen, was geschehen sein könnte. Die Alternativen durchsprechen. Und dann überlegen wir, wie wir darauf reagieren können. Wie müssen alle einen kühlen Kopf bewahren, so, als würden wir die Handlung eines Romans ausarbeiten.«

Victoria pflichtete ihr bei: »Genau. Vielleicht kann man manches ausschließen und so eine Lösung finden.«

Hunter entging der kurze Blick nicht, den Avery und Ida tauschten, bevor die Burgherrin sagte: »Sie wird sich etwas eingebildet haben oder irgendwie erschrocken sein.«

»Vielleicht kann sie es uns morgen schon selbst erzählen«, hoffte Emmeline.

Mit neutraler und sachlicher Stimme sagte Mildred: »Zu literarischem Schaffen ist dieser Abend nicht mehr zu gebrauchen. Auch ich sorge mich um unser aller Wohl. Ich werde mich nun zurückziehen. Gute Nacht.« Sie stand auf und Emmeline sowie die Mills taten es ihr gleich.

Als die vier gegangen waren, sagte Ida: Avery, Schatz, komm, es wird auch für uns Zeit, ein wenig Bettruhe zu finden.«

Zurück blieben Graham, Jonathan, Hunter und Joanne, die sich über ihre jeweiligen Projekte austauschten und das Grauen der letzten Tage auszublenden versuchten.

Jonathan fragte: »Graham, ein Theaterstück? Einen Versuch ist es bestimmt wert. Worum soll es denn gehen?«

Graham grinste diabolisch: »Sünde, Verrat und Betrug.«

»Nichts Gruseliges also, wie Avery es sich erhofft hatte«, stellte Hunter fest.

»Nein. Das überlasse ich euch. Bestimmt kann Joanne mit ihrem hübschen Köpfchen grauenvolle Dinge ersinnen.«

Höflich erwiderte die Angesprochene: »Zuletzt kommt es nicht selten vor, dass ich immer häufiger an Mord und Totschlag denke. In der richtigen Gesellschaft fällt dies ausgesprochen leicht.«

»Aber ob deine zarten Fingerchen so etwas auch aufschreiben könnten, ohne Halt an der Schulter eines starken Mannes zu suchen?«, neckte Graham weiter.

Joanne schnaubte leise und murmelte, für alle deutlich hörbar: »Er müsste schon stark genug sein, um über die Burgmauer zu klettern.«

Hunter ging Graham erheblich auf die Nerven, aber er versuchte es sich nicht anmerken zu lassen. Ein amüsiertes Hüsteln konnte und wollte er allerdings nach Joannes Spitze nicht unterdrücken.

Jonathan lachte: »Joannes mordlüsternem Funkeln nach zu urteilen, ist sie nicht nur dazu fähig, davon zu schreiben. Was macht dein Text, Hunter?«

»Ich überlege, ob ich nicht etwas anderes schreiben sollte. Das Thema Vampir ist mir doch zuwider.«

Jonathan begrub sein Gesicht gespielt verzweifelt in seinen Händen, sagte aber nichts.

Joanne wollte interessiert wissen, weshalb.

An Hunters Stelle antwortete Jonathan noch hinter seinen Händen verborgen, aber mit einem deutlichen

Lächeln in der Stimme: »Es liegt nicht an den Vampiren. Hunter verliert einfach schnell das Interesse.«

»Das ist aber nicht immer so«, wehrte Hunter sich hastig. »Du bist immerhin schon seit Jahren mein Freund, wenn ich auch manchmal fast vergesse, weshalb eigentlich.« Die beiden Männer lachten und verteilten den einen oder anderen Schulterhieb, was angesichts der Anspannung in der letzten Zeit befreiend war. Um seine Worte abzumildern, schenkte Hunter seinem Freund einen weiteren Brandy ein.

»Worüber schreibst du denn?«, unterbrach Graham den Spaß.

»Ich bin noch zu unentschlossen, um mich darüber zu äußern. Ich habe lediglich eine vage Idee. Aber ich bin froh, mein Gedicht beendet zu haben«, gab Joanne zurück.

Das Gespräch verlief eine ganze Zeit in lockerer und beinahe ungetrübter Stimmung. Joanne gähnte immer häufiger und Hunter stellte mit einigem Bedauern fest, dass sie wohl bald den Weg ins Bett suchen würde. Vielleicht könnte er sie wieder über einige Irrwege dorthin führen?

Hunter verspürte das Bedürfnis, sich erneut mit Joanne auszutauschen. Er hatte einen guten Draht zu ihr und es interessierte ihn, was sie zu ihrer Lage dachte. An den heutigen Gesprächen hatte sie sich kaum beteiligt und war oftmals geistesabwesend nur dagesessen, aber Doras Glaubwürdigkeit hatte sie vehement bestätigt. Er wollte mehr erfahren. Deshalb bot er ihr seine Begleitung an, als sie sich erhob und sich von seinem Freund Jonathan und von Graham für die Nacht verabschiedete.

»Nicht auszudenken, dass ich mich alleine in der Burg verlaufen könnte!«, hatte sie gescherzt.

Hunter ließ Joanne für ein kurzes Wort unter Männern vor die Türe gehen, was sie klaglos, aber mit skeptischem Gesichtsausdruck geschehen ließ, und drehte sich zu Graham um.

Hunter sah ihn böse an und sagte mit gereizter Stimme: »Lass deine Finger von Joanne. Hör auf, ihr auf diese penetrante und respektlose Art nachzustellen. Noch ist das nur ein guter Rat.«

Sein Gegenüber lächelte gelassen und zuckte lediglich mit den Schultern. Jonathan sah neugierig zwischen den beiden Männern hin und her. Nach einem langen Blick wandte sich Hunter ab. Er hatte Besseres zu tun.

Mit einem zaghaften Lächeln nahm Joanne, als er zu ihr vor die Türe trat, seine Begleitung an. Er führte sie in den nahegelegenen Billardsalon. Sie hatte sich wohl denken können, dass von seiner Seite aus noch Redebedarf bestand, womöglich erging es ihr ebenso. Im Billardsalon setzten sie sich in zwei Sessel einer Sitzgruppe am Fenster. Hunter goss Joanne und sich je einen Sherry ein; wenn kein anderer Mann anwesend war, sprach nichts gegen dieses Frauengesöff. Joanne sah hinaus in die Finsternis und Hunter betrachtete sie eine Weile, wobei er ebenfalls stumm blieb. Die Zeit, um seine Fragen zu stellen, käme noch früh genug. Zuerst galt es, den Anblick dieser jungen Frau zu genießen, die ihm nicht mehr aus dem Kopf gehen wollte.

»Was, glaubst du, ist wirklich mit Dora passiert? Warum sollte sie derart hysterisch werden?«, fragte Joanne unvermittelt.

»Ich kann es mir nicht erklären. Du warst doch in ihrem Zimmer, was hat sie zu dir gesagt?«

»Seltsame Dinge. Sie war freundlich und hat sich bei mir entschuldigt«, antwortete Joanne und konnte ein leises Prusten nicht unterdrücken, »Aber wirklich gruselig war, dass sie sagte, ihre Katze habe sie gewarnt. Sie sprach von Gefahr und davon, dass sie es in dieser Burg nicht mehr aushielte. Sie bat mich einen Ausweg zu finden.«

Hunter dachte eine Weile darüber nach, bevor er sagte: »Das ist bestimmt ihrer Verwirrung zuzuschreiben. So eine Frau entschuldigt sich doch normalerweise nicht.«

Beide lachten kurz darüber, aber die aufgeheiterte Stimmung trog. Hunter machte sich große Sorgen, was hier auf Redthorne Castle vor sich ging, und Joanne schien es ebenso zu ergehen. Von allen Seiten kamen nicht entschlüsselbare Andeutungen, vage Warnungen und seltsame Verhaltensweisen.

»Im Ernst, Hunter, es ist innerhalb dieser vier Tage einiges geschehen. Und wir wissen nicht, was es ist. Was, wenn der Professor nicht eines natürlichen Todes starb? Er strapazierte mit seinem endlosen Dozieren die Nerven der hier Anwesenden aufs Äußerste.«

»Das ist ein vielleicht gar kein so unberechtigter Gedanke. Und Dora hat den Mörder gesehen? Das glaube ich allerdings weniger, denn dann wäre sie wohl ermordet und nicht schreiend gefunden worden. Oder waren die anderen Gäste zu nahe für den Mörder, um sie zu töten? Und weshalb dann die Warnungen von Harold? Wusste er, dass sein Herr einen gefährlichen Mann eingeladen hat? Verraten wird er es uns nicht, wenn wir ihn fragen. Er hat bereits gesagt, was er zu sagen hatte, so wie ich ihn kenne.«

»Ja, genau. Ich finde, wir sollten das in Betracht ziehen. Die Theorie zumindest nicht ganz vergessen. Noch erscheinen die Dinge wie Zufälle, aber was, wenn es keine sind? Doras Entrückung ...«

»Jetzt hast du es endlich ausgesprochen«, lachte Hunter erneut. »Die verrückte Dora.«

»Nimmst du die Sache nicht ernst?«, fragte Joanne mit einem leichten Anflug von Ärger in der Stimme. Sie stand auf, ging zum Billardtisch und schubste einige der Kugeln über den weichen Stoff der Tischplatte, wodurch ihre Gereiztheit sich wieder legte.

»Doch, ich versuche lediglich, dich zu beruhigen. Unsere Situation sieht nicht gut aus, wenn die Theorie stimmt. Dann sind wir hier mit einem verrückten Mörder gefangen.«

»Oder mit Mördern, Hunter. Plural.«

Ungläubig blickte er sie an und begann mit seinen Händen leicht auf die Armlehnen des Sessels zu hauen, auf dem er saß.

»Ich kenne hier kaum jemanden. Victoria und Francis wirken zwar äußerst freundlich, aber das könnte Fassade sein und sie könnten gemeinsame Sache machen. Oder Francis und Graham. Sie streiten zwar vordergründig, kennen sich, wie ich hörte, aber schon lange und sind eigentlich Freunde.« Zur Untermalung ihrer Theorie verschränkte Joanne die Arme vor der Brust und lehnte sich an den Billardtisch.

Nach kurzem Grübeln fragte Hunter: »Aber auf jeden Fall Francis?«

»Nein. Möglich ist auch jeder andere hier. Vielleicht Mildred. Sie mordet, um eine authentische Geschichte erzählen zu können. Ihr fällt nichts mehr ein und sie sucht Handlungsansätze für ihren nächsten Roman. Es wird wohl ein Kriminalroman. Vielleicht ist ja auch einer der Bediensteten wahnsinnig. Finnley kenne ich noch nicht, er hat in unserer Kindheit noch nicht hier gearbeitet. Auch du könntest es sein. Und da du nun weißt, dass ich dir auf die Schliche gekommen bin, muss ich dein nächstes Opfer werden.«

Herausforderung lag in Joannes Blick, aber einen kleinen Hauch von Unsicherheit glaubte Hunter ebenfalls erkennen zu können. Schmerzlich fragte Hunter sich, ob Joanne tatsächlich an ihm zweifelte.

»Da hast du recht, dein letztes Stündchen hat geschlagen, liebste Joanne. Aber sage mir, worin liegt mein Motiv?«

Zuerst schaute sie ihn wegen seiner ernsten und finsteren Miene erschrocken an, aber in der nächsten Sekunde lachten die beiden darüber. Hunter gab sich die größte Mühe, trotz der heiklen Themen eine gewisse Unbeschwertheit zu wahren.

»Dein Motiv, werter Hunter, liegt in der Schmach begründet, noch kein einziges Manuskript zu Ende gebracht zu haben. Alle, denen diese Meisterleistung gelungen ist, müssen dafür büßen.«

»Dann muss ich dieser Schmach, wie du es nennst, ein Ende bereiten. Meine nächste Geschichte wird fertiggestellt und dann widme ich sie dir.«

»Zu viel der Ehre!«, sagte Joanne mit glühenden Wangen. Hunter schwor sich, sein eben eher flapsig vorgetragenes Gelöbnis wahr zu machen.

Sie unterhielten sich noch eine Zeitlang über die Menschen auf dieser Burg. Jeder konnte ein Mörder sein. Manche könnten Motive haben, andere vielleicht nur ihre Geisteskrankheit gut verbergen. Näher kannten sie nur die Hawthornes, Emmeline und einige der Bediensteten. Und Hunter würde sich für Jonathan verbürgen.

Später fragte Hunter in einer erneut aufgekommenen, aber nicht mehr unangenehmen Stille: »Hast du eigentlich deinen Traum weitergeträumt?«

»Das habe ich. Begonnen hat es wie beim letzten Mal: Die junge Frau steht vor dem Spiegel und wirft wütend, hasserfüllt oder was auch immer sie fühlt, ein Tintenglas hinein. Nachdem der Spiegel zersplittert ist, war der Traum das letzte Mal zu Ende. Letzte Nacht ging es damit weiter, dass sie auf die Knie sinkt und sich die Splitter eine Weile ansieht. Einer davon fällt ihr auf, er sieht fast wie eine Messerklinge aus, ist lang und scharf. Diesen nimmt sie in ihre Hand und drückt sehr fest zu, sodass ihr etwas Blut am Unterarm hinunterläuft und über den Ellenbogen auf den Boden tropft. Der Traum endete, als der Tropfen den Boden berührte. Ich wachte auf und habe Blut gerochen und sogar geschmeckt. Widerlich metallisch. Zuerst dachte ich, ich hätte eine Wunde im Mund oder an der Hand, aber alles war in Ordnung und nach kürzester Zeit waren auch der Blutgeruch und -geschmack verflogen.«

»Was sie dann mit der Scherbe getan hat, würde ich zu gerne wissen.«

»Ich habe die Befürchtung«, antwortete Joanne mit leiser und leicht brüchiger Stimme, »dass ich das heute Nacht erfahren werde. Aber ich freue mich nicht darauf, zu sehen, was sie mit der Scherbe macht. Mich nehmen die

Träume emotional sehr mit. Mehr als andere, normale Träume jedenfalls. Sie wirken real, bedrohlich und – so lächerlich das auch klingen mag, da ich ja selbst träume – ich fühle mich enorm betroffen, obwohl ich etwas von einer mir fremden Frau träume.«

»Das kann ich mir vorstellen.« Hunter bewunderte ihren Mut, so aufrichtig von diesen unheimlichen Träumen zu berichten. Ihn wunderte es nicht im Geringsten, dass Joanne sich davor fürchtete, was noch passieren würde. Da der Drang, sie zu beschützen, inzwischen deutlich spürbar war, glaubte er, sie auf das Schlimmste vorbereiten zu müssen. »Ich denke, dass sie eventuell jemanden damit töten will. Vielleicht wählt sie sogar den Freitod und tötet sich selbst. Mach dich auf jeden Fall darauf gefasst, noch viel mehr Blut fließen zu sehen.«

Hörbar atmete Joanne aus. »Da hast du recht, denke ich. Diese Vermutung hatte ich ebenfalls. Aber, so müde ich auch bin, ich möchte nicht ins Bett gehen und herausfinden, was diese Verrückte noch anstellt. Ich wüsste zu gerne, weshalb ich einen solchen Traum habe, der sich nächtlich wiederholt und jedes Mal mehr preisgibt. Es ist ungewöhnlich und grauenvoll. Wollen wir ein wenig die Burgmauer entlang spazieren gehen?«

Hunter stimmte zu und sie gingen nach draußen und liefen die Burgmauer entlang, die um Redthorne Castle herumlief. Bald war der Wind zu kalt geworden und da die Nacht so bewölkt war, dass man ohne Mondlicht kaum etwas sehen konnte, entschloss sich Joanne schlafen zu gehen.

Hunter begleitete die junge Frau zurück und wählte aufgrund ihres häufigen Gähnens ausnahmsweise sogar den direkten Weg. Er selbst war eher ein Nachtmensch und arbeitete in seinem Zimmer noch ein wenig an seinem Text, vielleicht würde er ja diesen verflixten Vampirroman doch zu Ende schreiben, immerhin war ihm Graham ein gutes Vorbild für einen das Leben saugenden Vampir.

Kapitel 10: Joanne Hadley, 8. September 1898

Im sanften Morgengrauen träumte Joanne schließlich nach einer durchwachten Nacht von der jungen Frau. Wie es nach dem Blutstropfen, der auf den Boden fiel, weitergehen würde, erfuhr sie nicht. Aber ein weiteres Detail kam dazu: Bevor die Frau das Tintenglas in den Spiegel warf, nahm sie Blickkontakt mit Joanne auf, die zwar körperlos in ihrem eigenen Traum blieb, aber von der Perspektive her schräg hinter ihr stand. Sie sah Joanne in die Augen und hielt im Spiegel ihren Blick gefangen. Mit einem Flüstern, in dem alle Verzweiflung lag, wozu ein Mensch fähig war, sagte sie: »Ich kann es nicht länger ertragen.« Danach warf die Frau, wie Joanne es bereits kannte, das Tintenglas in den Spiegel und ergriff die Scherbe.

Joanne erwachte dadurch, dass sie sich ruckartig im Bett aufsetzte und sich orientierungslos umschaute. Nun saß sie da, ihr Nachthemd war komplett durchgeschwitzt und sie fühlte sich elend und ängstlich. An Schlaf war nicht mehr zu denken. Deshalb beschloss Joanne in den frühen Morgenstunden ein Bad zu nehmen. Die Bedienstete Megan hatte ihr ihre Hilfe versprochen und in diesem Moment konnte sie diese gut gebrauchen.

Megan hatte nicht lange auf sich warten lassen und ihr ein Bad mit geübten Handgriffen bereit gemacht. Im warmen und schaumigen Wasser konnten sich Joannes Körper und Geist endlich entspannen. Nicht umsonst war die Badekultur in den letzten Jahren zum Trend geworden. Nach einer Weile klopfte es.

»Miss Hadley, kann ich Ihnen ansonsten noch etwas bringen? Oder soll ich Ihnen aus der Wanne helfen?«

Aus vollem Herzen lachend antwortete Joanne: »Na, so alt bin ich noch lange nicht. Komm herein, dann können wir uns noch kurz unterhalten, bis ich durch das heiße Wasser völlig gar bin.«

Megan brachte sich ein Höckerchen mit ins Bad und platzierte es diskret, sodass Joanne sicher sein konnte, dass die Bedienstete keinen Blick in die Wanne werfen würde. »Also Megan, wie geht es euch allen? Macht euch die Gefangenschaft zu schaffen?«

»Aber nein. Im Prinzip ist es uns einerlei, ob das Burgtor offen steht oder nicht. Bis auf seltene freie Tage verlassen wir das Gemäuer ohnehin kaum. Wir sind nur froh, wenn wir im Keller dem Professor nicht zu nahekommen müssen.«

»Wart ihr etwa schon öfter hier eingesperrt?«, fragte Joanne weiter.

»Nein. Bisher, also solange ich hier bin, ist so etwas noch nicht vorgefallen. Haben Sie denn Angst, Miss Hadley?«

»Nicht vor der Gefangenschaft an sich. Ich bin gerne hier und habe momentan auch keine anderweitigen Verpflichtungen. Es sind der Leichnam in unserer Nähe und Doras Zustand, die mich besorgen. Ich frage mich, was dahinterstecken mag. Weißt du mehr? Es heißt immer, dass die Bediensteten am meisten mitbekommen.«

»Auch wir sorgen uns und hoffen, dass bald alles wieder normal und gut wird. Ich muss nun leider los. Es warten einige Arbeiten auf mich, die ich verrichten muss, bevor die Herrschaften das Bett verlassen, Miss Hadley. Wenn Sie etwas benötigen, geben Sie mir bitte Bescheid.«

Megan war schneller verschwunden, als Joanne schauen konnte. Aber ihr war nicht die schuldbewusste Miene der jungen Frau entgangen. Ein weiteres Rätsel, das es zu lösen galt. Was wusste Megan, was die Dienerschaft?

Als Joanne lange genug im sich immer rapider abkühlenden Wasser gelegen war, entstieg sie fröstelnd der Wanne. Hastig trocknete sie sich und zog sich an. Nachdem ihre Haare zu einer schlichten, aber hübschen Frisur hochgesteckt waren, machte sie sich auf, um ihren hungrigen Magen zu beschwichtigen.

Joanne verweilte gemeinsam mit Avery, Ida, Emmeline und Mildred am Frühstückstisch, auch nachdem das Frühstück eingenommen war.

Mildred zupfte an ihrem Stehkragen, als könne sie ihn noch weiter aufstellen, und erzählte, dass sie ihr erstes Manuskript einem Verleger angeboten habe, und sich dabei im Anschreiben als Mann ausgegeben habe. »Leider noch immer eine durchaus gängige Praxis«, versicherte sie mit einem Zwinkern.

Robert riss die Tür auf und Mildreds Worte verhallten, ohne eine Reaktion ausgelöst zu haben. Völlig aufgelöst und hysterisch rannte er zum Tisch und stützte sich mit seinen Händen auf der Platte ab. Seine Hose saß locker und das Hemd trug er halb aufgeknöpft. Er war strubbelig und unrasiert. Joanne bekam ein wenig Angst vor dem Mann, der ihr komplett von der Rolle erschien. Seinen abgehackten und verwirrten Sätzen, die er hervorwürgte, war zu entnehmen, dass Dora nicht mehr aufwachte.

Eilig begleiteten sie ihn zum Krankenbett, das sich alsbald als Totenbett entpuppen sollte.

Während Robert wieder auf dem Stuhl neben dem Bett niedersank, auf dem er wohl die ganze Nacht verbracht hatte, versuchte Ida einen Puls an Doras Handgelenk und am Hals zu spüren oder Doras Herzschlag zu hören. Die Frau zeigte kein Lebenszeichen. Kein Puls war fühlbar, keine Luft strömte mehr aus ihrer Lunge. Joanne beobachtete Idas Handlungen und in ihrer Kehle bildete sich ein Kloß, als sie merkte, dass Ida ihre Hoffnung auf Doras Überleben begrub.

Ida verkündete mit leiser Stimme, dass Dora Cartwright zu ihrem Schöpfer gegangen war. Der übernächtigte Robert reagierte darauf verstört: Er lief im Kreis und raufte sich die Haare, bis er schließlich bat, dass man ihn mit seiner Ehefrau alleine ließe. Dem Wunsch wurde entsprochen und wie in einem Trauerzug verließen alle fünf das Zimmer und gingen schweigend und mit gesenkten Köpfen zurück zum Speisezimmer.

Joanne saß wieder auf ihrem Platz und drückte sich mit ihrem Rücken fest gegen die Stuhllehne, um den Halt nicht zu verlieren. Ihr war schwindelig und übel. Nicht, weil sie einen Leichnam hatte sehen müssen, sondern weil sie Dora nicht hatte den Ausweg bieten können, um den sie vergeblich gefleht hatte.

Stumm saßen sie da, Mildred rühtre und rührte in ihrer Teetasse, Avery schnäuzte sich ständig die Nase. Nach kurzer Zeit kamen Hunter und die anderen Gäste. Anscheinend hatten sie einiges von dem Tumult mitbekommen.

»Dora ist verstorben, wenn ich das richtig verstanden habe?«, fragte Graham in die Stille hinein und brach damit einen Wortschwall Averys los, der kein Ende nehmen wollte.

Ida unterbrach ihn schließlich, nachdem er zum wiederholten Mal alle Schuld nur auf sich nahm und seine Stimme inzwischen heißer und brüchig geworden war: »Avery, jetzt reicht es aber. Du kannst nicht für alles, was auf dieser Burg geschieht, die Verantwortung übernehmen. Du kannst nichts dafür.«

»Verschone mich mit diesen Worten. Nichts will ich davon hören und du weißt, warum. Das gesamte Projekt war ein Irrtum, ein Fehlschlag, der sofort unterbunden werden muss. Nun lasten schon zwei Seelen auf meinem Gewissen. Und auf deinem auch«, sagte Avery, zeigte mit dem Finger auf seine Ehefrau und begann hemmungslos zu schluchzen.

Hunter und Jonathan standen auf, nahmen jeweils einen Arm des alten Mannes und führten ihn in seine Räume, damit er sich dort erholen konnte. Fassungslos schluckte Joanne trocken. So hatte sie Avery niemals zuvor erlebt. Sie sah ihm hinterher und fragte sich, wie sie ihm helfen konnte, aber auch, was mit ihm los war. *Weshalb diese konstanten Schuldzuweisungen?*, dachte sie.

Ida wurde blass und machte mit ihrer Gesichtsfarbe dem weißen Spitzenbesatz ihres Kragens Konkurrenz. Sie wollte ebenfalls aufstehen, aber Emmeline hinderte sie daran, indem sie sie freundlich und gleichzeitig bestimmt am Unterarm anfasste und mit traurigem Blick den Kopf schüttelte. Nur am Rande bekam Joanne mit, wie Emmeline zu ihrer Freundin sagte, dass sie Avery kurz Zeit lassen solle, um sich zu sammeln. Diese schlug die Augen nieder und nickte leicht. Am Tisch war es still geworden, wie so oft in den letzten Tagen.

Emmeline nahm sich der Sache an, da sie sah, dass ihre Freundin nervlich nicht mehr dazu in der Lage war. »Nun gut«, begann die Witwe, »Ida, du wirst dich sicher gleich um Avery kümmern wollen, der am besten erst einmal das Bett hütet. Sei beruhigt, wir sorgen uns um den Rest. Wir Frauen werden Robert Trost spenden, was den Männern Gelegenheit gibt, Dora zum Professor zu bringen.«

Da niemand einen Einwand erhob, saßen die Frauen bald mit Robert in einem ruhigen Zimmer. Er hielt ein Glas Cognac verkrampft in den Händen und blickte starr zu Boden. Joanne fühlte einerseits unendliches Mitleid mit ihm und war gleichzeitig durch ihre Hilflosigkeit erstarrt. Was konnte sie in dieser Situation schon Sinnvolles tun? Sie dachte an die Männer, die gemeinsam mit dem Bediensteten Finnley den Leichnam Doras in die kühleren Kellerräume von Redthorne Castle trugen, und wünschte sich, ebenfalls auf irgendeine Art mit anpacken zu können. Andererseits Joanne war sehr verwundert, in welchem Maß Robert trauerte. Natürlich, die beiden waren ihr halbes Leben lang verheiratet, aber sie waren sich zuletzt mit einer so deutlich spürbaren Abneigung begegnet, dass sie auf die Tränen des Mannes nicht gefasst war. In dieser Ehe steckte mehr verborgene Zuneigung, als man hätte ahnen können.

Emmeline und Mildred sprachen lindernde Worte, die es nach einem solchen Verlust wohl noch nie vermocht hatten, jemandem Trost zu spenden. Victoria hielt sich wie Joanne im Hintergrund. Bald bat der frisch verwitwete Mann darum, alleine gelassen zu werden, und dem Wunsch wurde nachgekommen. Joanne stellte mit schlechtem Gewissen fest, dass sie erleichtert war, keinen Beistand mehr leisten zu müssen, den sie ohnehin nicht geben konnte.

Es war, als hätten alle ein stilles Einverständnis getroffen, sich nicht der aufkeimenden Panik hinzugeben, sondern bei Sinnen und bei Verstand zu bleiben. Der Schein, wenigstens ein kleines bisschen Kontrolle über sich und die Situation zu haben, sollte gewahrt bleiben. Ein jeder ging seines Weges, um erst einmal ungestört nachdenken und trauern zu können. Dies hielten die Männer nach getaner Arbeit wohl ebenso, da Joanne in einem der Gänge auf Graham traf, der alleine unterwegs war. Wie kann es sein, dass ich ständig ausgerechnet diesem nervigen Exemplar von Mann über den Weg laufen muss?, fragte sich Joanne. Die Burg war schließlich groß genug.

»Die Frau, mit der zu sprechen mir verboten wurde«, begrüßte er sie mit seinem üblichen Lächeln. Seine Augen blieben allerdings völlig emotionslos.

»Graham.« Auf ein tiefer gehendes Gespräch wollte Joanne sich nicht einlassen. Sie war fast an ihm vorbeigelaufen, da spürte sie einen kräftigen Druck an ihrem Arm. Er hielt sie fest, woraufhin sie stehen blieb und ihn entsetzt anschaute. Sie atmete scharf ein, blieb aber erst einmal still. Was konnte er von ihr wollen? Wieder spürte sie einen ausgeprägten Fluchttrieb, wollte diesen sich aber keinesfalls anmerken lassen. Alles in Joanne sträubte sich, diesem Mann zu trauen, ohne einen bestimmten Grund dafür zu haben. Sie wollte ihn nicht gerne anschauen, wagte aber nicht, ihn aus dem Blick zu lassen.

Er ließ ihren Arm schnell wieder los, als sei er sich der Bedrohlichkeit seiner Geste bewusst geworden, und fragte, während Joanne die Stelle rieb, an der sie angefasst wurde.

Er sah ihr eindringlich in die Augen und fragte: »War es deine Idee, dass Hunter sich so niedlich aufplustert, oder war es seine eigene Initiative?«

»Ich weiß nicht, wovon du sprichst, und möchte nun bitte alleine sein.« Sie sagte es so ruhig wie möglich. Joanne würde einen Teufel tun und Graham ihre Verunsicherung spüren lassen.

Graham schnaubte und grinste süffisant. »Hat er dir etwa auch verboten mit mir zu sprechen? Ist ja herzallerliebst.«

»Ich lasse mir von niemandem etwas verbieten, Graham. Auf Wiedersehen!«, entgegnete Joanne, drehte sich bestimmt um und ließ ihn stehen. Es kostete einiges an Überwindung, aber sie schaffte es, sich nicht mehr umzudrehen und über die Schulter zu spähen.

Graham rief ihr hinterher: »Miau, das Kätzchen hat ja Krallen!«

In ihrem sonnengelben Zimmer, von dem sie sich schnelle Aufheiterung erhoffte, verschloss sie die Tür und prüfte mehrfach, dass sie abgeschlossen war und niemand ungefragt eintreten konnte. Grahams Verhalten war ihr ein Rätsel, wie so vieles andere in den letzten Tagen. Wie konnte man nur so sein? War er überhaupt wirklich so oder spielte er nur eine Rolle?

Nach einer Stunde hatte Joanne mehr neue grüne Tintenkleckse auf den Händen, als sie Tinte aufs Papier gebracht hatte. Deshalb legte sie ihre Schreibfeder erleichtert beiseite, als ein Klopfen an der Tür für eine Unterbrechung ihres Nichtstuns sorgte. Neugierig fragte sie, wer es denn sei, und öffnete, nachdem sie es erfahren hatte, umgehend die Tür.

Eine etwas blasse, aber lächelnde Emmeline stand vor ihr. »Ich habe gedacht, vielleicht möchtest du ein wenig mit mir durch den Garten spazieren. Das Wetter ist endlich wieder gut.«

Dieses Angebot nahm Joanne gerne an und bald schritten die beiden Frauen einträchtig durch den kleinen Garten, der innerhalb der Burgmauern lag. Es schien Joanne schon Ewigkeiten her, dass sie zuletzt den Sonnenschein genießen konnte. Schwermütig dachte sie aber an das letzte Mal, als sie im Garten so mit Dora aneinandergeraten war. Die arme Dora würde in keinem Garten mehr spazieren und keine Sonne mehr genießen. Damit hatte Joanne gewiss nicht gerechnet.

»Wie geht es dir, Liebes?«, fragte Emmeline, die Joannes besorgte Miene wahrgenommen hatte.

»Mir geht es ganz gut. Ich finde es schrecklich, dass Dora so plötzlich sterben musste, und mir fiel gerade unser letzter Aufenthalt hier im Garten ein. Nachdem du gegangen warst, war ich unfreundlich zu ihr.«

Emmeline lächelte Joanne aufmunternd an und legte ihr eine Hand auf die Schulter: »Ich kannte Dora zwar nicht lange, aber ich wette, sie war zuerst unfreundlich.«

»Das mag sein. Aber wir konnten uns glücklicherweise noch aussprechen. Ich habe Hunter bereits erzählt, welche seltsamen Dinge sie zu mir sagte.« Joanne wiederholte Doras Worte erneut und ihr wurde flau im Magen.

Emmeline blickte sie nachdenklich an. Auf Dora ging sie allerdings nicht mehr näher ein. »Weißt du, Joanne, ich finde es gut, dass du dich Hunter anvertraust. Er ist ein guter Mensch, Avery und Ida loben ihn in den höchsten Tönen. Und in deinen jungen Jahren ist es nur natürlich, die Nähe eines gleichaltrigen Mannes zu suchen.«

»Ach Emmeline, so ist das mit Hunter nicht. Wir verstehen uns gut und haben uns angefreundet. Ich werde von Mutter noch früh genug einen Verlobten aufgedrängt bekommen, da kann mir die Männerwelt momentan gestohlen bleiben.«

»Aber was wäre denn, meine liebe Joanne, wenn du selbst einen Verlobten für dich fändest?«, fragte Emmeline, ging einige Schritte weiter und ließ Joanne hinter sich zurück. Diese holte die kleine Distanz zwar schnell wieder auf, sagte aber nichts mehr. Nicht weit entfernt hörten die beiden das ausgelassene Gelächter von zwei Frauen.

Als sie um die Ecke traten, sahen sie Victoria und Mildred vor sich, die beide ausgelassen schauten. Joanne konnte sich das nur dadurch erklären, dass die beiden mit ihrer fröhlichen Stimmung den Todesfall verdrängten oder verarbeiteten, oder damit, dass beiden nichts an Dora gelegen war und ihr Tod sie überraschend kaltließ. »Setzt euch doch zu uns«, begrüßte Mildred die beiden. »Wir haben gerade über amüsante Druck- und Schreibfehler in Büchern gesprochen. Was es nicht alles gibt.«

Passend zur allmählich ruhigeren Stimmung schwand die Sonne hinter den Wolken und schien sich versteckt halten zu wollen.

Mildred betonte, dass es für sie oft hilfreich war, zu schreiben, um sich von alltäglichen Problemen abzulenken. »Oftmals sind es gerade solche Probleme, die das Schreiben befördern. Aus meinem realen Leben habe ich schon so mancherlei in meine Romane einfließen lassen. Welche Details das sind, möchte ich nicht verraten, aber der geneigte Leser würde das nicht für möglich halten«, behauptete sie.

»Nach dem Tod meines Gatten, Gott habe ihn selig, war es mir eine große Hilfe, mich durch das Verfassen von Geschichten und Gedichten abzulenken. Alleine eine Feder in der Hand zu halten und schwungvolle Buchstaben zu Papier zu bringen konnte Trost spenden. Ich habe meine Gedanken gezielt mit anderen Themen beschäftigt, anstatt mich lediglich mit Tod und Vergänglichkeit auseinanderzusetzen.«

»Das glaube ich euch gerne. Aber mir selbst bleibt das versagt. Meine Aufgabe liegt ausschließlich darin, Francis′ Texte zu lesen und Korrekturvorschläge anzubringen. Wahrscheinlich ist das auch besser so, was sollte ich mir schon ausdenken?«, fügte Victoria mit trauriger Stimme hinzu.

»Möchtest du selbst schreiben? Falls du glaubst du hättest nicht genügend Talent oder Können, dann schreibe doch erst einmal kurze Texte nur für dich. So fängt, glaube ich, jeder Schriftsteller an«, antwortete Mildred.

»Das ist es nicht. Es liegt eher an Francis. Er mag es, unter uns gesagt, nicht, wenn ich schreibe. Er meint, dass ich als Frau andere Dinge zu tun haben sollte als mein Köpfchen anzustrengen.« Joanne bekam einen Kloß im Hals, wenn sie daran dachte, dass ihr ein ebensolches Schicksal blühen könnte, wenn sie erst einmal verheiratet war. Wie sollte sie weiterleben, wenn ihr künftiger Gatte es ihr untersagte, dass sie schrieb?

»Wenn ich so etwas schon höre!«, brauste Mildred auf. »Wenn du schreiben möchtest, dann tu es. Lass dich nicht von deinem Mann dermaßen unterjochen. Ich sage dir einmal etwas, das die Männer und bestimmt auch viele Frauen nicht hören oder glauben wollen: Du bist auch als Frau ein eigenständiger Mensch, der sein Leben in die Hand nehmen sollte und eigene Entscheidungen treffen kann.«

»So einfach ist das nicht. Ich möchte meinen Mann nicht verärgern. Er verfällt manchmal in seine Stimmungen, in schlechte Stimmungen.«

Emmeline mischte sich ein, bevor die erzürnte Mildred weiterschimpfen konnte: »Sprich mit Francis ruhig, aber eindringlich darüber und drücke aus, wie wichtig es dir wäre. Du musst ja nichts veröffentlichen, es geht primär darum, etwas zu schreiben. Die Fantasie spielen zu lassen und Gedankengänge zu Papier zu bringen. Wenn du beharrlich bleibst, wird er es hoffentlich verstehen.« Nach einer kurzen Pause zwinkerte Emmeline schelmisch und fügte hinzu: »Oder nutze die Waffen einer Frau!«

»Emanzipiere dich, Victoria!«, rief Mildred aus und warf ihre Hände in die Luft, woraufhin Victoria bewundernd nickte. Joanne konnte sich ein kleines Lächeln nicht verkneifen. Sie bemerkte aber auch die leicht geschürzten Lippen Emmelines, der Mildreds Einstellung anscheinend etwas zu viel des Guten war.

Nach einer knappen halben Stunde bemerkte Joanne, dass Victoria durch die kühle Brise zu zittern begann, und fragte sie, ob sie nicht wieder zurück in die Burg gehen sollten. Victoria bejahte dankbar, doch ihr Blick wurde dadurch getrübt, dass die beiden älteren Damen meinten, sie blieben noch etwas draußen an der Luft. Gemeinsam schritten sie in Richtung des Eingangstores der Burg.

»Du und Mildred scheint euch gut zu verstehen«, stellte Joanne fest.

»Ja, sie ist eine wunderbare Person. Und ich fühle mich sehr geehrt, dass diese berühmte Schriftstellerin so offen mit mir spricht. Man kann viel von ihr lernen. Ich bewundere sie sehr. Und ihre Werke ebenso. Ich war zu Anfang unseres Treffens so nervös deswegen.«

»Ich war auch ganz aufgeregt, wen wir hier alles kennenlernen würden. Ich hätte aber nicht gedacht, dass es so verlaufen würde. Ich frage mich, was los ist.«

Victoria zog die Augenbrauen zusammen und blickte Joanne finster an: »Was willst du damit sagen?«

»Hast du dich noch nicht gefragt, weshalb Dora gestorben ist? Was sie so erschrecken konnte?«

»Ich dachte, sie hätte eine Art Anfall gehabt und dadurch wäre später ihr Herz stehen geblieben. Du vermutest also, dass es kein Unfall war?«

Joanne überlegte, wie offen sie mit Victoria sprechen sollte. Sie entschied sich einen Mittelweg einzuschlagen und wollte auf ihre Reaktion achten. Wusste sie von etwas? Wenn sie die Komplizin ihres Gatten war, dann begab sich Joanne auf gefährliches Terrain, das war ihr bewusst. Dennoch ließ sie ihre Stimme fest klingen, als sie sagte: »Unfälle. Es waren zwei. Der Professor ist ebenfalls sehr überraschend gestorben. Trotz seines Alters wirkte er noch sehr vital. Unglückliche Zufälle könnten es zweifelsohne sein, aber vielleicht steckt mehr dahinter. Ich meine, wir kennen uns alle kaum.«

»Joanne, wovon sprichst du hier?«

Joanne konnte sich eine kurze dramatische Pause nicht verkneifen. »Von Mord.«

Victoria sog scharf die Luft ein: »Mord? Ein Mörder in unseren Reihen? Das will ich mir bei all den netten Menschen aber nicht vorstellen. Das kann nicht sein. Der Professor war alt und Dora hatte eben ein schwaches Herz oder dergleichen.« Sie verschränkte die Arme vor der Brust und schüttelte den Kopf.

Joanne merkte, dass mit Victoria nicht darüber zu sprechen war. Entweder war sie tatsächlich so naiv, verschloss vor Furcht die Augen vor dem Problem oder sie wusste etwas, das sie verbergen wollte.

In der Eingangshalle trafen sie auf Graham, ein Gesicht, das Joanne nicht schon wieder sehen wollte. »Sieh an, zwei wunderschöne Damen kehren zurück in die Burg. Welch Glück für uns Männer, gemeinsam mit euch gefangen zu sein.« Victoria reagierte mit einem großen Lächeln und ihre Wangen röteten sich wie auf Kommando auf Grahams Worte, während Joanne ein verärgertes Grummeln nur schwer unterdrücken konnte.

»Oh Graham, welch entzückende Dinge du von dir gibst!«, freute sich Victoria und senkte geschmeichelt den Kopf.

»Wenn ihr mich entschuldigen würdet ...«, sagte Joanne und ging schnell weiter. Mit leicht stampfenden Schritten marschierte sie zurück zu ihrem Zimmer. Als sie davorstand, überlegte sie es sich anders und ging kurzerhand einige Schritte weiter. Sie wollte Hunter fragen, ob er wüsste, wie es Avery ging. Da sie selbst im Garten nichts mitbekommen hatte und Ida nicht stören wollte, hoffte sie durch ihn mehr zu erfahren.

Auf ihr Klopfen bekam Joanne keine Antwort. Sie überlegte, wo sie Hunter sonst finden konnte, und lief ohne Ziel durch die Gänge von Redthorne Castle. Sie war seit dem Morgen zum ersten Mal alleine in den düsteren Winkeln der Burg, in die erstaunlich wenig Sonnenlicht fiel, und fühlte sich plötzlich hilflos und ausgeliefert. Unter ihren Füßen, irgendwo in den Kellern oder Kerkern, ruhten nun zwei Leichen. Joanne hoffte inständig, dass nicht eine dritte dazukäme. Und dass es niemand war, den sie gern hatte, aber daran versuchte sie nicht zu denken. Sie war sich durchaus bewusst, wie egoistisch dieser Wunsch war, aber wollte nicht jeder zunächst diejenigen schützen, die ihm am nächsten waren?

Als Joanne durch die Gänge wanderte und ihren Gedanken nachhing, kam sie an einem Raum vorbei, in dem sie Stimmen hörte. Neugierig blieb sie stehen und versuchte zu lauschen. Ihre Erziehung hatte dahingehend gefruchtet, dass sie immerhin ein schlechtes Gewissen bekam. Stets hatte ihre Mutter ihr versucht beizubringen, dass es an sich ein Unding war, zu lauschen. Und wenn man zudem erwischt wurde, stünde man sehr schlecht da. Die Neugierde war aber größer als ihre Moral und deshalb drückte sie sacht ihr rechtes Ohr an die Tür.

Sie hatte Hunter gefunden, denn sie hörte ihn sagen: »Robert, du hast einen Sohn. Der wird nicht ohne Mutter und ohne Vater leben wollen. Denk an ihn. Dein Leben muss weitergehen. Wenn auch nur für deinen Sohn, für die Menschen, die dich brauchen.«

Mit schwerer Zunge lallte der Angesprochene, ohne zu versuchen seine Trauer und seine Wut zu verbergen: »Er ist erwachsen. Er wird genügend erben. Er kann auf sich selbst aufpassen.«

»Das wird er wohl können, trotzdem wäre sein Leben reicher, wenn er seinen Vater an seiner Seite hätte, der ihn über den Verlust der Mutter hinwegtrösten kann.«

»Hunter, ich kann niemanden trösten, ich bin selbst nicht zu trösten. Ich habe sie so geliebt, auch wenn das niemand versteht. Ich will nicht mehr.«

»Robert, tu nichts Unüberlegtes. Wir wollen dich nicht zu deinem Schutz irgendwo einsperren müssen«, hörte Joanne Jonathan sagen.

»Ach, lasst mich einfach in Ruhe«, erwiderte Robert, woraufhin Joanne einige Schritte zurücktrat.

Kurz darauf wurde die Tür aufgerissen und Robert rannte an ihr vorbei. Sie trat ein und fragte die Männer, ob alles in Ordnung sei. Jonathan meinte, dass Robert völlig fertig sei und er mit den anderen Gästen sprechen würde, um zu klären, wie sie Robert helfen konnten und was sie tun mussten. Er ging an ihr vorbei, warf Hunter noch ein Zwinkern zu, das Joanne nicht entging, und schloss die Tür hinter sich.

»Ich habe nach dir gesucht«, begann Joanne das Gespräch.

»Ach ja?«, unterbrach Hunter sie und grinste neckisch.

»Ja. Bilde dir nichts darauf ein. Ich suchte aus Sorge um Avery nach dir. Weißt du, wie es ihm geht?«

»So, so, wegen Avery.« Hunters Grinsen verging schneller, als es Joanne lieb gewesen wäre. »Es geht ihm nicht gut. Er liegt, soweit ich weiß, im Bett und Ida ist bei ihm. Sie passt auf, dass er nicht aufsteht und alles selbst in die Hand nimmt. Er macht sich unglaubliche Vorwürfe, mehr noch, als dass ich es nachvollziehen könnte. Ich glaube, er hatte einen Nervenzusammenbruch. Aber jetzt schläft er ja und ich denke, mit Idas Hilfe wird er sich bald erholen.«

»Vielleicht sollte ich zu Ida gehen und nachsehen, ob sie Hilfe braucht«, murmelte Joanne und kaute sorgenvoll auf ihrer Unterlippe herum. Eine Angewohnheit, die sie längst abgelegt haben wollte. Als sie bemerkte, dass sie es unbewusst wieder nicht hatte lassen können, hörte sie zwar auf, knabberte jedoch an einem ihrer nicht grün bekleckten Fingernägel weiter. Wem wollte sie etwas vormachen? Sie war eben nicht perfekt.

»Davon könnte Avery aufwachen. Ich glaube, dass Ida alles im Griff hat.«

»Ich habe mich vorhin mit Victoria unterhalten. Sie ist entweder naiv und glaubt an das zufällige Ableben Doras und des Professors oder sie hat etwas zu verbergen«, wechselte Joanne das Thema. »Sie behauptet zumindest, dass zwei natürliche Todesfälle vorliegen. Der Professor wurde demnach vom hohen Alter dahingerafft und Dora von ihrem schwachen Herzen.«

»Oder sie ist naiv und hat aber recht damit. Wir wissen nicht, ob es Morde sind«, entgegnete Hunter, während er am Kragen seines Hemdes herumnestelte. Joanne bemerkte es und freute sich, dass nicht nur sie seltsame Angewohnheiten hatte.

»Dann sollten wir das herausfinden. Und uns die Leichen auf Hinweise nach Fremdeinwirkungen anschauen.« Herrje, wo ist das auf einmal hergekommen?, fragte sich Joanne in Gedanken selbst.

Ungläubig schaute Hunter Joanne an, ließ seinen Hemdkragen in Ruhe und ließ seine Hand an der Seite herunterfallen. »Und woran willst du das erkennen? Ich kenne mich mit Leichen nicht aus, du etwa? Soweit ich weiß, sind beispielsweise Leichenflecken etwas Normales. Und wir würden daraus direkt irgendwelche falschen Indizien lesen.«

»Du hast ja recht. Ich will eben wissen, woran wir sind. Aber wenn sich die Leichen erst hoch auftürmen, dann kommen wir nicht darum herum, nach verdächtigen Zeichen zu suchen.« Joanne war bei diesem Gedanken selbst nicht wohl. Wer wollte sich schon einer Leiche nähern, sie sehen oder gar berühren? Aber wenn es notwendig werden würde, dann war sie bereit, es zu wagen. Um von ihrer dummen Idee abzulenken, fragte sie noch, was denn aus Doras Katze Mina werden würde, da Robert offensichtlich nicht in der Verfassung war, sich um das Tierchen zu kümmern.

»Jonathan hat mir erzählt, dass sie schon ganz beliebt bei den Bediensteten ist. Ich glaube, Megan und Anne haben sich ihrer angenommen. Hast du heute Nacht eigentlich deinen Traum weitergeträumt?«

Nachdem sie Hunter noch von der weiteren Entwicklung ihres Traumes erzählt hatte, gingen die beiden gemeinsam in die Küche, um einen Happen zu essen. Das Mittagessen war ausgefallen und bis zum Dinner würden noch einige Stunden vergehen. Bestimmt hatte Ethel vorgesorgt und eine Kleinigkeit für die hungrigen Gäste vorbereitet. Diese tüchtige Frau wusste meist vor allen anderen, wann es ihnen an etwas fehlen würde.

Kapitel 11: Ida Hawthorne, 8. September 1898

Als Idas Kopf nach vorne fiel, schreckte sie erneut aus einem sich anbahnenden Schlaf hoch. Sie saß schon seit einigen Stunden an Averys Bett und schwere, blaue Vorhänge verdunkelten das Fenster, sodass er so ruhig weiterschlafen würde wie bisher. Die Dunkelheit und die gleichmäßigen Atemzüge ihres Gatten hatten sie selbst schläfrig werden lassen. Zur Sorge um Avery kam noch die Angst um das Wohlergehen der übrigen Gäste. Sie hatte das Gefühl, dass ihnen beiden alles entglitten war. Ida nickte traurig. Als Gastgeber hatten sie versagt, so viel stand für sie fest. Mit zwei Toten hatten sie nicht rechnen wollen und die Besorgnis war groß, dass es zu weiteren Vorfällen käme.

»Du sitzt ja immer noch da, mein Liebling«, hörte Ida plötzlich die verschlafene Stimme ihres Gatten und sie musste über sein müdes Nuscheln schmunzeln.

»Wie geht es dir, Avery?«

»Ich werde mich bestimmt bald erholt haben. Ich fühle mich schwach und traurig, aber etwas mehr Schlaf wird dem entgegenwirken.«

»Da bin ich aber froh«, stellte Ida erleichtert fest und war glücklich, ein paar Worte mit ihrem Mann wechseln zu können. Sie stand auf, legte ihre Stirn auf seine, genoss die Nähe zwischen ihnen und die beruhigende Bettwärme, die von Avery ausging.

»Du musst nicht länger an meinem Lager wachen. Wenn du dich nicht selbst ausruhen möchtest, könntest du für uns beide die Gastgeberpflicht erfüllen und nach den Gästen sehen. Sie werden alle, besonders Robert, sehr mitgenommen sein von den Vorfällen.«

»Das werde ich tun, mein Schatz. Ich kehre bald zurück an dein Lager. Ich gehe nun nach den anderen schauen.«

Mit einem sanften Kuss auf die Stirn verabschiedete sich Ida und kaum war sie an der Tür, kündete Averys gleichmäßiges Schnaufen davon, dass er wieder eingeschlafen war. Müde streckte sie ihre Arme in die Luft und streckte ihren Rücken. Ein herzhaftes Gähnen konnte sie nicht unterdrücken, aber nun galt es, sich um die Gäste zu kümmern.

Im Speisesaal saßen die meisten der Anwesenden bereits versammelt, als Ida eintrat. Es hätte so ein schönes Treffen werden können, seufzte sie innerlich. Das Kerzenlicht flackerte heimelig und ihre Gäste plauderten freundschaftlich. Unter ihren Füßen konnte Ida fühlen, wie der dicke Teppich ihre Schritte dämpfte. Der Duft nach gebratenem Fleisch tat ein Übriges, um eine behagliche Atmosphäre zu schaffen. Das Essen würde gleich serviert werden und ihr grummelnder Magen bestätigte ihr, dass es höchste Zeit dafür war.

Mit einem Mal verstummten die Gespräche und Ida fühlte gespannte Blicke auf sich gerichtet. Als junge Frau hätte sie sich bei derartiger Aufmerksamkeit am liebsten unter dem großen Tisch verkrochen, doch nach so vielen Lebensjahren und Erfahrungen störte sie das nicht mehr. Außerdem war sie unter Freunden, die sie gerne um sich versammelt hatte.

Ohne Umschweife kam sie zum wichtigsten Punkt und sagte: »Ihr möchtet bestimmt erfahren, wie es Avery geht. Er ist soeben kurz aufgewacht und hat mich selbst geschickt, um nach euch allen zu sehen. Ihm geht es etwas besser, auch wenn er noch schwach ist. Ich halte es für das Beste, wenn er in den nächsten Tagen weiterhin liegen bliebe.«

»Und wie geht es dir?«, fragte Joanne, was Ida das Herz erwärmte. Dieses einfühlsame Mädchen war wunderbar.

»Danke der Nachfrage, Liebes, mir geht es gut.« Ida setzte sich auf ihren Platz und besah mit traurigem Blick Averys, Doras und auch des Professors leere Plätze. Dass Robert noch fehlte, wunderte sie kaum. Nach dem Essen wollte sie auch nach ihm sehen, der den größten Verlust erlitten hatte.

Der Vorsatz war gefasst und im selben Augenblick betraten Victoria und Graham heiteren Gemüts den Speisesaal, was Francis mit eiskalten Augen und geblähten Nasenflügeln zur Kenntnis nahm. Da stand Ärger in der Luft, in den Ida sich lieber nicht einmischen wollte. Da sie nun vollzählig versammelt waren, gab sie Megan ein Handzeichen, dass das Essen serviert werden konnte.

Während Ida das zarte Fleisch und das knackige Gemüse zu genießen versuchte, beobachtete sie ihre Gäste. Auf den ersten Blick wurden einige nette Gespräche geführt, aber wenn sie sich davon nicht täuschen ließ und genauer hinschaute, bemerkte sie, wie Hunter und Joanne oft Blickkontakt suchten und Graham und Francis beobachteten. Schon seit Beginn des Treffens hatten sie des Öfteren kleinere Streitigkeiten ausgefochten. Ida hatte bereits mit Avery gesprochen, ob es eine kluge Entscheidung gewesen sei, die beiden einzuladen, aber er hatte mit Hinweis auf die schnell erhitzbaren Gemüter junger Männer ihre Bedenken leichtfertig ausgeräumt. Ob er damit recht behielte? Inzwischen war das nicht mehr wichtig. Wie gut die Gäste miteinander auskamen, war nicht einmal mehr zweitrangig.

Hier ging es um viel Bedeutenderes. Um ihr aller geistiges und körperliches Wohlergehen.

Ida legte ihr Besteck weg. Ihr war, kaum dass sie einige Bissen zu sich genommen hatte, der Appetit wieder vergangen. Es gab viel zu viel auf einmal nachzudenken und sie fühlte sich all den Problemen nicht gewachsen. Zumindest ihre Gäste wirkten recht gefasst. An den Unterhaltungen wollte sie Anteil nehmen. Ida saß stumm da und lauschte so manchem Gespräch, nickte hin und wieder teilnahmsvoll, nichts konnte jedoch ihre Aufmerksamkeit fesseln. Zu tief war die Burgherrin in Gedanken versunken.

Nicht einmal den Schatten, der um die Gruppe wie ein Geier um ein verendendes Tier herumschlich, nahm Ida richtig wahr. Zu sehr hatte sie sich an diese Präsenz gewöhnt, was für ein entspanntes Leben in diesem Gemäuer unabdingbar gewesen war.

Allen anderen entging der Schatten gleichermaßen.

Nachdem alle Speisen verzehrt und die Bäuche der Anwesenden gefüllt waren, stieg Ida mit müden Beinen und schmerzendem Rücken die Stufen zum Gästetrakt hinauf.

Sachte klopfte sie an Roberts Tür, bekam aber keine Antwort. Zuerst wollte sie kehrtmachen und dem Witwer die Möglichkeit geben, mit sich alleine zu sein und in Ruhe zu trauern. Aber sie hatte ein ungutes Gefühl dabei, ihn einfach so zurückzulassen. Vielleicht hätte sie ihm ja etwas zu essen mitbringen sollen. Aber Hunger hatte er bestimmt keinen und sie konnte ihm direkt etwas kommen lassen, wenn er doch eine Stärkung gebrauchen könnte.

Erneut klopfte sie an die Tür, dieses Mal etwas fester, falls er sie beim ersten Mal überhört hatte. Erneut blieb eine Antwort aus.

Ein drittes Mal klopfte sie an die Tür, wobei es ihr selbst eher wie ein Hämmern vorkam. Idas Sorge wuchs, da sie von hinter der Tür keine Regung vernehmen konnte.

Sie probierte den sich vom dunklen Holz silbern abhebenden Türknauf, der sich widerstandslos drehen ließ. Es war also nicht abgeschlossen. Sollte sie einfach eintreten? Ida entschied sich dafür. Immerhin war sie die Ehefrau des Gastgebers und damit musste sie sich um ihre Gäste kümmern. Wenn er sie hinausschicken wollte, würde sie seinem Wunsch Folge leisten.

Ida hatte den gedrehten Türknauf in der Hand, als prasselnder Regen einsetzte, der ihre Anspannung durch das sich steigernde Rauschen untermalte. Ganz langsam und behutsam, sodass Robert Cartwright »Halt!« oder »Stopp!« schreien könnte, drückte sie gegen die Tür, die sich mit einem leisen Quietschen nach innen öffnete. Im Zimmer war es recht dunkel, wie sie durch den Türspalt erkennen konnte, und er hatte keine Kerzen gegen die Dunkelheit angezündet. Es blieb still und leise im Zimmer, sie hörte Robert weder weinen noch fluchen oder sie des Raumes verweisen. *Aber vielleicht schläft er oder hörte mich nicht kommen, obwohl bei dem Klopfen fast schon die Toten geweckt worden wären*, dachte sich Ida und schalt sich für einen solchen Gedanken in dieser Situation.

Sie räusperte sich, um einerseits das kratzende Gefühl in ihrem Hals zu besänftigen und um andererseits Robert nicht zu erschrecken. »Robert, kann ich eintreten? Ich wollte nach dir sehen«, sagte Ida anschließend laut und deutlich. Mehr konnte sie schließlich nicht tun, um ihr Kommen anzuzeigen.

Da Robert weiterhin keine Reaktion zu entlocken war, öffnete Ida die Tür vollständig und trat ins Zimmer. Das Bett war leer. Sie blickte sich um und stellte fest, dass das gesamte Gästezimmer leer war und die Tür zum angrenzenden Badezimmer offen stand, worin sich ebenfalls niemand befand. Ihre Mühe mit dem diskreten Eintritt hätte sie sich also sparen können. Verärgert fuhr sie mit dem linken Zeigefinger ihre Augenbrauen entlang und versuchte sich zu sammeln.

Wo kann dieser Mann sonst stecken, fragte sie sich, wenn er hier nicht um seine verstorbene Gattin trauert? Dora hatte einmal erzählt, sie habe ihn im Billardzimmer gefunden. Deshalb wollte sie dort als Nächstes nachsehen.

Der Weg war nicht weit. Als sie vor der geschlossenen Tür zum Billardzimmer stand, sah sie es nicht ein, erneut so ein Getue zu veranstalten, gute Erziehung, die schon so lange zurücklag, hin oder her. Ihre Manieren waren dem Witwer bestimmt völlig egal. Sie klopfte einmal laut und deutlich an und öffnete kurz danach die Tür.

Bevor Ida das Wesentliche wahrnahm, fielen ihr die vielen kleinen Dinge auf. Ihr Verstand hatte sich nicht mit dem eigentlich Hauptsächlichen beschäftigen wollen, sondern zögerte dies durch das Erfassen kleiner Details hinaus, um sich darauf vorzubereiten. Auf dem kleinen runden Tisch am Fenster, gegen das der Regen tropfte, brannte eine einzelne Kerze. Vor ihr lag ein dicker Packen Papier. Wohl ein Brief oder ein Text, an dem er gearbeitet hatte. Die um das Tischchen gruppierten Polstermöbel waren leer. Ein Lehnstuhl lag umgekippt auf dem Boden. Und

Roberts Schuhe, die vor ihr in der Luft herumbaumelten, waren nicht die saubersten. Eine kaum heruntergebrannte Kerze flackerte im Luftzug.

»Graham, verdammt, du hast gesagt, du würdest dich mit Francis darum kümmern!«, schrie Hunter Graham an. Er stand auf und hielt sich am Tisch fest, womöglich, damit er nicht auf die gegenüberliegende Seite gehen und ihn schlagen würde. Ida hatte ihren kleinen Hunter noch nie dermaßen aggressiv gesehen.

Graham hingegen wirkte auf sie durch den Suizid erschüttert, nicht aber eingeschüchtert durch Hunters Gebrüll. Seine Mimik war gelassen, die Gesichtsfarbe aber blass.

»Sag etwas dazu! Nachdem Jonathan und ich mit ihm gesprochen hatten, kam er doch zu dir«, sagte Hunter und zeigte auf seinen Freund, »um dich zu bitten, auch einmal mit dem armen Mann zu reden. Und was ist passiert? Er bringt sich um! Bekommst du denn gar nichts auf die Reihe?«

»Jetzt pass aber auf, wie du mit mir sprichst. Mir gebührt Respekt, ich bin immerhin der Ältere von uns beiden.«

»Das merkt man dir aber nicht an.«

Graham verteidigte sich mit ruhiger Stimme: »Ich war bei Robert. Ich habe an seine Zimmertür geklopft und er meinte, er wolle alleine gelassen werden. Dem Wunsch kam ich nach. Man kann einen Trauernden doch nicht ständig belästigen.«

»Wie einfach du es dir immer machst, ist nicht auszuhalten. Wir alle haben bemerkt, wie sehr er leidet, und wollten ihm beistehen, nicht ihn belästigen«, schimpfte Hunter weiter und ließ sich wieder auf seinen Stuhl plumpsen.

Jonathan schaltete sich ein und griff Idas Gedanken auf: »Wir müssen uns um die Leiche kümmern, er soll nicht so hängen bleiben. Francis, Graham, wir holen Finnley und bringen ihn, na ja, zu den anderen beiden, wenn das in Ordnung für dich ist, Ida. Ich würde sagen, Hunter beruhigt sich erst einmal.«

»Danke, Jonathan, das ist sehr zuvorkommend von dir. Von euch allen«, bedankte sich Ida, die erleichtert war, dass sie es nicht selbst hatte aussprechen müssen.

»Ich muss mich nicht beruhigen«, brummte Hunter. »Ich kann euch helfen.«

»Das wird nicht nötig sein«, grinste daraufhin Graham unverschämt und leckte sich kurz und flink über die Lippen. »Lass dich lieber von deiner süßen Joanne beruhigen.«

Der Fluch, den Hunter daraufhin ausstieß, ließ Ida beinahe die Ohren klingeln. Was die heutige Jugend für Unflätigkeiten in den Mund nahm, hätte sie nicht für möglich gehalten. Dass er nicht über den Tisch sprang und Graham seine Faust ins Gesicht rammte, entschädigte sie allerdings für die gehörten Worte.

Bald hatte Ida Hawthorne den Speisesaal verlassen und ging zurück in ihre Gemächer, um noch bei Avery zu sein. Ihm würde sie nichts vom Tod Roberts erzählen. Erst morgen oder am Tag darauf, wenn sein Zustand besser und stabiler war. Sie wollte ihm nicht etwas erzählen, an dem er ohnehin nichts ändern konnte, bevor er nicht damit umgehen könnte. Schweigsam saß sie an seinem Bett und hoffte, dass er nicht erwachte, damit sie ihm nichts vorspielen musste. Dazu fühlte sie sich schwerlich in der Lage. Als es schließlich auch für sie Zeit war, ins Bett zu gehen, durchströmte sie eine gewisse Erleichterung, dass sie Avery nicht hatte belügen müssen.

Ida saß noch lange an ihrem Frisiertisch. Anne, deren Hilfe sie heute nicht in Anspruch nehmen wollte, hatte sie zu Bett geschickt. In Gedanken versunken vor ihrem Spiegel sitzend, bürstete Ida ihr Haar Strähne um Strähne bei flackerndem Kerzenschein, der die Schatten im Zimmer lebendig wirken ließ. Als Kinder hatten sie immer gesagt, wenn man sich das Haar einhundert Mal in einer Vollmondnacht um Mitternacht kämme, könne man seinen eigenen Tod im Spiegel sehen. Sie sah jedoch lediglich ihr eigenes Spiegelbild und den dahinter liegenden Raum.

Auf einen Außenstehenden hätte Idas Anblick sehr befremdlich gewirkt. Vor allem das Selbstgespräch, das sie führte: »Warum kannst du mir nicht dieses eine Mal das Vergnügen lassen? ... Warum lässt du mich nicht endlich in Frieden? ... Ich habe alles getan, was du wolltest. ... Nicht genug? Was soll ich denn noch ...?«

Das Knarzen der sich öffnenden Tür ließ Ida hochschrecken. Hatte man sie belauscht? Noch immer nicht ganz bei sich, fragte sie kühl, um sich ihre Besorgnis, ertappt worden zu sein, nicht anmerken zu lassen: »Seit wann klopfst du nicht mehr an, Emmeline?«

»Ida, ich dachte, ich sehe einmal nach dir. Ich wollte dich nicht wecken ...«

Barsch fiel Ida ihr ins Wort und sagte: »Das hast du offensichtlich nicht.«

Emmeline legte sich ihre rechte Hand an die Kehle, wohl eine unbewusste Geste. »Hat dich das alles sehr mitgenommen?«

»Ich möchte nun zu Bett gehen. Gute Nacht.« Mit diesen Worten drehte sich Ida wieder um und bürstete ihr Haar. Demonstrativ ignorierte sie ihre alte Freundin.

Geschwind verließ Emmeline das Zimmer.

Idas konnte im Spiegel sehen, wie sie den Kopf dabei schüttelte und die Lippen schürzte.

Kapitel 12: Graham Griffith, 8. und 9. September 1898

»Wollen wir den guten alten Robert nicht wenigstens nach seinem Tod auf seine mehr oder weniger getreue Gattin legen?«, fragte Graham.

Kopfschütteln seitens Jonathan. Francis bat ihn sogar sein Maul zu halten. Selbst Finnley blickte ihn finster an, dabei wollte er doch nur die Stimmung aufheitern, aber was hätte er in Gesellschaft dieser Leute auch anderes erwarten sollen? Er war schon ein reichlich missverstandener Mann. Genuis misinterpretus nannte er sich gerne, obwohl er zu seiner Schande eigentlich kein Wort Latein sprach oder verstand. Eine der wenigen Bildungslücken, die er trotz hervorragender schulischer Ausbildung aufwies.

Die nächsten Minuten hielt er dann seinen Mund. Er fühlte Trotz in sich, den der gerne über die ganze Welt geschüttet und sie damit verätzt hätte, und ihm war es egal, dass er wie ein beleidigter Bursche wirkte. Bald war Robert losgeschnitten, in ein Leintuch eingewickelt und im Keller abgelegt. Während Graham sich mit dem schweren Leichnam abmühte, verfluchte er Hunter, der wohl noch weiter seine göttliche Joanne anbetete, für seine nicht vorhandene Hilfeleistung. *Bald können wir die Leichen tatsächlich aufeinanderschichten*, dachte Graham, hütete sich aber davor, einen weiteren solchen Kommentar über seine Lippen huschen zu lassen.

Schließlich ließ sich Francis dazu herab, zusammen mit ihm zu trinken, bis sich die Welt um Graham herum drehte, nachdem er ihm versichert hatte, dass er sich seiner reizenden Frau Victoria natürlich nicht nähern würde.

Aber nicht lange, dann verließ dieser ihn ebenfalls. Francis war unlängst viel zu skeptisch geworden. Ihre frühere Freundschaft war dahin, aber was war diese selbst zu Bestzeiten wert gewesen? Nun saß er da, eine Flasche Cognac neben sich, die leider fast leer war, und betrank sich. Zu viel war eben auch für ihn zu viel.

Sehr wohl hatte Graham beim spärlichen Dinner die abschätzenden Blicke von Hunter und seiner Joanne gespürt. Sie schienen ihm die Schuld an diesen Unglücken zu geben. Warum auch nicht? Sein Lebtag lang war er das schwarze Schaf und der böse Bube gewesen. Aber vielleicht steckten die beiden unter einer Decke und wollten ihm die Morde in die Schuhe schieben. Er musste aufpassen, dass sie ihn nicht bei den anderen schlechtmachten und ihn anschwärzten. Trauen konnte er fast niemandem hier.

Er saß noch eine Weile da, schmiedete Pläne, bemitleidete sich selbst und trank mehr, als ihm gut tat. Es hätte eine Hommage an Robert sein können, doch dessen wurde sich Graham in seinem Zustand nicht mehr bewusst, sondern erst, als er später mit Victoria über diesen Abend sprach. Er konnte sich nur gerade so auf den Beinen halten und wankte die Treppen hinab, die er nur wenige Stunden zuvor mit der zweiten Leiche dieses Tages im Arm heruntergeschritten war. Er wollte unbedingt Dora besuchen, die sich ihm erst kürzlich an den Hals geworfen hatte. Mal sehen, ob sie das noch immer tat.

Mit unkontrollierten Handgriffen öffnete er die Tür zum – abgesehen von den Leichen – leeren Lagerraum. Es gab einen lauten Knall, als die Tür nachgab und gegen die Wand schlug. Graham torkelte zu den drei in weiße Leintücher eingewickelten Toten, die in einer Reihe vor ihm lagen.

Links der Professor, der schon jetzt trotz der kalten Lagerung einen unguten Geruch verströmte, vielleicht hatte er ja aber auch schon immer so gerochen. *Vielleicht,* dachte Graham, *bilde ich mir das nur ein. Oder ich dufte selber nicht mehr so angenehm.* In der Mitte lag Dora und rechts von ihr lag Robert. Irgendwie erschien es ihm lieblos, wie die Körper vor ihm auf dem Boden lagen.

Zu Doras Füßen kniete er nieder. Was sollte er jetzt tun? Was wollte er mit Dora anstellen? Langsam streckte er seinen Arm nach vorne, wodurch seine Haltung instabiler wurde. Fast drohte er umzufallen und auf die Leichen zu stürzen. Als Graham sich wieder ausbalanciert hatte, strich er langsam und behutsam mit seiner rechten Hand über die in Stoff verpackten Beine Doras. Zuerst das Schienbein entlang, dann war da ihr Knie …

»Graham, du wirst doch nicht einen Leichnam betatschen! Lass den Unsinn«, erschreckte ihn Francis´ wütende Stimme, wodurch seine Hand schnell zurückzuckte, als hätte er sie sich verbrannt.

»Ich wollte nur sehen, dass sie hier auch sicher sind«, lallte Graham übertrieben, »sollen hier unten doch nicht frieren.«

»Du bist ja komplett hinüber. Komm, ich bringe dich nach oben in dein Bett.« Francis packte Graham am Arm, zog ihn hoch und schob ihn den gesamten Weg bis zu seinem Zimmer vor sich her. Graham ließ es sich gefallen, stolperte hier und baute dort ein Wanken ein.

Nachdem die Tür ins Schloss gefallen war, zupfte er seine Kleidung zurecht. Es ging ihm tatsächlich nicht besonders gut, viel hatte er nicht vorspielen müssen. Er war allerdings nicht zu sehr hinüber, um sich zu fragen, warum

Francis es plötzlich so gut mit ihm meinte. Bestimmt hat er kontrollieren wollen, was er momentan anstellte, und dass er seine Finger bei sich und von Victoria fernhielte. Stolz, Francis über seinen tatsächlichen Zustand getäuscht zu haben, prüfte er ein letztes Mal den Sitz seiner Kleidung. Ihm kam es sehr gelegen, dass man ihn allgemein unterschätzte.

Seine Flasche war bereits eine ganze Weile leer und an Schlaf war lange nicht zu denken, deshalb schlug Graham den Weg zum Weinkeller ein. Ihn amüsierte der Gedanke, wie wütend Francis werden würde, wenn er ihn dabei erwischte. Hatte er ihn doch extra zu Bett gebracht. Sein früherer Freund würde ihm nie glauben, dass er nur Wein holen wollte. In einem der Gänge wartete aber eine andere Überraschung auf ihn.

Verwundert fragte er: »Emmeline, was tust du denn noch hier?«

»Graham!«, rief diese erschrocken aus. Hielt sie ihn etwa ebenfalls für einen Mörder?

»Nun?«

»Ach, ich konnte nicht schlafen. Es macht mich beinahe verrückt, ja, wahnsinnig. So nah bei den Verstorbenen zu schlafen, meine ich. Und wie konnte es überhaupt dazu kommen? Die Unglücklichen! Ich wollte nachsehen, denn ich dachte ein Geräusch gehört zu haben.«

»Und wolltest die drei Kellerbewohner wieder an die Nachtruhe erinnern«, erlaubte sich Graham einen Spaß. Emmeline schien allerdings wirklich den Verstand zu verlieren, weshalb Graham versuchte sie zu beruhigen: »Ich bin sicher, dass sich Erklärungen finden. Bald können wir dieses verdammte Gemäuer wieder verlassen und so tragisch die Todesfälle auch sind, ich denke, dass wir bald mehr wissen werden.«

»Graham, ich muss hier einfach raus. Keine Sekunde hält es mich noch hier. Wenn du wüsstest ... Ida ...«, an dieser Stelle brach Emmeline ab und begann zu zittern und leise zu schluchzen.

»Lass mich dich zu deinem Gästezimmer bringen. Ein wenig Schlaf und alles wird wieder besser.«

»An Schlaf ist ja gar nicht zu denken!«, fauchte Emmeline entzürnt, drehte sich um und stürmte davon.

Aus Frauen soll mal noch einer schlau werden, dachte Graham, dem hysterisches Getue oder Tränen von Grund auf zuwider waren. Er beschloss, dass er lieber den Wein Wein sein ließ. Er würde sich zurück auf sein Zimmer begeben und schleunigst zu Bett gehen. Ein gehöriger Kater wartete am nächsten Morgen auf ihn, für den er sich mit ein wenig Schlaf zu wappnen gedachte.

Als er vor seiner Zimmertüre stand, hatte er erneut seine Meinung geändert. Es wäre doch ein Vergnügen, die reizende Victoria wieder zu treffen. Francis wäre inzwischen sicherlich eingeschlafen und wenn er sachte an die Tür der Mills klopfte, würde Victoria, die, wie er wusste, einen leichten Schlaf hatte, ein wenig zu ihm herauskommen.

Also ging er ein paar Schritte weiter zum ehelichen Schlafgemach der Mills. Kurz stand Graham vor der Tür und überlegte, ob er tatsächlich klopfen sollte. Früher waren Francis und er einmal gut befreundet gewesen. Was sie heute miteinander verband, war eher fragwürdig. Behutsam klopfte er nur mit dem Knöchel des Zeigefingers an die Tür. Danach blieb er regungslos vor der Tür stehen und lauschte. Dabei bemerkte er, dass es ihm gar nicht mehr so schwerfiel, nicht zu schwanken. Nachdem sich eine ganze Weile gar nichts getan hatte, öffnete sich langsam die Tür. Eine verschlafene Victoria, nur in einen Morgenmantel gehüllt, trat vor die Tür.

»Graham, was tust du hier?« Ihr Flüstern klang nur ein klein wenig verschlafen und umso mehr erschreckt.

»Ich wollte dich wiedersehen. Du bist so eine wundervolle Gesellschaft, holde Maid«, gurrte Graham amüsiert und fragte sich selbst, woher das gekommen war.

»Aber es ist Nacht. Und Francis liegt schlafend im Bett. Wir sollten uns jetzt nicht sehen.«

»Es ist aber unendlich viel schöner, alleine mit dir zu sein«, beharrte Graham.

»Das sollten wir nicht mehr tun. Ich habe ein sehr schlechtes Gewissen, meinen Mann zu belügen. Er sorgt gut für mich.«

»Rede keinen Unsinn, so gut ist er auch wieder nicht. Und Victoria, es wäre lediglich eine kleine Ausrede, falls er dich überhaupt danach fragen sollte.«

»Nein, Graham. Ich liebe meinen Mann. Er ist gut zu mir. Wir werden uns nur noch in Gesellschaft sehen. Gute Nacht«, sagte Victoria, verschränkte die Arme vor der Brust und drehte sich langsam um.

»Du weißt, dass du nicht so glücklich bist, wie du sagst, und dass er nicht so gut zu dir ist, wie du uns beiden vormachen möchtest.« Graham legte seine Hand auf ihre

Schulter und drehte sie mit einem leichten Druck zu sich zurück. Seine Hand ließ er an ihre Wange wandern.

»Er ist mein Ehemann. Der Rest ist unwichtig, Graham.«

»Ich weiß, dass du mich so sehr magst, wie ich dich mag, Victoria«, wagte Graham einen letzten Versuch.

Daraufhin drehte sie sich erneut um und erwiderte mit trauriger Stimme: »Ja, du hast ja mit allem recht. Dennoch sollte ich meinem Mann gehorchen und mein Ehegelöbnis befolgen.«

»Schwachsinn. Tu einfach einmal, wonach dir ist. Das ist befreiend, glaube mir«

»Das kann ich mir nicht leisten. Wir können uns das beide nicht erlauben. Du kennst ihn doch.« Die junge Frau lächelte Graham verunsichert an, schloss sanft die Tür und ging zurück in ihr Zimmer. Nun war es auch für ihn an der Zeit, sich endlich ins Bett zu legen.

Wie ihn das alles anödete! Es war Zeit, etwas zu ändern. Er musste sein Leben von Grund auf überdenken. Seine Mitmenschen missverstanden ihn und er machte sich kaum die Mühe, auf diese einzugehen. Um seine Lebensplanung umzuwerfen, dafür hätte er noch genügend Zeit, wenn er den nächsten Kater überstanden hatte.

Aber eine Sache, die ihm nicht aus dem Kopf gehen wollte, würde er nicht über Bord werfen. Dazu war er nicht bereit und würde es niemals sein. Seine Überzeugung würde er nicht aufgeben, schwor sich Graham.

Kapitel 13: Hunter Albee, 9. September 1898

Die Hilflosigkeit, die Hunter noch beim Zubettgehen gespürt hatte, war inzwischen vollends verflogen. Er wachte frühmorgens auf und ein plötzlicher Tatendrang ließ ihn aus den Laken steigen, wenn er sich sonst friedlich umgedreht hätte.

Sein erster Weg führte ihn zu den Räumen der Bediensteten. Dort suchte er Harold und Finnley auf, um mit ihnen zu besprechen, welche Möglichkeiten sie hätten, um gegen die Gefangenschaft anzugehen. Hunter wollte etwas bewegen. Er wollte diesen Vorfällen ein Ende setzen. Joanne hatte ihn mit ihrer Vermutung, dass die Todesfälle keine Unfälle waren, ins Grübeln gebracht. Wenn es hier tatsächlich einen Mörder gab, mussten sie ihm entkommen oder ihn fassen, wobei ihm Letzteres deutlich lieber wäre. Es sollte nicht noch weitere Tote geben.

Die Gespräche mit dem Butler und Finnley verliefen allerdings sehr enttäuschend. Keiner konnte sich eine Möglichkeit denken, wie man Hilfe holen oder wie eine Brücke gebaut werden konnte. Dazu fehlten schlichtweg die nötigen Materialien, die, auch wenn es kaum vorstellbar war, nicht zur Hand waren. Die ungewöhnliche Breite des Burggrabens stellte das Hauptproblem dar, was der Burg zu früheren Zeiten sicherlich zugutegekommen war. Was früher als zuverlässiger Schutz gedient hatte, wurde ihnen allen heute zur Falle. Immerhin hatte Harold versprochen, dass er Augen und Ohren offen hielte, was einen möglichen Übeltäter betraf. Hunter verließ sich auf ihn als alten Bekannten und traute ihm Stillschweigen zu.

»Mr. Albee, Hunter, es ist gut, dass Sie mir Ihre Sorgen anvertraut haben. Ich werde mich ein wenig umhören und vielleicht stoße ich ja auf, wie heißt es so schön in der Kriminalliteratur, auf Motive. Wir müssen die Menschen in dieser Burg gut beobachten, vielleicht verrät sich jemand durch seine Handlungen oder Aussagen selbst. Falls es denn so jemanden gibt.«

So ganz überzeugt wirkte der Bedienstete trotz seines Wortschwalls auf Hunter nicht, aber er wollte an dieser Stelle nicht weiter nachhaken. Harold konnte immerhin seine Stelle und damit seinen Lebensunterhalt verlieren. Und in seinem Alter wäre es schwer, einen Neuanfang zu schaffen. Hunter konnte nachvollziehen, wenn er sich im Hintergrund zu halten gedachte. *Aber warum dann die Warnungen an Joanne und ihn?*, grübelte er. »Ich hoffe sehr, dass wir uns irren. Aber ich danke dir für deine Hilfe, wie stets, Harold.«

Das Gefühl, unverrichteter Dinge wieder gehen zu müssen, hinterließ bei Hunter einen bitteren Nachgeschmack. Dennoch machte er sich auf den Weg zum Speisesaal, um ein ungewohnt zeitiges Frühstück einzunehmen, das seinem Namen somit zum ersten Mal seit seiner Ankunft auf der Burg gerecht werden konnte.

Am Tisch sah er Ida alleine sitzen, die mit den übrig gebliebenen Krümeln auf ihrem Teller spielte. Als er eintrat, begrüßte sie ihn überrascht, aber herzlich.

»Ida, auch dir einen guten Morgen. Was tust du denn so früh auf? Und wie geht es Avery?«

»Ich konnte nicht mehr schlafen. Es gibt zu viele Dinge, die mich beschäftigen. Als ich nach Avery gesehen habe, hat er noch geschlafen. Das wird ihm sicher gut tun, aber etwas

Näheres über seinen Zustand weiß ich nicht. Sie hat gesagt, dass sie auf ihn aufpasst.«

»Wer hat das gesagt? Megan? Anne?«

»Ach, du bist ein guter Junge, dass du dich so um uns Alte sorgst«, redete Ida weiter, ohne auf Hunters Frage einzugehen, und plapperte belanglose Dinge.

Er wunderte sich über ihr Verhalten und betrachtete Ida näher. Sie sah müde aus, als hätte sie kaum geschlafen. Ihre sonst stets gepflegte Kleidung war verknittert und auch aus ihrer Frisur hingen einige Strähnen herab, als hätte sie sich nicht richtig zurechtgemacht. Aber Idas Augen, die ständig woanders hinschauten und nie einen steten Blick zeigten, irritierten ihn am meisten. Die ansonsten ruhige und ausgeglichene Frau, die er sein Leben lang kannte, schien nicht mehr sie selbst zu sein. Er spürte ein tiefes Mitleid in sich aufwallen, als er daran dachte, wie sehr sie all die Geschehnisse und vor allem Averys Zustand und ihr Fund von Roberts Leiche mitnehmen mussten, dass sie so vor ihm saß. Hunter hatte Ida kaum zugehört und unterbrach sie plötzlich: »Ida, wenn es etwas gibt, womit ich dir helfen kann, dann musst du mir das unbedingt sagen. Du musst hier nicht alles alleine hinbekommen.«

»Hunter, du bist so ein Schatz. Gestern, als ich meine Haare gekämmt habe, da habe ich dich mit ihr gesehen. Ihr passt so gut zueinander. Schade, schade ...«

Wird sie etwa verrückt?, dachte Hunter, erschreckt über ihre Antwort. Was will sie denn beim Haarebürsten gesehen haben? Er stand auf und ging vor ihrem Stuhl in die Knie. Erneut unterbrach er sie: »Ida, du siehst sehr, sehr müde aus und ich mache mir Sorgen um dich. Darf ich dich zu deinem

Bett bringen? Ich denke, ein paar Stündchen Schlaf werden dir sehr helfen.«

Dankbar und ohne zu zögern, fast als hätte sie keinen eigenen Willen, nahm sie sein Angebot an. Sie hielt sich an seinem dargebotenen Arm fest und mit langsamen Schritten brachte er sie zu ihren Räumen.

»Und nun legst du dich ein wenig hin, liebe Ida. Du musst dich um nichts kümmern. Ruhe dich schön aus.« Hunter gab ihr einen Kuss auf die Wange, woraufhin Ida anfing zu strahlen.

Sie bedankte sich kurz und sagte, dass sie nun eine Runde schlafen werde. Er wusste nicht, was das mit Ida noch werden sollte, und wollte, wenn Emmeline wach war, unbedingt mit ihr sprechen. Neben Avery kannte sie Ida am besten und wusste vielleicht weiter.

Hunter kehrte zum Speisesaal zurück und wartete. Emmeline erschien jedoch nicht zum Frühstück. Die Gäste dieser Burg waren gekommen und gegangen, aber die mit Ida befreundete Witwe war nicht unter ihnen gewesen, obwohl sie oftmals früh aufstand, wie es ältere Menschen meist tun. Jonathan musste seine Besorgnis wahrgenommen haben, denn nachdem sich alle anderen wieder zurückgezogen hatten, um zu lesen, zu schreiben, im Garten zu spazieren oder was auch immer zu tun, war er bei ihm sitzen geblieben.

»Was bedrückt dich, mein Freund?«, fragte Jonathan teilnahmsvoll.

»Jonny, es ist Ida. Ich war heute Morgen schon früh auf und habe sie beim Frühstück getroffen. Sie war sehr wirr. Das alles hier muss die arme Frau sehr mitnehmen. Sie hat zusammenhanglose und sehr seltsame Dinge gesagt. Ich habe die Befürchtung, sie könnte wie Avery zusammenbrechen oder schlichtweg verrückt werden. Darüber wollte ich, natürlich anders ausgedrückt«, fügte Hunter schnell hinzu, als er das leichte Lächeln seines Freundes bemerkte, »mit Emmeline sprechen. Ich habe mir ihren Rat erhofft, aber sie ist seither nicht erschienen.«

»Vielleicht ist auch sie überwältigt von all dem, sodass sie länger schläft und sich ausruhen möchte.«

»Aber es ist beinahe Mittag!«

»Oder sie hat keinen Hunger. Oder sie war schon frühstücken. Kein Grund zur Sorge. Klopfe an ihre Tür, Hunter.«

»Ja, das werde ich wohl tun«, stimmte er seinem Freund zu und betrachtete ihn eingehend. »Habe ich etwas verpasst, Jonathan? Du schaust in den letzten Tagen, trotz all der Todesfälle, so zufrieden, fast schon glücklich aus, will ich sagen. Sonst bist du nicht so unsensibel.«

Das breite Grinsen auf dem Gesicht seines Freundes heiterte auch Hunter selbst auf. Er war gespannt, was er gleich erfahren würde. Die beiden Männer hatten sich immer gegenseitig ins Vertrauen gezogen und daher wusste er, dass er eine ehrliche Antwort bekommen würde. Doch er täuschte sich.

»Nichts da! Warum, lieber Hunter, sollte ich dir das verraten? Du bekennst ja auch deine Gefühle nicht«, stellte Jonathan herausfordernd fest.

Hunter hatte sich einmal wieder selbst eine Grube gegraben. »Geheimnis für Geheimnis« lautete also Jonathans Devise. Aber er versuchte Zeit zu schinden: »Ich weiß nicht, was du damit meinst.«

»Nun komm schon, ich spreche von dieser jungen Frau, die dir mit ihren grünen Augen den Kopf verdreht hat. Oder stimmt das etwa nicht und meine Wahrnehmung ist nicht mehr die beste?«

»Was soll´s? Du hast ja recht. Sie gefällt mir. Aber warum grinst du selbst den ganzen Tag über wie ein dümmlicher Jüngling?«, lachte Hunter.

»Das tue ich deshalb, weil auch ich, und ich betone das Wort ›auch‹ besonders, verliebt bin. Und sie scheint mich ebenfalls sehr zu mögen.«

»Das ist ja wundervoll. Ich gratuliere dir, du Herzensbrecher!«, rief Hunter freudig aus.

Jonathan beließ es nicht dabei und sagte: »Fragst du mich denn gar nicht, wer die Glückliche ist?«

»Nun, verrate es mir endlich, ich kann es mir zwar denken, aber du sollst es schon selbst sagen dürfen.«

»Es ist Megan.«

»Das habe ich mir gedacht. Ich habe sie in den letzten Tagen bei ihrer Arbeit ab und an singen hören. Es wird interessant, wenn du sie deinen Eltern vorstellst. Also Jonathan, eine Bedienstete, das ist mutig. Typisch für dich.«

»Meine Eltern werden nicht begeistert sein, sich aber damit abfinden müssen. Ich bin ja nicht ihr Erstgeborener und nicht einmal der Zweitgeborene. Und wie steht es mit deiner Herzensdame?«

»Ich glaube, sie sieht in mir nur einen guten Freund«, bekannte Hunter, dessen Mundwinkel gemeinsam mit seiner Stimmung wieder bergab wanderten.

»Kopf hoch, das lässt sich ändern, wenn es denn überhaupt so sein sollte.«

Die beiden jungen Männer sprachen noch kurz über ihre Herzensangelegenheiten und verfielen in einige Späße, aber bald machte sich Hunter auf zu Emmeline. Jonathan war es zwar kurzzeitig gelungen, seinen Freund aufzuheitern, aber nun musste er sich doch um das kümmern, was es zu erledigen gab.

Auf dem Weg zu Emmelines Zimmer zerbrach sich Hunter den Kopf, wie er ihr mitteilen könnte, dass er befürchtete, ihre beste Freundin werde verrückt. Er kam aber zu keinem Ergebnis, wie man das jemandem am besten sagen konnte, und entschied sich spontan zu versuchen, die richtigen Worte zu finden. Zögerlich klopfte er an die Tür, erhielt allerdings keine Antwort. Nochmals klopfte er und fragte, ob Emmeline wach sei und ob er sie sprechen könne. Erneut blieb es still hinter der Tür. Entweder er hatte sie verpasst und sie hielt sich in einem anderen Teil der Burg auf oder sie wollte momentan ihre Ruhe haben. So oder so musste er es später erneut versuchen. Wieder ging Hunter mit dem hässlichen Gefühl unverrichteter Dinge, das er gar nicht leiden konnte.

Um seine Laune zu verbessern, beschloss er bei Joanne zu klopfen. Als sie ihm öffnete, war sie wohl gerade beim Schreiben gewesen. Sie schaute abwesend, als habe sie sich soeben noch mit Dingen aus einer anderen Welt befasst, und war noch nicht wieder ganz in die Realität zurückgekehrt. Außerdem hatte sie einen grünen Tintenklecks auf der rechten Wange. Sofort war Hunter wieder guter Laune und musste lachen. Er versuchte mit dem Daumen den Fleck wegzuwischen, er war jedoch bereits getrocknet.

»Was habe ich denn da?«, wollte Joanne neugierig und leicht beschämt wissen und rubbelte sich selbst über die Stelle.

»Tinte. Grüne Tinte. Aber sie steht dir.«

»Komm rein, ich gehe das mal eben beseitigen«, sagte Joanne grinsend und machte die Tür frei, damit er hereinkommen konnte.

Als er sich kurz umgedreht hatte, um die Tür zu schließen, war sie auch bereits um die Ecke verschwunden und stand vor ihrem Waschtischchen. Hunter nutzte die Zeit, um sich im Zimmer umzusehen, und stellte fest, dass es hervorragend zu der jungen Frau passte, die es bewohnte. Die sonnengelben Wände sorgten für eine freundliche und warme Atmosphäre und der Schreibtisch war mit einem wilden Papierchaos übersät. Kaum hatte er sich umgesehen, kam Joanne zu ihm zurück. Ganz hatte sie den Fleck nicht wegbekommen, denn es zierte noch ein leichter Hauch von Grün ihre Wange. »Jetzt bist du nur noch ein blasser Frosch«, stellte Hunter neckend fest und merkte selbst, dass sein Witz nicht besonders kreativ war. Es war heute einfach nicht sein Tag.

»Was gibt es Neues?«, fragte Joanne ohne Umschweife.

»Ich besuche dich, weil ich meine Laune aufheitern wollte«, gab Hunter zu. »Und es ist ganz gut gelungen.«

Ihr auf sein Eingeständnis folgendes Lachen heiterte Hunter noch mehr auf.

»Eigentlich sollte ich dir gar nicht erzählen, wie sich Ida heute Morgen verhalten hat. Ich möchte schließlich deine Stimmung nicht ebenfalls verdorben wissen.«

»Warum? Was ist denn geschehen?«, fragte Joanne und ihre Fröhlichkeit war augenblicklich verflogen. Trottel, schalt er sich, hätte ich doch nicht direkt davon angefangen.

Hunter berichtete ihr von den morgendlichen Vorkommnissen und schloss seine Erzählung damit ab, dass er Emmeline nicht finden konnte. Das Gespräch mit Jonathan ließ er natürlich außen vor. Joannes Miene war während seiner Schilderung zunehmend besorgter geworden und inzwischen bereute er es sehr, ihr auch noch diese Sorgen aufgebürdet und den Vormittag vermiest zu haben.

»Das klingt gar nicht nach Ida. Und eine unauffindbare Emmeline halte ich ebenfalls für seltsam. Hunter, was geht hier nur vor?«

»Ich wünschte, ich könnte dir das sagen.«

»Schau doch nicht so deprimiert. Wir werden das herausfinden. Du hast dich um Ida gekümmert und hast genau das Richtige getan. Ein wenig Schlaf wird sie wieder zurechtrücken. Emmeline wird sich eben irgendwo aufhalten und wenn wir sie später sehen, können wir bestimmt darüber lachen, dass wir dachten, sie wäre verschwunden.«

»Ich hoffe, dass du wieder einmal recht hast.«

»Das habe ich doch ständig«, zwinkerte Joanne. »Ida wird wieder sie selbst werden. Sie ist eine starke, vernünftige Frau. Emmelines Verschwinden, wenn sie denn wirklich verschwunden ist, könnte damit zusammenhängen. Ich bete, dass wir sie nicht ermordet in irgendeiner Ecke finden.«

»An so etwas darfst du gar nicht erst denken.« Hunter ging einige Schritte im Zimmer auf und ab. Wenn es hier wirklich einen Mörder gab, und er zweifelte inzwischen immer weniger daran, dann mussten sie ihn fassen, noch bevor der nächste Mord geschehen konnte. Aber wie sollte man herausfinden, wer es war? Man hatte keine Beweise, um jemanden zu überführen. Wo sollten sie also anfangen? Es gab viele Fragen, die dringend geklärt werden mussten, weil die Aussichten darauf, bald aus der Burg herauszukommen, gering waren. Eine Brücke konnten sie nicht bauen und der Zulieferer würde noch einige Tage auf sich warten lassen. Da sie dem Übeltäter nicht entwischen konnten, mussten sie ihn also schnappen. Möglicherweise waren zwei Morde bereits geschehen und sie wussten nicht, was sich noch zutragen würde, wenn nicht bald jemand etwas unternahm.

In ihre Theorie steigerten sie sich beide immer mehr hinein und glaubten kaum noch an Zufälle oder Unglücke. Genau genommen gab es schon drei Tote. Was wäre, wenn Robert sich gar nicht selbst erhängt hatte? Diesen Gedanken sprach er aus.

»Dann ist unser Mörder noch gefährlicher, als wir dachten. Kann das einer alleine überhaupt schaffen, selbst wenn sich Robert nicht gewehrt hätte? Eine Frau sicherlich nicht. Obwohl eine Frau ihn vielleicht hätte überreden können, es selbst zu tun. Dann hat der Mörder sich auf jeden Fall schon drei Opfer gesucht und das nächste wird bald an der Reihe sein. Oder war es schon, wenn Emmeline ...«, Joanne sprach den Satz nicht zu Ende, was gar nicht nötig war. »Möglich erscheint es mir jedenfalls.«

»Aber wer?«

»Das gilt es, herauszufinden. Wir müssen uns genau überlegen, wer auszuschließen ist und wer nicht. Unsere Verdächtigen müssen wir beobachten oder wenn möglich verhören. Es muss doch herauszufinden sein!« Joannes Wangen wurden ganz rot, so sehr steigerte sie sich hinein und steckte Hunter mit ihrer Aufregung an.

Sie besprachen erneut mögliche Täter und wahrscheinlich Unschuldige. Es war nicht schön, so über die Gäste und Bewohner von Redthorne Castle zu sprechen, aber es war notwendig. Am Ende kamen Joanne und Hunter überein, wen es sich zu beobachten lohne und wer wohl nichts mit den Tragödien zu tun hatte, und notierten dies. Zufrieden betrachteten die beiden die Liste und versteckten sie danach in einer alten Ausgabe von John Miltons »Paradise Lost«.

»Ich wollte dir noch etwas zu einem anderen Thema erzählen«, begann Joanne.

Hunter beobachtete, dass ihre Stimme kratziger und ihre Augen größer geworden waren. Sie hatte eindeutig Angst vor dem, was sie nun berichten wollte. Er konnte sich denken, worum es ging, und hörte gespannt zu.

»Es geht um meinen Traum. Du erinnerst dich an das bisherige Geschehen? Gut. Also, ich habe letzte Nacht geträumt, was sie mit der Spiegelscherbe getan hat. Die Frau hielt sie in der Hand und verließ das Zimmer. In regelmäßigen Abständen fielen Blutstropfen auf den Boden, während sie über den Flur ging. Sie blieb vor einer Tür stehen. Ohne zu zögern, öffnete sie diese leise mit der freien Hand. Darin saß ein Mann beim Schein von nur einer Kerze schreibend über einen Tisch gebeugt und bemerkte die eintretende Frau nicht. Sie ging langsam auf ihn zu. Als sie nah genug hinter ihm stand, zog sie seinen Kopf mit ihrem freien Arm zurück, indem sie mit dem Unterarm gegen seine Stirn und an ihren Bauch drückte. Mit einer fließenden Bewegung schlitze sie seine Kehle auf. Er hielt sich den Hals und fiel zu Boden. Hunter, da war so viel Blut! Sie muss tief geschnitten haben. Er verlor bald sein Bewusstsein. Als er die Augen schloss, sackte sie auf die Knie. Ich dachte, dass die Trauer sie überwältigte und sie ihr Tun bereute, aber sie holte aus und stieß wieder und wieder die Scherbe in seine Brust. Mit einem letzten kraftvollen Stoß versenkte sie die Spiegelscherbe dort, wo sie wohl das Herz vermutete. Damit war mein Traum zu Ende. Es war grässlich.«

Hunter konnte nichts mehr sagen. Ohne zu zögern, nahm er Joanne fest in die Arme und ließ sie so bald nicht mehr los.

Kapitel 14: Francis Mill, 9. September 1898

Als Victoria in den frühen Morgenstunden hinter dem Raumteiler hervortrat, musste er sich beherrschen, ihr nicht direkt an den Hals zu gehen und sie zu würgen und zu schütteln, bis dieses dumme Stück blau anliefe.

Meine verfluchte Frau, dieses Miststück, will mich wohl zum Narren halten, verdammt noch einmal, dachte Francis Mill und konnte seine Wut kaum mehr beherrschen. Die ganze Nacht war er wach gelegen und fühlte sich alles andere als frisch und ausgeruht. *Denkt wohl, ich hätte das alles nicht mitbekommen. Ich habe jedes einzelne Wort gehört*, schimpfte Francis im Stillen weiter. Graham musste aufpassen, dass er nicht die Wahrheit verkündete. Er käme zwar selbst dabei schlecht weg, aber was machte das noch aus? Wenn er sie beide beseitigen würde, könnten sich seine Nerven endlich beruhigen. Und sie wären nicht die Ersten, denen er ihr Leben nehmen würde.

»Möchtest du nicht auch ein Bad nehmen? Mir hat das sehr gut getan, Liebling«, sagte Victoria, die seinen finsteren Blick nicht wahrnehmen wollte oder konnte.

»Willst du mich einfach für eine Weile los sein oder hast du vor, mich darin zu ertränken?«

»Francis, ich meine es nur gut.«

»Nur gut mit Graham meinst du es«, blaffte er seine Frau weiterhin wütend an. Und je verletzter und beschämter sie blickte, desto besser ging es ihm. Da Victoria still blieb, sagte er weitere Dinge, die er sich von der Seele reden musste: »Ich bin nicht dumm, Victoria, und ich kann es nicht ausstehen, für dumm verkauft zu werden. Wenn ihr euch noch ein einziges Mal unpassend anseht oder miteinander sprecht, dann wird es euch beiden sehr, sehr leidtun. Verdammt, ich bin dein Mann, biete mir den Respekt und die Achtung, die ich verdiene. Hast du mich verstanden?« Er legte seine Hand an ihren Hals. Francis drückte zwar nicht zu, aber er wollte ihr seine Macht demonstrieren.

»Ja, Francis.« Tränen standen Victoria in ihren Augen, aber sie wusste es besser, als sie zu vergießen. Sie bemühte sich darum, Fassung zu wahren, was Francis ein wenig milder stimmte.

»Gut. Denke an meine Worte, es würde wirklich übel enden, wenn du mir nicht gehorchtest.«

»Ich gehorche dir, Francis.«

»Und schreiben wirst du nichts. Davon anfangen wirst du auch nicht mehr. Es sollte dir eine Ehre sein, meine Werke im Frühstadium zu Gesicht zu bekommen.« Francis boxte gegen die Wand, ignorierte den Schmerz und erfreute sich an Victorias Schreck.

»Natürlich, es tut mir leid.«

Er drehte sich um und verließ das Zimmer. Francis hatte seinem Ärger Luft gemacht und ihm ging es ein wenig besser, jetzt war es Zeit für ein kleines Mittagsessen. Nach außen hin würde er nun wieder seine Rolle spielen können. Victoria würde nachkommen, sobald sie sich gefasst hatte, und niemand würde Verdacht schöpfen, dass er nicht immer der galante Gatte war, den er gerne darstellte. Mit Graham würde er später reden. Oder sollte er ihm vielleicht direkt mit seinem Jagdmesserchen näherrücken? Nur ein wenig drohen, vielleicht ein kleiner Ritzer oder zwei.

Am späten Nachmittag, nachdem er den mürrischen und grimmigen Graham zur Genüge eingeschüchtert und sogar ein weiteres Kapitel seines Romans beendet hatte, lehnte sich Francis gerade entspannt zurück, als Victoria das Zimmer betrat.

»Schatz, wir suchen Emmeline, möchtest du nicht helfen?«

»Nein, mich interessiert nicht, wo Idas dämliches Schoßhündchen steckt.«

»Aber das würde einen schlechten Eindruck machen, wenn wir alle suchen und du dich in deinem Zimmer verkriechst, Schatz. Ich könnte allerdings sagen, dass es dir nicht gut geht.«

»Danke, Vic, aber du hast recht. Ich werde mich an der Suche beteiligen«, beschloss Francis nach kurzem Zögern und stand schwer ausatmend auf. Er wollte nicht derjenige sein, der in dieser immer angespannteren Lage sich Schuldzuweisungen anhören musste. Häufig genug hatte er Joannes und Hunters Blicke gespürt. *Mir werden sie gewiss nichts anhängen*, dachte Francis.

»Das ist aber freundlich von dir. Komm, alle treffen sich in der Eingangshalle, um die Suchgebiete aufzuteilen.«

Schnell waren sie in der Eingangshalle angekommen, wo abgesehen von Avery, Ida und natürlich Emmeline bereits alle versammelt waren. Es wurde beschlossen, dass Francis und Hunter gemeinsam in den Kellern und im Kerker nachsehen würden, vielleicht hatte sich die arme Frau ja verlaufen oder war unglücklich gestürzt und konnte nicht mehr gehen.

Die restlichen Suchenden hatten sich auf verschiedene Abschnitte der Burg und des Gartens festgelegt und gingen ebenfalls in Zweiergrüppchen los. Beruhigt stellte Francis fest, dass sich Victoria Joanne angeschlossen hatte und nicht Graham, der gemeinsam mit Jonathan suchte. Mildred hatte sich kurzfristig doch in ihr Gästezimmer zurückgezogen und täuschte eine Migräne vor. Den Eindruck hatte zumindest Francis. So eine Migräne hätte ihn weibisch wirken lassen, dachte er, aber so hätte er an dieser Farce nicht teilnehmen müssen. Alle waren in der Burg auf den Beinen, da durfte er nicht fehlen.

Francis stieg gemeinsam mit Hunter die Stufen in das untere Stockwerk hinab und spürte schon nach wenigen Schritten, dass die Luft feuchter und kälter wurde, was ihren mitgebrachten Fackeln aber nichts anhaben konnte. Er fand es spannend, einmal mit Fackeln diese Räume zu erkunden, denn ansonsten hatten sie sich stets nur einige wenige Kerzen mitgebracht, da man nie länger dort unten blieb. Die Dauer ihrer Suche war allerdings ungewiss und deshalb war man gut vorbereitet. Francis´ Unlust hatte sich schnell in eine angenehm in der Magengrube prickelnde Abenteuerlust verwandelt, als er daran gedacht hatte, dass man so etwas wundervoll in einen Roman packen konnte. Düstere Gänge, Jahrhunderte alte Gerüche, unidentifizierbare Geräusche, kühle, feuchte Luft, die einen von der Außenwelt abschnitt.

Zunächst liefen die beiden zum Leichendepot, wie er im Stillen den Raum nannte, in dem sie den Professor, Dora und Robert abgelegt hatten. Emmeline war wie vermutet nicht dort, um zu trauern oder dergleichen. Die beiden jungen Männer setzten ihren verschlungenen Weg durch allerlei Kellerräume fort und sprachen nur das Nötigste miteinander. Durch ihr Schweigen war ihnen ein leises, kratzendes Rascheln nicht entgangen.

»Hast du das gehört?«, fragte Hunter und nach Francis´ Nicken wollte er wissen, ob er das Geräusch hatte genauer verorten können.

»Ich glaube, es kam aus dem Raum vor uns rechts.«

Leise und konzentriert horchend näherten sie sich dem Geräusch, das weiterhin nur sehr gedämpft und in unregelmäßigen Abständen zu hören war. Als sie die Tür aufstießen, damit sie in den Raum hineinsehen konnten, war nichts zu entdecken. Ihre Fackeln erhellten das kleine Kämmerchen, das auf den ersten Blick leer schien. Dann sah Francis, was die Geräusche verursacht hatte. »Igitt«, sagte er und konnte seine Abscheu nicht verbergen, »eine Ratte.«

»Was stört dich an ihr? Es ist doch nur eine etwas größere Maus.« Ohne Hunter anzusehen, hatte er das Lächeln in dessen Stimme gehört. Aber er schämte sich für seine Abneigung gegenüber diesen Tieren nicht.

»Sie haben so wahnsinnig intelligente Augen. Das ist mir sehr unheimlich. Wie groß die dazugehörige Ratte ist, ist mir einerlei, aber wenn einen diese roten Knopfaugen anschauen, bah!«

»Das kann ich nachvollziehen. Sie schauen wirklich besonders schlau, fast hinterhältig aus. Aber ich mag diese Tiere gerne.«

Sein unbeabsichtigtes Geständnis war also nicht negativ aufgenommen worden. Im Gegenteil, er hatte das Gefühl, dass Hunter ihn mit einem Hauch neu gewonnener Sympathie betrachtete, was ihm sehr gelegen kam. Die Ratte ließen sie Ratte sein und gingen weiter ihres Weges. Die Mauern wurden zunehmend grober und wirkten älter und ungepflegter. Dieser Teil von Redthorne Castle blieb wohl unbenutzt. Bald waren sie in einen langen, aber eher schmalen Raum gelangt. In einer Ecke konnten sie einen Tisch erkennen, der mit einer dicken Staubschicht bedeckt war und an dem Daumenschrauben angebracht waren.

»Willkommen im Folterkeller. Hier müssen auch irgendwo die Verließe sein«, stellte Hunter fest.

Sie blickten sich weiter um und sahen eine Vielzahl von kleineren Utensilien und Gerätschaften an den Wänden hängen, die mit Schmutz und Spinnweben überzogen waren, wie zum Beweis, dass sie schon lange nicht mehr in Gebrauch waren. An den Wänden hingen Handeisen und Ketten, Messer, Äxte und viele undefinierbare Gegenstände. Auf dem Boden lagen einige Steinblöcke von unterschiedlicher Größe, die wohl als Gewichte verwendet worden waren. An der Decke war eine Art Flaschenzug befestigt.

Nachdem sich die jungen Männer kurz umgeschaut hatten, durchquerten sie den Folterkeller und stießen auf einen Gang, an den rechts und links jeweils zwei kleine Kerkerzellen angrenzten. Am Ende des Gangs lag in einer Sackgasse eine letzte und besonders große Zelle. Die Luft war hier besonders kalt, feucht und modrig. Da Emmeline nirgendwo zu sehen war, machten sie kehrt und kamen zurück in den normalen Kellerbereich.

Keine Stunde später war dort die Suche ebenfalls ergebnislos geblieben und sie kehrten zurück in den Speisesaal. Die anderen Suchtrupps waren bereits zurück von ihrer Suche, hatten die Vermisste aber auch nicht aufspüren können.

Kapitel 15: Joanne Hadley, 9. und 10. September 1898

Selbst am Abend war Emmeline noch nicht aufgetaucht, weshalb sich Joanne Stunde um Stunde größere Sorgen machte. Nachdem sie und Victoria in scheinbar unendlich viele Räume gesehen oder bei den verschlossenen Türen zumindest angeklopft und nach ihr gefragt hatten, war sie sehr erschöpft, enttäuscht und traurig, dass diese nette Frau nicht mehr auffindbar war. Irgendetwas musste ihr zugestoßen sein, da war sie sich inzwischen sicher. Nun saßen alle beim Dinner auf ihren Plätzen. Selbst Ida war zu ihnen gestoßen und war nach einem langen Schlaf wieder etwas mehr sie selbst. Auf Emmelines leeren Platz reagierte Ida zwar mit Sorge, aber es schien ihrem angeschlagenen Zustand nicht zusätzlich zu schaden.

Wie nie zuvor waren die einzelnen Gemüter spürbar angespannt. Victorias Hals war beinahe nicht mehr zu sehen, so hoch hatte sie ihre Schultern gezogen. Sie fuhr die Maserung des Holztisches nach und warf den Anwesenden verstohlene Blicke zu, wohingegen Francis bewegungslos dasaß und einen nach dem anderen unverhohlen anstarrte. Nicht Trauer um die Toten und Sorge um Emmeline herrschte vor, sondern eher ein gegenseitiges Misstrauen.

Zweifel an den Menschen, mit denen man hier festsaß, hatten sich verbreitet wie eine ansteckende Krankheit. Joanne wurde schlagartig klar, dass nicht nur sie und Hunter ihre Theorien hatten. War vielleicht auch sie jemandem verdächtig?

Joanne fing Victorias Blick auf, die daraufhin ihre Augen zu Schlitzen verengte, als müsse sie genauer hinschauen, um jedes Detail aufzunehmen. Joanne wand sich innerlich. Wer traute ihr hier eigentlich was zu? Dieser ihr entgegenschlagende Argwohn bedrückte sie schwer, aber Joanne selbst konnte es nicht verhindern, dass sie ihre Umgebung ebenfalls argwöhnisch beobachtete. Sie maß die Menschen am Tisch mit durchdringenden Blicken. Wer stellte eine Gefahr dar, wer war harmlos? Galten solche Kategorien überhaupt noch? Joanne bemerkte, dass Graham Hunter nicht unbeobachtet ließ. Während er seine Gabel fest in der geballten Faust hielt, drehte er sein Messer unaufhörlich mit der anderen Hand.

Nichts wurde gesprochen, nicht ein Wort, das die Höflichkeit geboten hätte. Joanne glaubte keinen Bissen vom lecker duftenden Essen herunterzubekommen, so zugeschnürt war ihre Kehle. Auch die Sorge um Ida wog schwer, die sich immer wieder verunsichert umblickte und anscheinend nicht begreifen konnte, was an ihrer Tafel los war.

Diese bedrohliche Atmosphäre schnürte Joanne die Luft zum Atmen ab. Sie wurde sich zum ersten Mal richtig ihrer eigenen Sterblichkeit bewusst, ein Gedanke, der in ihrem bisherigen Leben keinen Platz gefunden hatte. Die Gefahr war nicht länger ein Abenteuer, sondern war inzwischen vielmehr zu etwas geworden, dem sie sich eigentlich nicht stellen wollte. Die Angst um ihr Leben wog schwer auf ihren Schultern. Vielleicht läge sie bald im Keller, eingewickelt in ein Leintuch, und die anderen führten ihr Leben weiter. Ohne sie.

Als auf den meisten Tellern das Essen neu arrangiert lag, weil es nur herumgeschoben statt verzehrt wurde, begann ein neuer Akt in dem Theater, in dem sie alle pflichtbewusst ihre Rollen spielten.

»Meine Lieben, was ist hier denn nur los?«, fragte Ida aufgewühlt und löste damit einen unverständlichen Redeschwall seitens mehrerer Anwesender aus.

Graham fasste die Situation präzise zusammen: »Ich werde mich nicht irren, wenn ich konstatiere, dass hier keiner mehr dem anderen traut. Die Todesfälle erscheinen nicht länger als Unglücksfälle, sondern ein Mörder wird in unseren Reihen gesucht. Und er soll auch gefunden und zur Strecke gebracht werden.«

Nach einem einträchtigen Nicken fügte Jonathan hinzu: »Ich fände es gut, wenn so offen wie möglich über die Situation gesprochen werden könnte. Nur so kommen wir zu Ergebnissen und können Lösungen für unsere Probleme finden. Einem jeden hier steht die Skepsis seiner Mitmenschen gegenüber geradezu ins Gesicht geschrieben.«

»Und dann? Wollt ihr den Übeltäter vor euer eigenes Gericht stellen? Ihn wegsperren, bestrafen oder hinrichten? Das kann doch nicht euer Ernst sein! Ihr wisst doch gar nicht, ob ihr nicht vielleicht den Falschen verdächtigt«, brauste Francis auf und erntete direkt misstrauische Blicke, »Nun seht mich nicht so an. Wir alle sollten uns beruhigen und bei Verstand bleiben. Oder bin ich der Letzte, der noch klar sieht?«

»Besonders dein Verstand scheint dir in letzter Zeit abhandengekommen zu sein, darum bist du der Letzte, der sich so aufplustern sollte«, kommentierte Graham mit mürrischem Grinsen Francis´ Aussage.

»Auch du bist nicht gerade unverdächtig mit deinem Verhalten, Graham. Wenn jemand verstarb, warst du stets nur in deinem Zimmer oder nicht zu finden, als interessiere dich das alles nicht oder als wolltest du so weit weg von deiner Tat sein wie nur möglich«, sagte Hunter.

»Und erst, seit dein werter Freund hier ist, geschehen all diese Morde«, rief Graham wütend, aber sichtlich zufrieden blickend aus. »In der ersten Nacht war noch alles in Ordnung.«

»Dass Jonathan nichts damit zu tun hat, ist ja wohl klar«, verteidigte Hunter seinen Freund.

»Und ich bin mir sicher, dass Francis damit nichts zu tun hat«, mischte sich nun Victoria ein und fügte nach kurzem Zögern hinzu, »und Graham hat sich auch nichts zuschulden kommen lassen!«

Joanne sah in die Runde und befürchtete, dass das hier schlimm enden würde. Die Gereiztheit war gestiegen und mit ihr wohl auch die Bereitschaft, bald einander anzugreifen. Fäuste wurden geballt, man zeigte mit dem Finger aufeinander und die Gesichter glühten in dunklen Rottönen. Sie selbst war ebenfalls ungewohnt wütend und würde am liebsten Victoria anklagen, nur ihre beiden Liebhaber zu verteidigen, ohne zu wissen, ob sie wirklich so unschuldig waren, wie sie es behauptete. Sie hielt aber den Mund, zumindest vorerst. Joanne waren die Blicke und kleinen Anzüglichkeiten zwischen Victoria und Graham nicht entgangen.

Ein gleißender Blitz erhellte den Himmel, dicht gefolgt von dröhnendem Donner, wie zum Zeichen, dass die Schlacht nun beginnen konnte. *Wo bin ich nur hineingeraten?,* fragte sich Joanne. Sie spürte den Stuhl beben, auf dem sie saß. Das Gewitter war nah. Erst jetzt bemerkte sie den Regen, der eingesetzt hatte. Wieder war es still geworden in der Runde und vor allem die Männer maßen sich mit Blicken. Wohin sollte das nur führen?

Nun mischte sich auch Mildred ein: »Liebe Ida, ich denke, es wird nicht nötig sein, dass du miterlebst, wie deine Gäste sich gegenseitig zerfleischen. Oben liegt dein Gatte und wird sicherlich froh sein, wenn du bei ihm bist.«

Ida stand schwach auf und hatte offensichtlich nicht mehr die Kraft, sich irgendwem zu widersetzen. Wortlos und mit wirrem Blick lief sie aus dem Speisesaal und schloss leise die Tür hinter sich.

»Jagst du schon die Burgherrin aus ihrem eigenen Speisesaal? Erfordert dies dein Roman? Kannst du nur so deine Pläne umsetzen und dein nächstes Opfer auswählen? Oder glaubst du gar die wahre Mörderin weggeschickt zu haben, damit wir uns beraten können, wie wir ihr und ihrem Mordgehilfen Avery das Handwerk legen?«, provozierte Graham die berühmte Schriftstellerin mit wahrhaft diabolischem Grinsen.

»Wie kannst du es wagen? Ich habe mir gewiss nichts zuschulden kommen lassen. Mir genügt meine Fantasie, um neue Welten zu erschaffen, da muss ich nicht in der Realität eine solche Farce veranstalten, wie wir sie hier erleben«, rief Mildred, stand auf und verließ überstürzt den Saal.

Joanne hielt es nun nicht mehr aus, sich herauszuhalten: »Graham, wie kannst du Ida nur so etwas vorwerfen? Hast du einmal nachgedacht, wie es ihr momentan gehen könnte? Sie als Gastgeberin so zu verleumden! Du unsensibler …«

»Oder bist vielleicht du es, Joanne?«, unterbrach er sie. »Denn du kennst dich hier doch gut aus. Bist hier so gut wie zu Hause.«

»Was ist das denn für ein schwachsinniges Motiv, Graham?«, brauste Hunter erneut auf. »Wenn deine Schreibe dein Denken widerspiegelt, kann die Menschheit darauf getrost verzichten.«

Joanne, von Grahams Worten schwerer getroffen, als sie es nach außen hin zeigen wollte, wollte nicht mehr länger diesem Unsinn zuhören. Sie versuchte die Worte, die um sie herum weiterhin fielen, auszublenden und betrachtete stattdessen die Körpersprache der Anwesenden: Manch einer hielt sich an der Tischkante oder an der Armlehne fest oder hatte eine Faust geballt. Zornesfalten prangten zwischen einigen Augenbrauen und Lippen waren zu dünnen Linien verzogen. Wohin sie auch blickte, sie sah stets dasselbe: Aggression, Wut und Angst. Sie alle ähnelten sich mehr denn je. Die Angespanntheit aller würde sich bald lösen müssen, nur wie, konnte Joanne nicht abschätzen. Der giftige Gestank von Gewalt lag in der Luft und ihr drehte sich der Magen um.

Joanne sah die Köchin Ethel mit gelassener Miene, aber großen Schritten den Speisesaal betreten und erst, als ihre ersten Worte zu vernehmen waren, drehten sich die Köpfe der anderen in ihre Richtung: »Ich möchte Ihnen allen ein Angebot machen, das Ihre Situation klären könnte. Aber ich muss Sie bitten, was geschehen wird, unter allen Umständen geheim zu halten und keiner Menschenseele davon zu berichten. Sonst droht mir große Gefahr. Ich möchte eine Séance mit Ihnen abhalten.«

Die Reaktionen auf die Aussicht, Teilnehmer einer Séance sein zu sollen, waren gemischter Natur. Nachdem man sich von dem kleinen Schock erholt hatte, gab es eine Vielzahl von Reaktionen, die Joanne allesamt nachvollziehen konnte. Ungläubigkeit. Leichte Belustigung. Angst. Aber auch Hoffnung, die missliche Lage vielleicht bald aufklären zu können. Und so wurde schnell und beinahe einstimmig beschlossen, einen Versuch zu wagen.

Joanne selbst war nach wie vor beinahe erschrocken, dass sie nicht geahnt hatte, womit Ethel sich befasste. Von den Fähigkeiten, die sich die Köchin selbst zusprach, war Joanne ziemlich überrascht. Allerdings war die Köchin, wenn man einmal näher darüber nachdachte, immer zur Stelle gewesen, wenn sie sie gebraucht hatten. Besitzt sie tatsächlich übersinnliche Fähigkeiten?, fragte sich Joanne und Ethel nickte ihr zwinkernd zu, woraufhin eine Gänsehaut Joannes Körper überzog.

Die sieben Menschen hatten sich in einem Raum mit einem runden Tisch eingefunden, viele Kerzen entzündet und das weiterhin tosende Gewitter durch die Aufregung in den Hintergrund ihres Bewusstseins verdrängt. Das, was sie hier vorbereiteten, widersprach jeder Vernunft, da war sich Joanne sicher. Endlich saßen alle um den Tisch herum, da erhellte ein leuchtender Blitz den gesamten Raum für einen Sekundenbruchteil und Ethel fasste dies als Startsignal auf.

Sie erklärte, was nun passieren sollte: »Wir werden uns im Kreis um den Tisch sitzend an den Händen fassen und ich versuche Kontakt mit den verstorbenen Seelen aufnehmen, um herauszufinden, was sie wissen und gesehen haben.

Vielleicht werden Sie damit Antworten auf Ihre Fragen bekommen. Die Toten werden durch mich sprechen. Auf keinen Fall darf jemand die Runde verlassen, bevor die Sitzung beendet ist, sonst könnte der Geist in ihn oder sie hineinfahren. Der Geist, mit dem ich Kontakt habe, kann mir Dinge mitteilen oder Bilder zeigen, was ich alles an Sie weitergeben werde. Er könnte aber auch versuchen die Kontrolle über mich zu bekommen und mich, sollte es gelingen, besessen machen. Falls ich die Kontrolle verlieren sollte – und Sie werden es merken, wenn das der Fall ist –, dann müssen Sie dafür sorgen, dass mein Körper ohnmächtig wird. Und anschließend streuen Sie einen Kreis aus Salz um mich herum und bewerfen mich mit Salz. Sind Sie dazu bereit?«

Joanne war überrascht, mit welcher Inbrunst Ethel über die Geisterbeschwörung sprach. Ihr mulmiges Gefühl hatte sich zu einer heimlichen, aber immensen Angst gesteigert. Joanne knetete ihre zitternden Hände. Den übrigen um den Tisch sitzenden Personen schien es nicht anders zu gehen, denn außer durch ein stilles Nicken äußerte niemand sein Einverständnis. Alle gaben einander die Hände, sodass sie wie geheißen einen Kreis bildeten.

»In Ordnung, dann werde ich jetzt beginnen. Bitte haben Sie kurz Geduld. Und versuchen Sie bitte Ruhe zu bewahren, was auch immer gleich geschehen mag.«

»Ethel, weißt du denn nicht, was als Nächstes passiert?«, rief Victoria mit schriller Stimme.

»Nichts wird geschehen«, konterte Graham.

Nach einem vielsagenden Blick schloss Ethel die Augen, um sich zu konzentrieren oder zu meditieren. Sie saß eine Weile regungslos da und Joanne blickte sich erneut im Raum um. Das Kerzenlicht flackerte gleichmäßig und alles war wie immer. Ein gewöhnlicher Raum, in dem eine ungewöhnliche Prozedur stattfinden sollte. Als sie zurück zu Ethel sah, erkannte sie, dass die Köchin, die hier als Medium fungierte, ihren Mund schnell bewegte, ohne ein Geräusch zu erzeugen.

Bald wurde Joanne klar, dass Ethel immer wieder dasselbe sagte. Ihr Mund formte die stummen Worte: »Ich rufe dich.« Ethels Lippen bewegten sich schneller und schneller, und kurz darauf begann sie, mit ihrem Oberkörper nach vorne und hinten zu wippen, erst sachte, dann ruckartiger. Dieser inzwischen besorgniserregende Zustand hielt nicht lange an, dann hielt Ethel wieder ganz still und saß regungslos auf ihrem Stuhl. Ihr Brustkorb hob und senkte sich durch ihre gleichmäßigen Atemstöße. Joannes brüchige Fassade ihrer sich selbst eingeredeten Ruhe brach schon damit in sich zusammen, dass die Fensterscheiben, hinter denen das Gewitter am Himmel toste, anfingen in langen Schüben zu vibrieren und zu klirren. Aber auch dieses Geschehen dauerte nur kurz an. Danach war es wieder unheimlich still im Raum. Victoria blickte sich mit vor Angst weit aufgerissenen Augen um und Joanne hoffte, dass sie nicht ebenfalls so ein Gesicht machte. Ihr Mann Francis blickte stumm auf die Tischplatte, während Graham aus den Augenwinkeln Victoria beobachtete. Jonathan und Hunter schauten sich gespannt bis vergnügt im Raum um. Hunter zwinkerte ihr schließlich sogar heiter zu.

Plötzlich sprach Ethel mit tiefer und ernster, auf Joanne sehr fremd wirkende Stimme: »Der Kontakt ist hergestellt. Ich kann nun mit einer Verstorbenen kommunizieren. Sie sagt, ihr Name ist Lucinda und sie hat bereits den Kontakt zu einem von euch gesucht. Kann sich jemand vorstellen, dass er derjenige oder diejenige ist?«

Während alle anderen still grüblerische Gesichter schnitten, überlief es Joanne siedend heiß, da sie augenblicklich an ihre Träume dachte. Sollte diese Frau vor dem Spiegel, die ihren eigenen Gatten getötet hatte, Lucinda sein? Joanne musste sich räuspern, um einen Laut aus ihrer trockenen Kehle hervorbringen zu können, und sagte dann:

»Ich habe seltsame Träume, schon seit dem Tag meiner Ankunft. Könnte das vielleicht Lucinda sein?«

»Ja, sie sagt, sie ist es.«

Alle Blicke richteten sich auf Joanne, die meisten eher skeptisch oder verblüfft. Nur Hunter sah sie aufmunternd und ermutigend an.

»Warum gerade ich?«, fragte Joanne. »Und was will sie mir mitteilen?«

»Du bist empfänglicher und sensibler als viele andere Menschen. Lucinda sagt, sie will es dich verstehen lassen. Sie sieht die Gefahr, dass dich ein ähnliches Schicksal ereilen wird, wie es bei ihr der Fall war.« Ethel hatte wieder begonnen zu wippen und ihre Stimme war dröhnender und metallisch klingend geworden: »Sie sagt, dass sie es nicht länger ertragen kann. Sie will es nicht mit ansehen und deshalb tut sie, was sie tun muss.«

Joannes Gedanken rasten, da sie zu verstehen versuchte, wovon Ethel sprach, während ihr Körper vor Furcht wie erstarrt war. Was musste in ihrem Leben alles passieren und schiefgehen, damit sie ihren künftigen Ehemann, wer auch immer das sein sollte, und sich selbst umbringen würde? Vielleicht musste sich gar nicht so Schreckliches ereignen und es war eher der Fakt, dass etwas ausgeblieben war. Die Verzweiflung und der Hass in Lucindas Gesicht konnten nicht nur aufgrund einer schlechten Behandlung durch ihre Familie, Freunde oder gar durch ihren Ehemann zustande gekommen sein, sondern vielleicht dadurch, dass sie niemanden mehr in ihrem Leben hatte, der für sie da war. Vielleicht liebte er sie nicht und hatte eine andere Frau. Lucinda könnte sich verlassen, ungeliebt und einsam gefühlt haben, aber wäre das für Joanne genug, um einen Mord und einen Selbstmord zu begehen?

In ihrem Kopf fühlte es sich schwindelig an. Sie dachte wieder an Ethels Worte. Lucinda habe ihr mitgeteilt, dass sie tut, was sie glaubt, tun zu müssen. Hatte diese Erklärung sich auf ihren Traum bezogen oder etwa auf die gesamten Geschehnisse auf der Burg? Hunter, dem sie ihre Träume in aller Ausführlichkeit anvertraut hatte, musste sich dasselbe gefragt haben, denn er schaute sie durchdringend an. Dann wandte er sich an Ethel und wiederholte die Frage laut. Ethel schien inzwischen innerlich zu vibrieren, kämpfte womöglich gegen den immer stärker werdenden Geist an. Schweiß stand ihr schon auf der Stirn und ihre Wangen wurden zunehmend gerötet.

»Lucinda hat ihren Mann getötet, weil er sie nicht länger liebte und ihr keine Aufmerksamkeit mehr schenkte, nachdem er begonnen hatte, sich der Schriftstellerei zu widmen. Kein Nachwuchs stellte sich ein und Lucinda fühlte sich von allen verlassen. Sie will es auf Redthorne Castle nicht erneut mit ansehen müssen, dass das Übel des Geschichtenersinnens überhandnimmt. Sie sagt, dass sie deshalb die vier Menschen töten musste und weitere folgen werden, bis alles wieder so ist, wie sie es haben möchte.«

»Warum vier?«, wandte Jonathan ein, »Bisher liegen doch nur drei Tote im Keller.«

»Emmeline Asbury lebt ebenfalls nicht mehr. Noch in dieser Nacht wird ihre Leiche gefunden werden, da ist Lucinda sicher.«

»Und warum musste Dora sterben? Sie schreibt doch viel weniger als beispielsweise Mildred«, wollte Jonathan wissen.

Mit einem Mal begannen die Kerzen wild zu flackern und die meisten verlöschten. Die Schatten aus den Ecken des Raumes schienen sich zum Tisch hin zu strecken und mit klauenhaften Händen nach ihnen zu greifen. Joanne schloss kurz die Augen, um dieses Bild zu verscheuchen, doch als sie sie öffnete, lauerte die Dunkelheit noch immer nahe an ihren Stuhlbeinen. In der Finsternis, die nur hin und wieder durch Blitze erhellt war, blieb für Joanne Ethels Gesicht verborgen.

Umso mehr fiel ihr die unmenschliche Stimme auf, mit der sie sprach: »Lucinda geht es um den Grad an

Besessenheit von Literatur, den Drang, etwas zu schreiben, den Wunsch, etwas zu erschaffen und dabei das eigene Leben zu vergessen.«

Nun meldete sich Francis zu Wort: »Hat sie auch Robert getötet oder war es ein Freitod?«

»Sie hat seinen Suizidwunsch bestärkt und ihn in den Tod getrieben mit Bildern, die sie ihm zeigte, und Gefühlen, die sie ihn empfinden ließ.«

Inzwischen warf sich Ethel fast toll auf dem Stuhl herum, schleuderte ihren Körper nach rechts und links und ließ ihn nach vorne und hinten schnellen. Nicht mehr lange, das war Joanne klar, und sie würde die Kontrolle verlieren. »Sollen wir aufhören, Ethel?«, fragte sie besorgt, bekam aber keine Antwort von der gutmütigen Köchin.

»Es wird ihr eindeutig zu viel«, stimmte Hunter zu. »Wir müssen dieser Sitzung ein Ende machen.«

Als hätte Lucinda gespürt, dass jetzt ihre letzte Chance gekommen war, schien sie ihre Anstrengungen in Ethels Körper zu vergrößern. Ethels Kopf rollte bizarr auf ihren Schultern im Kreis umher und der Tisch begann zu beben und zu rucken. Ein erneuter Blitz erhellte den Raum, dicht gefolgt von laut dröhnendem Donner, als der Tisch vom Boden abhob und für einige Sekunden wenige Zentimeter in der Luft schwebte.

Es war nun eindeutig an der Zeit, die Tote wieder ruhen zu lassen, insofern sie überhaupt jemals zur Ruhe gekommen war. Obwohl Joanne noch so viele Fragen gehabt hätte, sah auch sie ein, dass es nicht länger vertretbar war, die arme Köchin als Medium zu benutzen.

»Ethel, beende das, wenn du es kannst«, bat Joanne eindringlich.

Ohne sichtbare Reaktion kämpfte die betagte Frau eine Zeit lang mit dem Geist um die Kontrolle, bis nach und nach das Rucken schwächer wurde. Sie gewann den Kampf offensichtlich und nach einigen weiteren, schier endlosen Minuten schlug sie die Augen auf und sagte, dass Lucinda gegangen sei.

Alle ließen die inzwischen mehr oder weniger schweißfeuchten Hände los, lehnten sich in den Stühlen zurück oder seufzten aus tiefstem Herzen und Ethel griff direkt zum Salz, um sich rechts und links etwas über die Schulter zu werfen.

Schnell wurden die letzten wenigen Kerzen ausgeblasen und alle verließen den Raum. Joanne war froh, dass diese Geisterbeschwörung ein Ende gefunden hatte, und der Schauer, den sie die ganze Zeit verspürt hatte, löste sich langsam wieder in Wohlbehagen auf, da sie endlich ein paar Antworten bekommen hatte. Erst im Licht des

Speisezimmers konnten sie erkennen, dass Ethel Blut aus der Nase und den Ohren gelaufen war. Erschrocken begleitete Joanne die Köchin in ihr normales Herrschaftsgebiet, die Küche, und gab ihr ein feuchtes Tuch, damit sie sich das Blut abwaschen konnte.

»Wie geht es dir, Ethel? Läuft das jedes Mal so ab?«, wollte sie besorgt wissen.

»Lucinda war störrisch, aber alles ist gut. Ich bin nur ein wenig müde und fühle mich schwach. Ich werde nun zu Bett gehen, wenn niemand mehr meine Dienste in Anspruch nehmen möchte.«

»Ich denke, du kannst gehen. Du hast heute weit mehr getan als deine Pflicht zu erfüllen. Vielen Dank.«

»Danke sehr, Kindchen. Passe gut auf dich auf. Lucinda kam nicht umsonst in deine Träume«, sagte Ethel und verließ die Küche.

Nachdem Joanne kurz über diese Worte nachgedacht hatte, ging sie zurück zu den anderen in den Speisesaal. Die Anwesenden saßen allesamt still und gedankenversunken da. Sie nahm Platz und dachte über die vielen Informationen nach, die sie erhalten hatte. Von Lucindas Suizid hatte sie Hunter noch nichts berichtet, zu intim war ihr dieses Wissen erschienen, obwohl sie dem jungen Mann vollkommen vertraute. Es gab schlichtweg Dinge, die man keinem anderen Menschen sagen konnte. Und dieses Detail, das Lucinda ihr gezeigt hatte, hatte sich danach angefühlt.

Joannes Gedanken wanderten weiter zu Emmeline und es schnürte ihr die Kehle zu. Es gab vier Tote, das hatte Lucinda ihnen über Ethel mitgeteilt. Emmeline war also ebenfalls tot. Große Trauer überkam Joanne und sie konnte die Tränen nicht länger zurückhalten oder verbergen.

Joanne war ihr kleiner Tränenausbruch etwas unangenehm, aber nachdem sie nach dem Grund gefragt worden war, war eine allgemeine Trauer zu spüren gewesen. Jeder hatte wohl über seine eigene Zukunft nachgedacht, und ob es diese unter den herrschenden Umständen überhaupt gab, und Emmelines Verschwinden in einen verborgenen Teil des Bewusstseins verdrängt. Sobald Joanne von Victoria und Hunter beruhigt worden war und sich wieder gefasst hatte, beschloss sie, einmal nach Ida zu sehen. Hunter, der sich ebenfalls große Sorgen um die beiden Hawthornes machte, begleitete sie.

»Sollen wir ihr von Emmelines Tod berichten?«, fragte Hunter vorsichtig.

»Vielleicht, und diese Hoffnung glimmt noch immer in mir, ist Emmeline nur verschwunden und wird uns morgen sagen, wo sie sich versteckt hat. Vielleicht ist sie gar nicht tot. Bis wir keinen Beweis haben, sollten wir Ida damit nicht belasten.«

»Du hoffst, dass das, was gerade geschehen ist, nicht echt war? Sondern nur eine schauspielerische Vorstellung von Ethel? Warum sollte sie das tun?«, fragte Hunter grüblerisch.

Als Joanne antwortete, nickte sie leicht mit dem Kopf und blickte ins Leere. »Ich glaube nicht, dass Ethel uns belügt. Vielleicht hat sie sich all das eingebildet. Aber es hat verdammt real gewirkt. Ich weiß nicht, was ich davon halten soll. Ich mache mir inzwischen einfach sehr große Sorgen um Emmeline.«

An Idas Tür angekommen, klopfte Joanne sacht dagegen. Nach der Aufforderung, einzutreten, begrüßte Ida freudig ihre beiden Besucher.

»Heute Abend, das war ja ein Spektakel«, lachte Ida und konnte dabei ihre Besorgnis nicht ganz aus ihren Augen verbannen, die sich traurig und müde zwischen Joanne und Hunter hin und her bewegten, »Haben sich denn die erhitzten Gemüter wieder beruhigt?« Joanne blies die Luft, die sie vor Schreck, bei der Séance ertappt worden zu sein, angehalten hatte, schnaubend zum Mund heraus. Ida sprach vom Streit, mehr musste sie nicht erfahren, oder?

»Ja, die Schuldzuweisungen haben erst einmal geendet. Der Krieg ist vorüber. Wie geht es dir und Avery denn? Ich hoffe, wir haben dich nicht geweckt«, plapperte Joanne.

»Nein, ich habe noch gelesen. Avery schläft viel und erscheint mir noch sehr erschöpft. Ich hoffe, das bessert sich bald. Mir geht es gut.«

Einer Eingebung folgend, sprach Joanne Lucinda an und wollte wissen, ob es in der Bibliothek eine Art Familienchronik oder dergleichen gäbe, um etwas über sie herauszufinden. Daraufhin wich jegliche Farbe aus Idas Gesicht und sie sank wie in Zeitlupe auf einen Stuhl, den Hunter gerade noch rechtzeitig herbeiholte.

»Lucinda? Joanne, Liebes, was willst du denn über Lucinda wissen? Woher weißt du von ihr?« Idas Stimme zitterte und drohte zu versagen, doch mit einem Mal gewann sie wieder an Festigkeit und sie stellte fest: »Über Lucinda gibt es nichts zu wissen. Sie lebte hier und sie starb hier. Wie viele Menschen vor und nach ihr. Aber woher kennst du ihren Namen?«

»Wer war sie und wie starb sie?«, beharrte Joanne und ging nicht auf Idas Fragen ein.

»Ach, ihr Lieben, ich bin sehr müde. Es ist spät geworden. Wenn ihr mich bitte entschuldigen würdet. Ich werde euch morgen beim Frühstück gerne erzählen, was ich weiß. Es ist eine traurige Geschichte, damit hat es sich. Und Neugierde ist nicht immer angebracht. Gute Nacht«, verabschiedete sich Ida und schob Joanne und Hunter mit je einer Hand am Rücken zur Tür.

Nachdem die Tür sich geschlossen hatte, stellte Hunter stirnrunzelnd fest: »Der Besuch war so kurz, dass ich nicht einmal dazu kam, auch nur ein einziges Wort zu sagen. Und rausgeworfen hat sie uns auch!«

»Sollen wir noch einmal klopfen?«

»Nein, Joanne, sie hat wieder diesen Blick bekommen. Nicht, dass sie uns völlig durchdreht. Das heute Morgen war schlimm genug. Sie war beinahe böse auf uns.«

Hunter rieb sich noch immer über die Augen, als Joanne sich bereits umgedreht hatte und die ersten Schritte gegangen war. »Wie du meinst, Hunter. Dann eben schnell zur Bibliothek.«

»Du willst, wenn mich nicht alles täuscht, nach einer Familienchronik suchen, oder?«

»Genau. Nicht, dass sie über Nacht verschwindet«, sagte Joanne zwinkernd und lief bedingt durch ihre Neugierde, die Ida soeben noch ermahnt hatte, beschwingten Schritts den Gang hinunter.

Joanne war froh, so weit gedacht zu haben, und auf dem Weg zur Bibliothek grübelte sie darüber nach, wo ein Buch mit den passenden Informationen zu finden wäre. Und nach welchem Buch sie überhaupt suchen sollten. Die Bibliothek war groß, sie würden die ganze restliche Nacht brauchen, wenn sie alles durchstöbern wollten. Und die Existenz eines solchen Büchleins war nicht gesichert. Vielleicht, wenn es überhaupt eines gab, behielten es auch Avery und Ida unter Verschluss oder es war irgendwo in der Burg verloren oder versteckt.

Von Zweifeln am Erfolg ihrer Unternehmung geplagt, kam Joanne mit Hunter im Schlepptau in der Bibliothek an. *Zum Glück,* so dachte Joanne, *ist die Bibliothek leer, dann können wir, ohne uns erklären zu müssen, alles in Ruhe absuchen.* Sie schritt zunächst einige Buchreihen ab und hörte, wie Hunter sich an anderer Stelle bereits auf die Suche gemacht hatte und hin und wieder ein Buch aus einem Regal herausholte und nach kurzer Betrachtung wieder hineinschob.

Nachdem sie die Reihe mit den Romanen hinter sich gelassen hatte, ohne sie näher zu beachten, kam sie zu den Regalen, die sich mit Geschichte befassten. Sie erinnerte sich, dass Avery ihr in ihrer Kindheit ein Buch gezeigt hatte, in dem es um die Geschichte des hiesigen Landstrichs ging. Und ein noch spezielleres Werk war sein ganzer Stolz gewesen. Dieses wollte sie nun suchen. Es beschrieb die Geschichte der Burg selbst und auch einiger wichtiger Persönlichkeiten, die hier gelebt hatten. Vielleicht war dort ein Hinweis zu entdecken.

Viele der Bücher waren schon alt, aber sehr gepflegt, und daher konnte Joanne die Bücher zwar vorsichtig, aber immerhin schnell zur Hand nehmen und betrachten – und meist schnell ausschließen, etwas darin zu finden. Reihe um Reihe suchte Joanne, fand aber nichts.

Das Feuer im Kamin war zwischenzeitlich ausgegangen, weshalb Hunter es erneut schürte, um wieder mehr Licht und vor allem Wärme in den Raum zu bringen. Auch die Kerzen waren bedrohlich weit heruntergebrannt, sodass Joanne eine Runde lief und überall neue entzündete und die alten Stümpfe entsorgte.

Als sie bei Hunter ankam, fragte sie ihn, nachdem sie inzwischen etwas über zwei Stunden nahezu schweigend gearbeitet hatten: »Und wie sieht es bei dir aus?«

»Jetzt schon viel heller. Danke für die neuen Kerzen. Aber mit meiner Suche bin ich nicht weitergekommen. Irgendwie ist einfach nichts Passendes zu finden. Ich hätte gedacht, dass hier unter der Rubrik, ich nenne sie einmal Heimatkunde, etwas zu finden sein müsste.«

Joanne wechselte eine der letzten Kerzen aus und hatte Probleme, den Kerzenstumpf einer staubigen Kerze aus dem Halter zu lösen. Sie wollte in dem Moment etwas auf Hunters Aussage erwidern, als sie spürte, dass ein kleines Hebelchen an der Hinterseite des Kerzenhalters angebracht war. Sie drückte es herunter und merkte, wenn sie es gedrückt hielt, dass sie dann den Kerzenhalter nach rechts drehen konnte. Aufgeregt machte sie Hunter darauf aufmerksam und drehte den Kerzenhalter, woraufhin ein Regal einige Zentimeter nach innen schwang. Nach der langen und erfolglosen Suche spürte Joanne eine tiefe Begeisterung wegen des Fundes einer noch nicht bekannten Geheimtür, welche mühelos die Müdigkeit vertrieb. Joanne vergaß ihre brennenden Augen und legte die Hand an die Geheimtür.

»Hunter, ein Geheimgang«, sagte Joanne und reduzierte ihre Stimme unbewusst zum Flüstern. »Denkst du wir sollen hineingehen?«

»Natürlich. Wie willst du denn sonst herausfinden, was sich darin verbirgt?«, antwortete Hunter in normaler Lautstärke, die Joanne zusammenzucken und sich ertappt umschauen ließ.

»Pssst, sei doch leise, nicht dass uns jemand hört. Vielleicht wollen Ida und Avery ja nicht, dass jemand da hineingeht.«

»Davon gehe ich sogar aus. Sonst wäre dieser Teil der Bibliothek schließlich nicht geheim. Das macht es umso interessanter.« Hunter hatte zwar erneut nicht geflüstert, aber immerhin die Lautstärke seiner Stimme etwas gesenkt.

»Das sollten wir dann jedoch respektieren«, fing Joanne zu sagen an. Und fügte auf Hunters ungläubiges und verdutztes Gesicht hinzu: »Aber ich würde gerne wissen, was hinter dem Regal ist.« Sie drückte daraufhin mit leicht zitternden Fingern dagegen und spürte, dass Hunter ihr neugierig über die Schulter schaute.

Vor ihnen lag ein kleiner Raum, der ebenfalls mit Bücherregalen vollgestellt war. Mehr konnte sie auf den ersten Blick nicht erkennen. Hunter nahm eine Kerze aus einer Wandhalterung und reichte sie Joanne, die dicht gefolgt von ihm erste Schritte in den Geheimraum tat.

»Welche Schriftstücke hier wohl aufbewahrt werden?«, fragte Joanne gespannt und näherte sich zielstrebig dem erstbesten Regal.

»Vielleicht ja Geheimdokumente. Urkunden. Briefe. Oder erotische Literatur«, schlug Hunter grinsend vor.

»Das denkst du also von Avery?«

»Er war auch einmal jung. Außerdem ist auch er nur ein Mann.«

Vom neuen Fund abgelenkt, gingen beide nicht näher auf Averys mögliche Vorlieben ein. Näher betrachtet, bemerkte Joanne, dass es sich bei den Büchern um Aufzeichnungen über die Finanzen der Hawthorne-Familien und dergleichen handelte. Teilweise entdeckte sie philosophische und wissenschaftliche Schriften, die wohl vor wenigen Jahrhunderten noch strengstens verboten waren, sowie Abhandlungen über den Landstrich, in dem sich Redthorne Castle befand. Sie kamen ihrer Sache also näher.

Auch Hunter suchte die wenigen Regalreihen aufmerksam ab, doch Joannes Aufmerksamkeit war vollständig gefesselt, als sie Papier- und Pergamentsammlungen nebst einigen mit abgegriffener Seide bezogenen Büchern entdeckte, die aufeinandergestapelt in den Regalen lagen.

»Tagebücher! Hunter, ich habe Tagebücher gefunden! Hier könnten wir etwas über Lucinda finden, vielleicht sogar ihr eigenes Tagebuch. Sie hat bestimmt vor nicht allzu langer Zeit gelebt und konnte sicher schreiben.«

»Das habe ich mir gedacht!«, unterbrach Idas ungewohnt laute und erzürnte Stimme donnergleich die beiden Suchenden, sodass Joanne wie ein ertapptes Kind zusammenfuhr. »Dass ihr nicht einfach Ruhe geben könnt, sondern unseren Familienbesitz durchwühlt! Wie könnt ihr nur? Ich bin enttäuscht von euch beiden. Einsperren und nicht wieder hier herauslassen sollte ich euch, dann könnt ihr alles lesen und erfahren, was ihr wissen möchtet, bevor ihr verdurstet und verhungert seid!«

»Ida, es tut uns leid, aber du musst doch nicht böse auf uns werden«, entschuldigte sich Joanne mit nicht gerade wenigen echten Schuldgefühlen. Aber zur Gänze bedauern konnte sie ihr kleines Abenteuer nicht.

»Ida, bitte beruhige dich, es wird alles gut. Es tut uns sehr leid«, entschuldigte sich auch Hunter. Joanne bemerkte, dass er ganz verkrampft dastand. Ihm musste es wirklich leidtun. Wozu hatte sie ihn nur überredet? Er schaute Ida so betreten an, dass sie ein sehr schlechtes Gewissen bekam.

»Macht schon, dass ihr hier herauskommt, bevor ich es mir anders überlege und euch hierlasse!«, schimpfte Ida mit ungeahnt wütender Stimme.

Gesenkten Hauptes gingen die beiden vor Ida her, die sie bis zu ihren Räumen führte. Sie hatten die nette alte Frau nicht wiedererkannt, die nun wild wie eine Furie geworden war. Auf dem Weg nuschelte sie ständig unverständliche Dinge. Sie war wie verwandelt. Joanne lief ein Schauder nach dem anderen über den Rücken. Irgendetwas war eindeutig mit Ida los, etwas war falsch. Nach einem letzten Augenkontakt mit Hunter ging sie in ihr Zimmer. Der Tag war lang und ereignisreich gewesen, ihr Bett kam ihr gerade recht.

Joanne lag zwar schon seit geraumer Zeit im Bett, konnte allerdings nicht schlafen. Die Begegnung mit Ida war mehr als seltsam gewesen. So außer sich und verändert war ihr Averys Frau niemals zuvor begegnet.

Auch die Séance konnte Joanne nicht aus ihrem Bewusstsein verdrängen und damit lag die Angst bei ihr im

Bett, Lucinda, einem Geist, ausgeliefert zu sein. Wie mächtig sie war und ob sie ihr als Nächste schaden, sie vielleicht sogar töten wollte, konnte Joanne nicht einschätzen, wodurch sie sich bedroht und zugleich machtlos fühlte. Vielleicht stand Lucinda in diesem Moment vor ihrem Bett oder in einer dunkeln Ecke ihres Zimmers.

Als es leise an ihrer Tür klopfte, rollte sich Joanne erschrocken auf die von der Tür am weitesten entfernte Seite. Mit einem Plumpsen ließ sie sich aus dem Bett fallen und versteckte sich dahinter. Sie kniete keine fünf Sekunden auf dem Boden, da wurde Joanne die Absurdität ihres Versteckspiels bewusst. Ein Geist würde nicht an die Türe klopfen, sondern tun und lassen, was er wollte. Durch diese Erkenntnis beruhigte sie sich wieder und schlüpfte in ihren Morgenmantel, da sie sich denken konnte, wer da klopfte.

Sie ließ Hunter herein, der vollständig bekleidet war, und versuchte sich nicht an ihrer spärlichen Bekleidung zu stören. Alles ist durch den Mantel bedeckt! Er hat dich ohnehin schon so gesehen, sagte sie sich einige Male in Gedanken vor.

»Ich habe gewartet, bis alles still war und ich sicher sein konnte, dass Ida uns nicht mehr auflauert. Ihre Wachhundqualitäten sind zugegebenermaßen überragend, das musste ich schon als Kind feststellen. Ich hoffe, ich habe dich nicht geweckt. Ich habe gedacht, ich hätte dir signalisiert, dass ich vorbeikommen wollte«, sprudelte Hunter sichtlich aufgeregt hervor. »Ich habe nämlich, was wir suchen. Kurz bevor Ida wie verrückt hereingestürmt kam, habe ich es entdeckt und hinter meinem Rücken versteckt.«

Mit hochgezogenen Augenbrauen und breitem Grinsen nahm Joanne, der Hunters Signal komplett entgangen war, das dargebotene dicke Buch in die Hand. Sie schmunzelte, als sie ihren Irrtum erkannte: »Darum standest du also so verkrampft da. Und ich dachte, du hättest ein schlechtes Gewissen. Ich habe mir schon Vorwürfe gemacht, wozu ich dich überredet habe!«

»Deswegen bekomme ich bestimmt kein schlechtes Gewissen. Und außerdem habe ich dich überredet«, stimmte Hunter in ihr Lachen mit ein.

Gemeinsam setzten sie sich an Joannes Schreibtisch und blätterten das Buch durch, das den Titel »Die Thorne-Familie« trug. Der Einband war porös und hatte schon sehr gelitten, was die beiden dazu veranlasste, es als sehr alt einzuschätzen. Das erste Drittel war in derselben Handschrift geschrieben, woraus sie folgerten, dass ein an seiner Familie interessierter Mensch mit den Aufzeichnungen begonnen hatte, die bis zu Avery und Ida Hawthorne fortgeführt waren. Das Buch zeichnete alle Geburten und Todesfälle auf sowie die wichtigsten Informationen über die Familienoberhäupter und später auch über deren Gattinnen und Kinder. Anekdoten und Familiengeschichten konnte man ebenso finden wie Tragödien und Unfälle. Wenn nicht hier, dann würden sie nirgendwo etwas über Lucinda erfahren.

Hastig durch die dicke Familienchronik geblättert, die um einiges ausführlicher ausfiel, als Joanne es erwartet hatte, war schnell der passende Abschnitt zu Lucinda gefunden. Der Eintrag war von einer ihrer Schwestern verfasst und lautete wie folgt:

Lucinda Thorne wurde am 5. Mai 1763 geboren und verstarb im zarten Alter von nur 21 Jahren am 20. August 1784. Ihre Kindheit und Jugend verliefen ohne nennenswerte Ereignisse. In ihrer kurzen Ehe mit Alexander Thorne, der – wenn auch nach heftigsten Protesten – wie in dieser Familie üblich, unseren Familiennamen annahm, wurden leider keine Nachkommen geboren.

Der Familiengeschichte Wahrheit schuldend, möchte ich diese Aufzeichnungen vervollständigen, indem ich ihr einige Seiten ihrer Tagebücher hinzufüge, die ich gefunden habe. Lucinda soll für sich selbst sprechen dürfen und noch nach ihrem Tod Gehör finden.

Joanne nahm die drei gefalteten Bögen zur Hand. Das Papier fühlte sich anders an und sie konnte es nicht erwarten, zu erfahren, was Lucinda geschrieben hatte. Vorsichtig, damit die Tagebuchseiten unversehrt blieben, faltete Joanne sie auseinander. Ihre Finger zitterten stark und sie stellte sich ungeschickter an als üblich.

Lucindas Schrift war enger und kleiner. Dennoch war sie noch zu lesen, was an der kaum verblassten Tinte lag. Hunter rückte ein wenig näher. Nach kurzer Suche fand sie die relevanten Stellen.

... Wir liebten uns einst mit einer Inbrunst, die manch einer für Wahnsinn hielt. Wohin ist dieses Gefühl verschwunden? Meine Schwestern hatten mit Neid auf mich herabgeblickt und mir prophezeit, dass Liebe flüchtig sein kann wie eine kleine Maus, die in ihr Mauseloch huscht, kaum, dass sie den Käse gefressen hat. Ich habe ihnen nicht geglaubt.

Und nun sitze ich hier, fülle die Seiten dieses Buches mit Selbstmitleid und Bedauern, anstatt ein Kind in den Schlaf zu wiegen. Ist es meine Unfähigkeit, Alexander ein Kind zu gebären, die mich sein Herz gekostet hat? Seit drei Jahren besteht nun ein eheliches Band zwischen uns und noch immer hat kein Erbe das Licht der Welt erblickt.

Alexander scheint die Leere in unserem Leben, vielleicht sogar mich selbst, nicht länger zu ertragen und er zieht sich weiter und weiter in seine Schriftstellerei zurück. Er entflieht der Realität und versucht mit seiner Vorstellungskraft etwas zu erschaffen, das von ihm nach seinem Ableben übrigbleibt. Text anstelle eines Sohnes – mir treibt es wieder die Tränen in die Augen.

... Der Drang, weiterzuleben, treibt ihn, ich muss ihm diesen mit seinem eigenen Fleisch und Blut erfüllen. Ich muss ihm ein Kind schenken. Ich habe alles versucht, das eine Frau ersinnen kann, um ihn wieder emotional an mich zu binden, aber es gelingt mir nicht. Trüge ich doch nur sein Kind unter meinem Herzen, alle Sorgen wären dann vergessen, dessen bin ich mir gewiss!

Meiner Familie kann ich mich nicht anvertrauen. Ich fühle mich nutzlos und einsam. Als wäre ich alleine auf dieser Welt. Gibt es niemanden, der sich für meine Gefühle interessiert? Bin nicht auch ich es wert, angehört zu werden? Offensichtlich nicht. Wie soll ich damit leben?

... Ich werde Alexanders Wahn nicht länger dulden. Ich werde ihn dazu zwingen, mich wieder zu lieben. Nicht länger werde ich in Selbstmitleid und Einsamkeit ertrinken, ich hole mir zurück, was mir einst vor Gott und den Menschen

zugesagt wurde: meinen Ehemann. Was es auch kosten mag, er wird mein sein, hier oder in der Unendlichkeit.

Lucindas letzter Eintrag in ihrem Tagebuch ließ Joanne sich räuspern. Sie musste den Kloß in ihrer Kehle loswerden. Sie blätterte zurück zu den Einträgen in der Familienchronik, um zu erfahren, was nach diesen letzten Worten aus Lucinda geworden ist.

Lucindas Schwester hatte ihren Bericht fortgeführt.

Eines Nachts muss sie ein Wahnsinn befallen haben, da ihre Seele durch die Einsamkeit zerbrochen war, denn sie schleuderte ein Tintenglas in ihren Spiegel, ein Familienerbstück, auf das sie sonst sehr stolz gewesen ist. Lucinda ergriff eine der Scherben, um sie als Messer zu verwenden. Sie ging zu ihrem Mann, tötete ihn am 20. August 1784 mit einem Schnitt durch die Kehle und Verletzungen in der Brust. Anschließend richtete sie die Mordwaffe gegen sich selbst.

Trotz allem wurde sie in der Familiengruft beigesetzt und wir hoffen, damit die Sünde des Selbstmordes ein wenig abzumildern. Die Tragödie wird als Familiengeheimnis behandelt und soll nicht nach außen dringen. Wir gedenken ihrer als des fröhlichen, aufgeschlossenen und wissbegierigen Mädchens, das sie in ihrer Kindheit und Jugend war. Möge ihre geschundene Seele Ruhe finden.

Nachtrag: Beinahe 15 Jahre sind seit ihrem Tod vergangen, aber ich habe noch immer das Gefühl, dass sie bei mir ist, mich nachts besucht oder auf mich achtet. Manchmal sehe ich kleine tänzelnde Schatten oder höre

Holzdielen an ihren Lieblingsstellen knarren oder das leise Pfeifen eines ihrer liebsten Kinderlieder und habe die dringende Eingebung, dass es Lucinda war. Ich kann sie nicht loslassen und hoffe, dass all das nur Hirngespinste einer liebenden Schwester sind. Ich bete jeden Abend, dass Lucinda ihren Frieden gefunden hat und nicht weiter unter den Lebenden wandeln muss.

Zweiter Nachtrag: Ich habe sie gesehen. Niemand glaubt mir. Werde ich verrückt?

Eine Gänsehaut überzog Joannes Körper. Lucindas Schwester hatte sie gesehen. Auch Dora hatte etwas gesehen. Würde Lucinda bald auch ihr erscheinen, nachdem sie sie bereits in ihren Träumen heimgesucht hatte? Würde sie als Nächste sterben müssen? Wenn dem so sei, dann gab es nichts, was dagegen getan werden konnte. Joanne schluckte trocken. Nirgendwo und bei niemandem war sie sicher. Die Wände um sie herum schienen näher zu rücken, die Luft fühlte sich zu dicht an, um sie zu atmen. Joanne fühlte, dass sich Schweiß auf ihrer Stirn bildete. Trotz allem versuchte sie sich zusammenzureißen und ruhig zu bleiben. Sie durfte sich nicht hineinsteigern, sondern musste rational denken, wie man es ihr von klein auf beigebracht hatte. Oder zumindest ihren Brüdern, sie als Mädchen war anders erzogen worden, hatte sich aber einiges von ihren beiden Brüdern abschauen können.

»Hunter, denkst du, sie wird auch uns erscheinen? Ich glaube, ihre Schwester hat sie wirklich gesehen«, fragte Joanne mit hörbar erstickter Stimme.

»Beruhige dich, vielleicht gibt es ja gar keinen Geist und Ethel hat sich all das nur eingebildet oder geschauspielert. Hast du diese Möglichkeiten nicht heute Abend selbst schon in Betracht gezogen?«

»Das würde Ethel nicht tun! Ich glaube es einfach nicht, denn mein Traum stimmt mit dem, was hier steht, zu hundert Prozent überein.«

»Du fürchtest dich, weil heute Nacht, wenn alles wie immer verläuft, nichts Neues mehr auf dich wartet. Das ist verständlich, da du nicht weißt, was nun geschehen wird«, stellte Hunter fest.

»Ja«, antwortete Joanne und rieb sich die Augen. Sie fühlte sich hilflos, als drohe eine Naturgewalt über sie hereinzubrechen, und sie konnte diese mit ihren menschlichen Möglichkeiten nicht aufhalten.

Hunter legte einen Arm um ihre Schultern. Er versuchte sie zu beruhigen, aber es nützte nichts. Joanne wusste, dass nun, da der Traum zu Ende gegangen war, es schlimm für sie kommen konnte. Hunter bot ihr an, gemeinsam mit ihr die Nacht hindurch wach zu bleiben, aber Joanne lehnte dankend ab. Irgendwann würde sie schlafen müssen und Lucinda konnte sie ja doch nicht entrinnen. Also verabschiedete sich Hunter und ließ ihr das entwendete Buch da, damit sie darin lesen konnte, falls sie doch nicht schlafen konnte oder wollte. Mit einer letzten, trostreichen Umarmung verabschiedeten sie sich und Joanne stieg tapfer in ihr Bett.

Sie ging abermals in Gedanken ihren Traum durch. Besonders das Ende sah sie klar und deutlich vor sich. Es war so viel mehr geschehen, als im Bericht von Lucindas Schwester gestanden hatte. Joanne rief sich die Bilder vor Augen und erlebte das Geschehen erneut: Lucinda stand über der Leiche ihres eigenen Mannes und blickte auf die Spiegelscherbe, die aus seinem Herzen ragte. Kurz drehte sie sich um und schaute zur Tür, wo Joanne körperlos stand, als habe sie ein Geräusch gehört. In diesem kurzen Moment, als sie ihr Gesicht Joanne zugewandt hatte, hatte sie erkennen können, dass nicht länger Wahnsinn in Lucindas Augen lag, sondern bittere Trauer und qualvolle Verzweiflung. Langsam sank sie neben Alexander, ihrem Mann, auf die Knie und griff nach der Scherbe. Sie zog sie ruckartig aus seinem Herzen, umfasste sie mit beiden Händen und mit einem Lächeln im Gesicht bohrte sie sich das Spiegelstück in ihre eigene Brust. Kurz darauf sank sie in sich zusammen und lag mit ihrem Oberkörper auf der Brust ihres Gatten.

Joanne biss sich ob der dramatischen Ereignisse der Vergangenheit auf die Unterlippe. Für sie war klar, dass sie nicht so enden wollte wie Lucinda. Einsam und alleine, gefangen in einer Ehe, die das Herz kalt lässt. Obwohl sich Lucinda und Alexander anfangs liebten, war diese erloschen. Wenn Joanne einer Zwangsheirat nicht würde entkommen können, brauchte sie sich keine falschen Hoffnungen auf Liebe zu machen. Allerdings galt es zuerst, auf Redthorne Castle zu überleben. Denn so wenig, wie Joanne ohne Liebe leben wollte, so wenig wollte sie hier umkommen.

Nachdem ihr Entschluss gefasst war, ihr Leben in die eigenen Hände zu nehmen und dafür zu kämpfen, dauerte es nicht lange und sie war eingeschlafen.

Kapitel 16: Mildred Townend, 10. September 1898

Nachdem Mildred mit einer brennenden Wut im Innern überstürzt den Speisesaal verlassen hatte, versuchte sie erfolglos Ablenkung im Schreiben zu finden. Als sie sich der Aussichtslosigkeit ihres Vorhabens bewusst geworden war, ging Mildred in ihr weiches Bett, in dem sie sich stundenlang herumwälzte. Das heftige Gewitter trug gewiss nicht dazu bei, sie zu beruhigen oder einschlummern zu lassen.

Schlaf wollte einfach nicht kommen und so beschloss sie, noch einen kleinen Spaziergang an der Burgmauer zu unternehmen. Mildred zog sich dick an, damit sie ausreichend gegen den noch immer fallenden Regen geschützt war, und verließ ihr Zimmer. Sie hoffte dabei inständig, niemandem zu begegnen, denn sie hatte genug von der Gesellschaft all dieser Leute.

Kaum hatte Mildred die ersten Meter an der frischen Luft zurückgelegt, stellte sie fest, dass sie es mit ihrer Vorsicht übertrieben hatte. Der Regen hatte inzwischen beinahe zur Gänze aufgehört vom Himmel zu tropfen, die Luft war angenehm und ein fast komplett ausgefüllter Vollmond erhellte die Nacht.

Genervt knöpfte sie ihren Mantel auf, damit etwas von der kühlen Luft an ihren Körper gelangen konnte. Es war schlichtweg nicht ihr Tag heute. Mildred versuchte es zu genießen, die Gedanken schweifen zu lassen, und blieb an so manchen Stellen stehen und schaute in die Landschaft. Durch den Mond konnte sie immerhin etwas erkennen, auch wenn die Sicht nicht besonders weit war. Sobald sich der Mond aber wieder hinter den dicken Wolken versteckte, die noch vom Gewitter und vom Regen übrig waren, blieb die Nacht rabenschwarz und schier undurchdringlich.

In Gedanken versunken spazierte Mildred die alte Burgmauer entlang. Sie konnte die alten Steine beinahe zu ihr sprechen hören. Zu gerne erführe sie, welche Geschichten die Steine der Burgmauer schon erlebt hatten. Geschichtsträchtige Gemäuer brachten etwas in ihr zum Schwingen, als wäre sie nicht mehr komplett verankert im Hier und Jetzt. Sie glaubte fast, in eine andere Zeit schauen zu können, ein Wispern der Vergangenheit aufzuschnappen.

Wenn das Vollmondlicht es erlaubte, ließ sie ihren Blick schweifen und entdeckte dabei zufällig im tiefen Burggraben ein unförmiges Bündel. Unschlüssig betrachtete sie es kurz, konnte aber nicht herausfinden, was es war. Fast als wäre eine unsichtbare Macht auf ihrer Seite, verzog sich ein kleines Wölkchen und die Nacht wurde auf unnatürliche Weise heller. Angestrengt versuchte Mildred Formen zu erkennen und zu erahnen, was das Bündel sein konnte. Zunächst ergab all das keinen Sinn, doch nach und nach begriff sie, welche Umrisse sie betrachten musste, um des Rätsels Lösung zu erhalten.

Dann traf sie die Erkenntnis wie ein Peitschenhieb, der auf das Hinterteil eines lahmen Pferdes klatschte. Dort unten lag Emmeline Asbury mit solch verrenkten Gliedern, dass sie mit Sicherheit nicht mehr am Leben sein konnte. Ein abscheulicher Anblick, wie sie ihn in einigen ihrer Bücher beschrieben, aber niemals selbst erblickt hatte. Die Realität war mit dem Eindruck, den die Literatur hinterließ, nicht zu vergleichen.

»Du hast sie also gefunden«, durchschnitt Grahams Stimme die Nacht, woraufhin Mildred ruckartig herumfuhr.

»Du verdammter Mörder! Du hast sie hier heruntergestoßen!«, rief sie mit einem Stein im Magen aus, der sie beinahe erstickte und nahezu sprachlos machte.

»Aber nein. Damit beleidigst du deine eigene Intelligenz. Ich komme gerade von einer Séance, auf der wir von ihrem Tod erfahren haben. Ich wollte ein wenig spazieren und über das Erlebte nachdenken, dann sehe ich dich hier stehen und mir war klar, worauf du starrst.«

»Lügen, alles Lügen. Eine Séance! Ich glaube dir kein Wort, du elender ...«

Graham fuhr wütend und ungeduldig dazwischen: »Jetzt beruhige dich doch, Millie. Warum sollte ich sie da hinunterstoßen? Ich habe sie getroffen, als sie verwirrt war und meinte, sie hielte es hier nicht länger aus. Wahrscheinlich ist sie nicht ins Bett gegangen, wie ich glaubte, sondern hat versucht in die Freiheit zu klettern. Vergeblich, wie wir sehen.« Kurz vor seinen letzten Worten hatte er tatsächlich hinuntergeschaut und begonnen ungläubig den Kopf zu schütteln.

»Und warum sollte ich dir Glauben schenken?«, fragte Mildred, der der Kopf von den Erklärungen schwirrte.

»Keine Ahnung. Ich als Emmelines Mörder – diese Idee ist jedenfalls schlichtweg schwachsinnig. Ich würde vorschlagen, dass du dich erst einmal wieder fängst. Ich kümmere mich um den Rest und suche die anderen, um ihnen vom Leichenfund zu berichten.«

»Mitten in der Nacht? Ich glaube dir kein Wort«, stellte Mildred fest, drehte sich um und ging schnell zurück in die Burg. Der armen Emmeline würde es nichts bringen, wenn sie von Graham ebenfalls über die Mauer in den Graben geworfen würde und die beiden Frauen Leiche an Leiche nebeneinanderlägen.

Hinter sich hörte sie Graham lachen und erwidern: »Nicht doch, bei Nacht können wir sie schlecht bergen. Ich gebe morgen früh Bescheid. Und dort drinnen bist du nicht unwesentlich unsicherer als hier draußen, glaube mir zumindest das!«

Als wollte Mildred einen eigenen Burggraben in den Teppich ihres Zimmers laufen, schritt sie auf und ab und beschloss, dass das alles einfach nicht wahr sein konnte. Da sie nun kein Schlafmittel der Welt in das ersehnte Reich der Träume befördern würde, entschied Mildred Townend, sich mit ihren engsten und einzig wahren Freunden abzulenken. Zielstrebig ging sie auf die umfangreiche Bibliothek von Redthorne Castle zu, in der sie aus einem üppigen Fundus an Büchern eines auswählen oder ausführlich in der reichen Auswahl an Schätzen stöbern könnte.

Noch rechtzeitig, bevor sie um die Ecke des Ganges bog, in dem die Tür zur Bibliothek vor ihr auftauchen würde, hörte sie aufgeregte Stimmen. Da Mildred nicht das Bedürfnis spürte, sich in weitere Konflikte einzumischen und sich damit weitere Auseinandersetzungen zu schaffen, verblieb sie still in einer schattigen und kaum beleuchteten Ecke versteckt und wartete, bis sich die Stimmen weiter entfernten.

Zum Glück waren sie nicht direkt an ihr vorbeigekommen, denn sonst hätten Ida, Joanne oder Hunter sie womöglich entdeckt. Zumindest meinte sie, deren

Stimmen erkannt zu haben. Als die Luft rein war, legte sie die letzten Meter zur Bibliothek zurück, öffnete die Tür und schloss sie schleunigst hinter sich. Mildred lehnte sich dagegen und wähnte sich in Geborgenheit und Sicherheit. Sie tastete nach einem Schlüssel, damit sie sich und ihre Einsamkeit einschließen konnte, fand aber zu ihrem Bedauern keinen. *Dann muss die Tür eben unverschlossen bleiben,* dachte sie und war sich sicher, dass sie trotzdem ungestört bleiben würde.

Ihr Irrtum sollte ihr recht bald auffallen. Schon deutlich ruhigeren Gemüts schritt sie die weiten Regalreihen entlang und genoss das milde Kerzenlicht. Sogar im Kamin glomm noch ein kleines Feuer, was sie positiv überraschte und wohl von den vorherigen Besuchern der Bibliothek, die sie soeben gehört hatte, zurückgelassen worden war. Zudem leuchtete der beinahe vollendete Vollmond sanft durch die Fenster. Mildred beschloss in Zukunft öfter nächtens Bibliotheken aufzusuchen, sie konnte sich kaum einen schöneren Ort vorstellen.

Bald hatte sie ein passendes Buch gefunden und setzte sich in einen gemütlichen und dick gepolsterten Sessel. Die berühmte Schriftstellerin genoss es sehr, in den Werken anderer Autoren zu lesen. Es war vergnüglich oder lehrreich, anregend oder verbesserungswürdig, aber stets eine Bereicherung für das eigene Schaffen.

Nach wenigen Seiten hörte sie hinter sich ein leises Rascheln und Knarren, woraufhin sie sich erschrocken umdrehte.

Nichts zu sehen.

Trotzdem verließ das ungute Gefühl, beobachtet zu werden, Mildred nicht mehr vollständig und immer wieder drehte sie sich sicherheitshalber um oder schaute über ihre Schulter, um zu überprüfen, dass niemand hinter ihr stand. Sie kam nicht richtig zur Ruhe und fühlte sich beobachtet. Hätte Mildred nicht diese kalte Furcht im Nacken gespürt, dann hätte sie sich über sich selbst amüsiert, da es sonst nicht ihre Art war, so paranoid und ängstlich zu sein. Mildred ärgerte sich darüber, sich selbst mit einer dummen Angst die so gemütliche Atmosphäre zu zerstören, und befahl sich selbst, endlich wieder konzentriert zu lesen. Mit der Zeit vertiefte sie sich zunehmend in ihre Lektüre und blickte bald nicht mehr hinter sich.

Erneut war ein durchdringendes Knarzen zu hören, diesmal deutlich lauter, was Mildred so sehr erschreckte, dass sie mit pochendem Herzen vom Sessel aufsprang und sich so geschwind wie schon seit ihrer Jugend nicht mehr umdrehte. In der Bewegung fiel ihr das Buch aus den sich taub und unbrauchbar anfühlenden Händen, wo es laut auf den Boden klatschte.

Wieder war nichts zu sehen.

Äußerst beunruhigt sank sie zurück in den Sessel und nahm das heruntergefallene Buch wieder auf, entschlossen, sich nicht von ihrer eigenen Fantasie oder Übermüdung zum Narren halten zu lassen. Sie legte das Buch jedoch nur auf ihren Schoß und las nicht weiter, was ohne den kleinsten Rest an Konzentration ohnehin nicht möglich gewesen wäre. Mildred blickte mit gerunzelter Stirn aus dem Fenster. Die tiefen Falten fühlten sich vertraut und beruhigend an, oft hatte sie in ihrem Leben bereits so dagesessen und über bedeutende oder manches Mal auch über triviale Dinge nachgesonnen.

Kurz verharrte Mildred in dieser Position, als die Kerzen und das Kaminfeuer flackernd verlöschten. Einen derben Fluch konnte sie nur zurückhalten, weil sie wusste, dass es nichts brachte, zu schimpfen. Sie musste überlegen, was sie jetzt tun sollte. Eine Panik stieg in ihr auf, die sich wie eine unsichtbare Hand um ihre Kehle legte und ihr so die Luft zum Atmen nahm. Ein Gefühl, das sie die ganze Zeit über erfolgreich verdrängt hatte, um lesen zu können.

Hatte Graham nicht etwas von einer Geisterbeschwörung gesagt?, schoss es ihr durch den Kopf. Zögerlich und mit zittrigen Knien erhob sie sich und lief zur Tür. Obwohl die Lichter verloschen waren, konnte sie durch die helle Vollmondnacht annehmbar gut sehen, seit sich ihre Augen an das spärliche Licht gewöhnt hatten, und stieß so nicht versehentlich gegen das Mobiliar der Bibliothek.

Es fühlte sich in ihrem Inneren an, als wären ihre Organe aus glühendem Blei. Schleunigst wollte Mildred die Bibliothek verlassen, die sich für sie von einer ruhigen Idylle zu einem grauenhaften Ort des Schreckens verwandelt hatte, an dem sich ansonsten Albträume abspielten. Und alles nur wegen deiner dummen Fantasie, die dir schon einen Haufen Geld eingebracht hat, schimpfte Mildred in Gedanken. An der Tür angekommen, ließ sich der Türknauf nicht drehen und als sie merkte, dass sie nicht nur eine Gefangene der Burg, sondern nur auch der Bibliothek war, rüttelte sie wie wild am Knauf.

Verschlossen. Dabei hatte sie doch selbst nach einem Schlüssel gesucht und keinen gefunden. War sie vielleicht von außen von einem Bediensteten eingeschlossen worden, der seine letzte Runde durch die Burg ging und alles auf seine rechte Ordnung prüfte? Unwahrscheinlich, entschied sie, da die Nachtstunden so weit fortgeschritten waren. Unentschlossen lehnte sie sich mit dem Rücken an die Tür und drückte ihre Fingernägel in ihre Handballen.

Als sie ihre Augen wieder öffnete, konnte Mildred eine gräuliche Silhouette vor einem der mondlichtbeleuchteten Fenster stehen sehen. Wer oder vielmehr was konnte das in Gottes Namen sein? Ihre Gedanken befassten sich nur immer und immer wieder mit derselben Frage, während ihre Glieder in einer Schreckensstarre gefangen waren. Mildred drückte sich mit ihrem Rücken fest gegen die Tür, als könnte sie dadurch verschwinden und so der sich langsam, aber beständig nähernden Gestalt entgehen. Bewegungslos vor Angst vermochte sie sich nicht zur Wehr zu setzen oder die Flucht zu ergreifen. Niemals hätte Mildred geglaubt, dass sie so erstarrt und hilflos einer Gefahr gegenüberstehen würde. Sie konnte nicht mehr tun, als sich mit verkrampften Beinen gegen die verschlossene Türe zu drücken und der Gestalt zuzusehen, wie sie sich ihr näherte.

Mildred stand lediglich da und konnte es nicht fassen, was da herannahte. In der Hand hielt die geisterhafte Erscheinung etwas, das wie eine teilweise zerbrochene Messerklinge aussah. Direkt vor Mildred blieb die Gestalt stehen.

Mildred konnte durch die junge Frau durchsehen wie durch Nebel. Sie trug ein feines Nachthemd, das einer schon längst vergessenen Mode angehörte, und einen großen dunklen Fleck auf Brusthöhe aufwies. Ihre Haare fielen in leichten Wellen über ihre Schultern und sie war barfuß. Die Gesichtszüge, die nur andeutungsweise erkennbar waren, wirkten versteinert. Ein erbarmungsloser Ausdruck lag in den Augen, der Mildred verriet, dass es nun aus mit ihr sein würde. Sie fühlte deswegen allerdings nicht mehr Furcht als zuvor. Sie war zum Zuschauer geworden und wartete ab, was noch kommen würde.

Mit entschlossenem Blick hob die durchscheinende Frau die Hand mit der Klinge, holte Schwung und fuhr mit dieser über Mildreds Kehle, ohne dass das wehrlose Opfer nur die kleinste Bewegung getan hätte. Danach stieß sie ihr die Waffe ins Herz.

In der ersten Sekunde dachte Mildred, dass ihr von der nebelhaften Klinge nichts geschehen sei, aber dann spürte sie den Schmerz, den jedes normale Messer auch verursacht hätte. Es brannte an ihrem Hals und warmes Blut floss ihre Kehle hinab. Nur noch kurz konnte sie sich auf den Beinen halten, dann sank sie mit einem Schwindelgefühl zu Boden.

Kapitel 17: Jonathan Bradbury, 10. September 1898

Am späten Vormittag hörte Jonathan, dass es an seine Zimmertüre klopfte. Die Nacht hatte er beinahe schlaflos verbracht und er konnte sich durchaus denken, dass er damit nicht der Einzige gewesen war. Dementsprechend müde beantwortete er das Klopfen und öffnete Hunter, nachdem dieser erklärt hatte, dass er dringend mit ihm sprechen müsse, die Tür.

»Es gibt zwei Tote«, fiel Hunter mit der Tür ins Haus.

»Wer?«

»Emmeline. Und Anne, die Bedienstete.«

Jonathan seufzte, kratzte sich am Kopf und sagte: »Ich ziehe mich geschwind an. Dann helfe ich, die Leichen zu den anderen Toten zu bringen und danach werde ich wohl Megan trösten müssen. Sie hat oft und liebevoll von Anne gesprochen. Zuletzt haben sich die beiden gemeinsam um Doras Katze gekümmert. Ihr Tod wird sie schwer treffen.«

»Das mit Emmeline wird nicht so leicht werden«, entgegnete Hunter. »Sie liegt im Burggraben. Graham hat heute Morgen erzählt, dass Mildred sie gestern Nacht gefunden hat. Wie wir sie da herausbekommen sollen, ist noch unklar. Um Anne kümmern wir uns. Francis, Graham und ich schaffen das spielend. Sie ist oder vielmehr war ja eine zierliche junge Frau. Notfalls fragen wir den Butler oder Finnley, wozu sind die denn sonst da? Du kannst erst einmal mit Megan sprechen, wenn du möchtest. Deine Hilfe wäre dann später für Emmeline jedoch noch vonnöten.«

»Danke, in Ordnung. Wo ist sie denn in den Graben gefallen? Dann werde ich euch dort in einer Stunde treffen«, erkundigte sich Jonathan.

»An der Südmauer. Bis später. Und richte Megan mein Beileid und Mitgefühl für ihren Verlust aus.«

Jonathan zog sich schnell an und ging auf direktem Weg zu Megans kleinem Zimmer, die ihn dort mit verweinten Augen begrüßte. Sie hatte die Nachricht also bereits erhalten. Er nahm sie in den Arm und flüsterte, wie leid es ihm um Anne tat, und wusste sich nicht weiter zu helfen. Weinende Frauen machten ihn rat- und hilflos.

»Sie ist wie eine Schwester für mich«, brachte Megan mühsam zwischen den Schluchzern hervor. »Ich kann mir nicht vorstellen, sie niemals wieder zu sehen oder mit ihr zu sprechen und zu lachen. Es ist unfassbar. Und doch fehlt sie mir jetzt schon.«

Jonathan wusste nicht, was er darauf erwidern sollte, und drückte die junge Frau fester an sich. Nachdem sie eine Zeit lang so im Zimmer gestanden waren, führte er sie zum Bett, auf das sie sich nebeneinander setzten. Wieder nahm er sie in die Arme und streichelte ihr über den Rücken.

Nachdem Megan lange leise geweint hatte, versiegten ihre Tränen und sie schmiegte sich an Jonathans Schulter. Sie erzählte ihm viele ihrer Erlebnisse mit Anne und wie sie sich als junge Mädchen angefreundet hatten, als die beiden mit ihren Müttern auf die Burg gekommen waren. Viel zu früh war es für Jonathan wieder Zeit zu gehen und den anderen Männern mit Emmelines Leiche zu helfen.

»Kommst du für eine Weile alleine zurecht?«, fragte er besorgt. »Emmelines Leiche wurde im Burggraben gefunden und ich müsste den anderen helfen, sie zu bergen.«

»Natürlich. Danke, dass du für mich da bist. Ich werde hier bleiben, Mr. Hawthorne hat mich heute von meiner Arbeit befreit.«

Als Jonathan die Südmauer entlangschritt, sah er die drei Männer über die Mauer gebeugt nach unten schauen. Auf dem Boden des ehemaligen Wehrganges lagen Seile, aber die Männer waren sich wohl noch unschlüssig, wie sie vorgehen sollten. Als er zu ihnen trat und sie fragte, wie sie Emmeline hochbekommen wollten, konnten sie ihm wie erwartet keinen guten Plan nennen.

»Vielleicht hatte Finnley ja eine gute Idee. Er meinte, er würde etwas holen und dann gleich kommen. Wir halten es für wenig klug, dass einer von uns hinabklettert, Emmeline am Seil festbindet, dass sie dann hochgezogen wird und derjenige wieder hochklettert. Das Risiko, abzustürzen, ist zu groß, wenn es darum geht, eine Leiche zu bergen«, klärte Hunter ihn auf.

»Wenn derjenige aber gut mit Seilen gesichert wäre, dann könnte ihm ja nichts zustoßen. Wie beim Bergsteigen«, wandte Francis ein.

»Ihm nicht, aber der Leiche. Wenn sie einfach hochgezogen wird, schleift sie am rauen Stein entlang und würde danach nicht mehr sehr ansehnlich sein. Das hieße geschlossener Sarg«, Graham konnte seine Belustigung nur schwer unterdrücken, was Jonathan die Fäuste ballen ließ. Wie konnte dieser Idiot nur dermaßen respektlos über eine ehemals so freundliche und liebenswerte Dame sprechen?

Auch Hunter schüttelte den Kopf und schimpfte: »Graham, du solltest dich was schämen. Mir fehlen die Worte.«

»Ich entschuldige mich«, sagte Graham lang gezogen und hörbar genervt. »An meiner Aussage ist durchaus etwas Wahres dran. Die Leiche würde beschädigt hier oben ankommen.« Im Stillen musste man ihm tatsächlich zustimmen, aber seine Art war Jonathan unerträglich.

Finnley ließ wie angekündigt nicht lange auf sich warten und trat auf die vier Männer zu. Er hatte ein kleines Holzgestell und eine Vorrichtung für einen Flaschenzug dabei. Mit stolzer Stimme erklärte er, dass damit sowohl das Abseilen und Heraufziehen desjenigen, der hinunterginge, als auch das Bergen des Leichnams leichter fiele. Erwartungsvoll schaute er in die Runde.

»Gentlemen, gibt es einen Freiwilligen?«, fragte Graham mit breitem Lächeln.

»Sollen wir den Versuch wagen? Selbst wenn wir sie bergen, liegt sie statt im Burggraben bei den anderen Toten im Keller«, warf Francis unschlüssig ein. Er schien zurück an seinen Schreibtisch oder zu seiner Frau zu wollen, stellte Jonathan in Gedanken fest.

»Ich will nicht, dass sie hier noch von irgendwelchen Tieren angefressen wird. Ich kenne sie schon am längsten. Ich werde zu ihr hinunterklettern«, sagte Hunter mit entschlossenem Blick und fester Stimme.

»Gut, hat jemand Erfahrung im Klettern und kennt gute Knoten?«, fragte Graham ungerührt.

Leider verneinten alle und Jonathan grübelte angestrengt, ob er es wirklich zulassen sollte, dass Hunter herunterstieg. Er hatte zwar am Anfang ihrer Gefangenschaft selbst den Gedanken gehegt, alle so zu befreien, aber da er nun die alte Mauer genauer betrachtete, wirkte sie sehr steil und gefährlich. Viele kleine Bröckchen konnten sich lösen und auch manche der größeren Steine sahen sehr instabil aus. Er machte sich Sorgen um seinen Freund, der hin und wieder kein Auge für die ihm blühende Gefahr hatte. Er dachte da an so manche unnötige Kneipenschlägerei oder an Hunters betrunkenen Balanceakt bei Nacht auf einer Londoner Brücke.

Jonathan wollte vorschlagen, dass er diese Arbeit übernehmen könnte, besann sich aber und dachte an Megan. Wenn ihm etwas zustoßen würde, wäre das eindeutig zu viel für sie. Mit schwerem Herzen und schlechtem Gewissen half er schließlich, Hunter die Seile so anzulegen, dass es sicher und haltbar wirkte. Sollte er abstürzen, würden sie ihn halten können und die Seile würden nicht zu tief in seine Haut schneiden.

Hunter stieg über die Mauer und tauschte einen Blick mit Jonathan aus. Ihm wurde immer mulmiger zumute. Kurz darauf war Hunter nicht mehr zu sehen und er hörte ihn hin und wieder fluchen, als er kleinere Steinbrocken lose trat. Das Seil, an dem Hunter hing und das er zusammen mit Francis und Finnley hielt, lag fest in seinen verkrampften Händen. Im Stillen betete er so inbrünstig wie schon lange nicht mehr, dass seinem besten Freund nichts zustoßen dürfe.

Nach einer schieren Unendlichkeit des Kletterns rief Hunter, dass er unten angekommen sei und am Grund des Grabens stehe. Graham, der das Ganze beobachtet hatte, warf Hunter ein Seil hinab, dessen Ende er festhielt. Wieder dauerte es einige Minuten, bis Hunter ihnen mitteilte, dass er Emmeline festgeknotet hatte. Jonathan übergab Graham das Seil, an dem Hunter hing, und nahm das mit Emmelines Leichnam am Ende entgegen.

»Lass es in Gottes Namen bitte nicht fallen«, bat er Graham inbrünstig, denn wenn er das Seil über die Burgmauer würfe, müsste Hunter ohne halbwegs professionellen Absturzschutz heraufklettern.

Listig grinste Graham zurück: »Was denkst du denn von mir? Hältst du mich für so bösartig? Oder für dermaßen trottelig?«

Darauf antwortete Jonathan nicht und half den anderen beiden Männern am Seil zu ziehen und die Leiche heraufzuzerren. Finnleys Flaschenzug-Konstruktion erwies sich als hilfreich, da der leblose Körper, der schlaff in den Seilen hing, so die Burgmauer kaum berührte. Über die Burgmauer gelehnt, beobachtete Graham das Geschehen und wies sie hin und wieder an langsamer oder schneller zu ziehen. Mit einiger Kraftanstrengung hatten sie es bald geschafft und zogen Emmeline über die Kante. Behände legte Finnley ein weißes Leintuch über sie, um den Anblick nicht ertragen zu müssen.

Nun ging es daran, Hunter zu sichern, denn Graham hatte das Seil tatsächlich nicht fallen lassen. Als Jonathan es wieder in seinen eigenen Händen hielt, atmete er erleichtert auf und spürte so etwas wie Verwunderung, dass er es zurückbekommen hatte. Ohne einen Zwischenfall erreichte auch Hunter nach einer anstrengenden Kletterpartie die Kante der Mauer wieder und lächelte Jonathan stolz zu. Mit geschickten Bewegungen befreite er sich aus dem Seil und half, Emmelines Leiche in ein weiteres Leintuch zu verpacken, sodass sie sie transportieren konnten.

Erneut gingen sie den inzwischen viel zu bekannten Weg in den Keller, um sie dort bei den vier anderen Toten abzulegen. Nach getaner Arbeit streckten sie sich und Hunter legte mit breitem Grinsen Jonathan den Arm um die Schultern.

»Hast wohl nicht geglaubt, dass ich das schaffe, oder? Die nächste Runde im Pub, wenn wir wieder in London sind, geht an dich. Dafür, dass du kein Vertrauen in meine Fähigkeiten hast«, sagte er und schob ihn die Stufen hinauf, ohne sich noch einmal nach Emmeline umzudrehen.

»Da kannst du dir sicher sein, mein Freund. Und auch die nächste Kletterpartie übernehme ich«, stimmte Jonathan zu und hoffte ihn damit ein wenig aufzuheitern und über den Tod Emmelines hinwegzutrösten. »Ich hätte dann gewiss nicht so eine rote Rübe wie du.«

Hunter lachte zwar, aber eine gewisse Sorge blieb in seinen Augen stehen. »Behauptest du jetzt noch. Wie geht es Megan?«

»Sie ist sehr traurig. Ich werde sofort wieder nach ihr sehen. Was wirst du mit diesem Tag anstellen? Lässt du dich von deiner Joanne ein wenig als Held feiern?«

»Wenn ihr danach ist, Jonathan, dann klingt das nach einer wunderbaren Idee.«

Die beiden Freunde lachten noch, nachdem sich ihre Wege getrennt hatten. Er hoffte sehr für Hunter, dass Joanne in ihm einen Helden sah.

Nachdem Megan endlich eingeschlafen war, verließ Jonathan ihr Zimmer. Ziellos streifte er durch die Burg und wollte es sich schließlich im Billardsalon gemütlich machen, den er, obwohl dort Roberts Leiche gefunden worden war, dennoch sehr mochte. Er öffnete die Tür und ertappte Hunter und Joanne, die sich küssend in den Armen hielten. Jonathan wollte sich dezent zurückziehen, die beiden rückten aber plötzlich voneinander ab und Joanne bekam hochrote Wangen. Jonathan murmelte eine Entschuldigung und verließ den Billardsalon. Er freute sich für Hunter und war stolz auf seinen Freund. Er war also doch zu Joannes Held geworden.

Beschwingten Schrittes lief Jonathan zur Bibliothek. Er wollte sie betreten, spürte aber einen Widerstand an der Tür. Zuerst glaubte Jonathan, sie wäre verschlossen, und hielt mit der Hand am Türknauf inne. Aber einen Spaltbreit ließ sie sich öffnen, bevor etwas sie blockierte. Seine Schulter zur Unterstützung nehmend, drückte er fest gegen die Tür, die sich langsam öffnen ließ. Als der Spalt gerade groß genug war, um seinen schlanken Körper hindurchzuzwängen, hielt er kurz inne und betrat dann zögerlich, aber gespannt die Bibliothek.

Es dauerte nicht lange, bis er die Blutlache und Mildreds leblosen Körper entdeckte. Sie lag an der Tür entlang ausgestreckt auf ihrer rechten Seite und hatte so sein Eintreten erschwert. Er konnte eine Wunde am Hals erkennen und auch ihr Oberkörper wies einige große Blutflecke auf.

Jonathan hatte zwar keinen näheren Kontakt zu Mildred geknüpft, dennoch traf ihr Tod ihn unvermittelt hart, was auch daran lag, dass er es war, der ihr Ableben entdeckt hatte. Nachdem Jonathan den Anblick aufgenommen hatte, atmete er tief durch und räusperte sich einen Kloß fort, der sich in seiner Kehle gebildet hatte. Mit hängenden Schultern und schweren Beinen suchte er Francis und Graham, damit sie sich um die dritte Leiche dieses Tages kümmern konnten. *Wenn die Séance der vergangenen Nacht authentisch war,* dachte Jonathan, *dann wird Lucinda jetzt mit ihrer Rache richtig beginnen.* Ihm war klar, dass sie nun alle besser auf sich achtgeben mussten, allerdings wusste Jonathan nicht wie, denn die unsichtbare Gefahr drohte von überall und zu jeder Zeit.

Auf die erneute Arbeit mit einer Leiche reagierten Francis und Graham sehr verzagt. Sie hatten, wie Jonathan selbst, wenig Lust, erneut einen Toten in den Keller zu tragen. Dennoch konnte Jonathan sie überzeugen sich aufzurappeln und auch Finnley wurde zu Hilfe geholt, damit die unliebsame Arbeit ihnen besser von der Hand ginge.

»Wo ist denn Hunter?«, wollte Francis wissen.

»Der erholt sich von seiner wagemutigen Kletterpartie«, gab Jonathan gelassen zurück, »und ein wenig Ruhe hat er sich wohl auch verdient.«

Mürrisch murmelte Graham etwas, das Jonathan nicht verstehen konnte, und es kümmerte ihn auch nicht weiter, was dieser Mensch zu sagen hatte.

Da er weder Avery noch Ida an diesem Tag gesehen hatte, fragte er in die Runde: »Wissen Avery und Ida eigentlich Bescheid? Ich meine, wie viel wissen sie?«

Finnley antwortete: »Meines Wissens sind beide heute in ihren Betten geblieben. Ich glaube, Harold hat sich um sie gekümmert und ihnen bezüglich Anne Bescheid gegeben. Darüber hinaus kann ich nicht einschätzen, ob sie wissen, wie viele Tote es noch gegeben hat.«

»In Ordnung. Ich werde später mit Hunter sprechen. Ich denke, dass wir es ihnen auf jeden Fall sagen müssen, sie sind immerhin die Burgherren. Da können wir auf ihre geschwächten Gemüter wenig Rücksicht nehmen.«

»Ja, Sir. Mr. Hawthorne scheint wieder wohl auf zu sein. Er wollte unbedingt aufstehen, ließ sich aber von Harold überreden, das Bett ein wenig länger zu hüten.

Harold war deswegen recht froh, ich meine neuen Tatendrang bei Mr. Hawthorne feststellen zu können.«

»Das ist eine gute Neuigkeit«, freute sich Jonathan. Wenigstens ein Mensch hatte sich erholen können. Doch da fiel Jonathan eine Sache ein, über die er in der Zeit gegrübelt hatte, in der die Männer die Leiche einwickelten und in den Keller trugen: Wussten Avery und Ida, als sie dieses Treffen geplant hatten, dass es bei ihnen auf Redthorne Castle spukt? Und haben sie trotz der Gefahr alle kommen lassen? Hätten sie, da sie die meiste Zeit ihres Lebens auf der Burg verbrachten, nicht irgendwelche Anzeichen wahrnehmen müssen? Etwas wie nicht zuzuordnende Geräusche, verschwundene Gegenstände, Temperaturschwankungen oder wovon man sonst hörte?

Nachdem die Arbeit vollbracht war, klopfte er bei Hunter an die Zimmertür, die dieser breit grinsend öffnete. Sein fröhlicher Gesichtsausdruck verging ihm schnell, als er Jonathans besorgte Miene wahrnahm.

Jonathan teilte seinem Freund Mildreds Tod sowie seine Gedanken bezüglich der Hawthornes mit und Hunter sagte ihm zu, sich bald zusammen mit Joanne darum zu kümmern und mit Avery ein Gespräch zu führen. Den Tod Mildreds schien Hunter kaum fassen zu können und gab zu, die Gefahr unterschätzt zu haben, in der sie alle schwebten.

»Heute Abend sollte niemand alleine bleiben«, stimmte Jonathan Hunter zu. »Du hast recht, bisher sind alle gestorben, als sie alleine waren. Vielleicht hat das tatsächlich etwas zu bedeuten.«

»Lucinda ist wohl erst zufrieden, wenn sie uns alle getötet hat. Oder wenn wir alle keinen Gedanken mehr an die Schriftstellerei aufwenden. Was bei so vielen Autoren wohl unmöglich ist.«

»Als hättest du noch deine Schriftstellerei im Kopf«, zog Jonathan ihn auf. »Ich will meinen, Joanne hat dir selbigen ganz schön verdreht.«

»Ja, aber der ihre scheint auch nicht mehr ganz unverdreht zu sein«, gab Hunter zu und lächelte stolz.

»Ich hoffe, ich habe euch vorhin nicht gestört. Ich habe nicht damit gerechnet, jemanden dort zu treffen.«

»Nein, ich konnte Joanne sehr schnell wieder von deinem kurzen Auftritt ablenken.«

»Gut. Dann werde ich einmal nachsehen, ob ich vielleicht Megan ebenfalls ein wenig Ablenkung bescheren kann.«

Als Jonathan endlich bei seiner Megan war, war ihm, als hätte der Tag ihn viel zu lange von der jungen Frau getrennt und ihm besonders große Hindernisse in den Weg gelegt. Noch immer schlief sie und er legte sich dicht an sie gedrückt zu ihr auf das schmale Bett und hoffte, selbst auch ein wenig Schlaf erhaschen zu können.

Kapitel 18: Joanne Hadley, 10. und 11. September 1898

Für den Nachmittag hatten Hunter und Joanne beschlossen Avery einen Besuch abzustatten, den sie schon viel früher hätten absolvieren sollen. Er musste in Kenntnis darüber gesetzt werden, was inzwischen alles vorgefallen war, auch wenn es Joanne davor grauste, ihn so zu erschüttern. Und sie konnte Hunters Vermutung, dass er und Ida es bereits vor der Zusammenkunft gewusst hätten, dass Lucindas Geist ihr Unwesen auf Redthorne Castle treibt, kaum glauben und wollte den alten Mann selbst danach fragen.

Nach den zahlreichen Ereignissen des vergangenen Abends hatte Joanne erwartet, dass sie ein wenig Ruhe zum Nachdenken haben würde, doch es folgte ein ebenso verwirrender Tag. In der Frühe hatte Annes Leiche für Aufsehen gesorgt. Die Arme schien sich selbst umgebracht zu haben, was vor allem bei der Dienerschaft für einige Tränen sorgte. Sie war sehr beliebt gewesen mit ihrer fröhlichen, direkten und quirligen Art, aber Joanne hatte sie kaum näher kennengelernt. Sie hatte sich stets gerne an Megan gehalten, die ihr von Beginn ihres Aufenthalts an immer sehr freundschaftlich entgegengetreten war. Wie ihr berichtet wurde, war es Harold, der Anne gefunden hatte. Sie sollte am Ende der Ahnengalerie, die Joanne vor nur wenigen Tagen so unheimlich erschienen war, mit Kopf und Rücken gegen die Wand gelehnt am Boden in ihrer eigenen Blutlache sitzend entdeckt worden sein. Zuerst wollte ihr niemand verraten, wie die junge Bedienstete zu Tode gekommen war, aber durch Grahams ruppige Direktheit hatte Joanne herausgefunden, dass sie sich dem Anschein nach selbst ihre Handgelenke aufkratzt hatte, bis sie verblutete. Ausgesprochen wurde die Vermutung, dass Lucinda sie in den Tod getrieben hatte, nur hinter vorgehaltener Hand. Wieder eine Leiche, die in den Keller gepackt auf ein würdiges Begräbnis warten musste.

Anschließend waren die Männer, soweit das Joanne berichtet worden war, zu einer kleinen Expedition aufgebrochen, um Emmelines Leiche zu bergen. Mehr als alles andere raubte ihr jedoch – nur bei der Erinnerung daran – ihr Kuss mit Hunter den Atem. Als wäre das nicht genug Aufregung für einen Tag gewesen, wurde Mildred ermordet in der Bibliothek gefunden. *Und da soll man sich einen klaren Verstand bewahren,* dachte Joanne. Ihr Kopf erschien ihr zum Bersten gefüllt mit Dingen, die sie beschäftigten.

Zur verabredeten Zeit traf sich Joanne nun mit Hunter vor Averys Tür. Ida hatte sich in ihr eigenes Zimmer zurückgezogen und ihnen beiden war es ziemlich recht, ihr nach dem Zwischenfall in der letzten Nacht nicht begegnen zu müssen. Auf ihr Klopfen hin ertönte ein lebendiges und freundliches »Ja, bitte?« hinter der Tür, das Joannes Herz vor Freude ein wenig schneller schlagen ließ.

Hunter sagte laut und deutlich: »Joanne und Hunter sind hier. Avery, wir würden dich gerne besuchen.«

Mit hüpfender Stimme bat er die beiden herein und wies ihnen zwei Stühle rechts von seinem Bett zu. »Wie geht es euch beiden?«, wollte er wissen, noch bevor sie Platz genommen hatten.

»Danke, Avery, sehr gut. Wir haben einiges mit dir zu besprechen. Aber erst einmal: Wie geht es dir denn?«, wollte Joanne wissen.

»Mir geht es wieder viel besser. Ich habe mich gut erholt und wollte eigentlich heute Morgen wieder aufstehen, aber der gute Harold hat mich überzeugt, ein wenig länger die Ruhe zu genießen.«

»Damit hatte er auch recht«, lobte Hunter den Butler. »Aber es gibt nun einige Angelegenheiten zu besprechen, aus denen wir dich nicht länger heraushalten können.«

»Meinen Segen habt ihr, Kinder«, unterbrach ihn Avery strahlend und blickte von links nach rechts zwischen Hunter und Joanne hin und her.

Diese schauten sich verwirrt und ein wenig erschrocken an, bis sie verstanden, worauf Avery anspielte. Während Hunter sich deswegen sichtbar bemühen musste, ein Lachen zu verkneifen, spürte Joanne, wie ihr das Blut in den Kopf strömte. Sie versuchte zwar mit aller Macht, nicht rot zu werden, aber ihre heißen Wangen bezeugten, dass sie versagte. Joanne konnte nichts dazu sagen und war froh, als Hunter erneut das Wort ergriff.

»Darum geht es leider nicht, lieber Avery. Es sind ernste und traurige Dinge, die es zu erörtern gilt.«

»Das ist schade, Hunter. Diese eine glückliche Neuigkeit hätte mich sehr gefreut. Was ist denn los? Nun sagt schon.«

»Von wie vielen Toten weißt du?«, kam Hunter direkt auf den Punkt.

Schwer schluckte Avery, setzte sich in seinem Bett ein wenig aufrechter hin und antwortete mit rauer Stimme: »Liam, Dora, Robert und Anne. Emmeline ist verschwunden.«

»Dann muss ich dir leider sagen, dass inzwischen Emmelines Leichnam gefunden wurde. Außerdem ist

Mildred von uns gegangen. Wir haben inzwischen sechs Tote zu betrauern«, klärte Hunter Avery auf und legte ihm die Hand auf die Schulter.

Nun mischte sich auch Joanne ein, die sah, wie ergriffen Avery wegen dieser Nachricht war: »Es tut mir so schrecklich leid, Avery, dass wir dich damit belasten müssen. Aber wir müssen dich als Burgherren Folgendes fragen: Weißt du etwas über Lucinda Thorne? Jede Information könnte nützlich sein, um uns Übrige zu retten.«

»Ja, ... ja, in der Familienchronik glaube ich etwas über sie gelesen zu haben. Ach, ich will endlich ehrlich sein. Ida und ich wissen längst, dass sie noch immer auf dieser Burg umhergeht. Es spukt. Aber es kam nie zu Übergriffen und wir dachten, sie sei ein friedliches Schlossgespenst. Ida hatte manchmal Träume oder sprach sogar mit ihr. Und nun ist alles aus dem Ruder gelaufen. Ich denke, es liegt am vermehrten literarischen Schaffen. Es tut mir so leid«, erneut rollten dicke Tränen über Averys Gesicht.

Hunter versuchte ihn zu beruhigen: »Du trägst keine Schuld. Niemand konnte ahnen, dass es so eskalieren würde. Wir müssen es schaffen, ihr Ruhe zu schenken, damit sie endlich nicht mehr hierbleiben muss. Dann besteht auch keine Gefahr mehr für uns.«

»Vielleicht weiß Ida mehr«, schlug Avery hilflos vor. »Sie ist recht eigen, was Lucinda betrifft. Teilt mir kaum etwas mit und schließt sich hin und wieder lange ein. So war sie früher nicht, bevor wir Lucinda – na ja – kennenlernten.«

Joanne machte eine vage Andeutung, dass Ida momentan etwas wirr war und sehr mitgenommen von den Vorkommnissen. Ihrer Meinung nach war es besser, sie nicht weiter zu belasten, wenn es irgendwie ginge.

Daraufhin nickten Avery und Hunter einträchtig und der junge Mann fügte mit nachdenklicher Miene hinzu: »Vielleicht müssen wir ja das Werk ihres Gatten vernichten. Die Manuskripte, die er verfasste, könnten irgendwo hier in der Burg liegen. Und wenn wir sie zerstören, dann kann Lucindas Seele vielleicht endlich Frieden finden.«

»Dem Gedanken müssen wir unbedingt nachgehen!«, rief Joanne begeistert aus. Sie hielt sich am Stuhl fest, damit sie nicht aufsprang und direkt anfing, die Burg zu durchwühlen.

Averys folgende Frage ließ Joanne beschämt ihre Fassung wiederfinden: »Was ist denn mit den Toten geschehen? Was habt ihr mit ihren Leichen gemacht?«

Hunter antwortete ihm nur kurz, dass sie diese in Leintücher gebettet in einem kühlen Raum zum Professor und den anderen gelegt hatten.

Nach einer kurzen, bedächtigen Stille bohrte Joanne erneut nach und wollte von Avery wissen, ob er Manuskripte oder Texte von Alexander Thorne kannte.

Avery verneinte, gab ihnen aber den Hinweis, im geheimen Raum der Bibliothek einmal nachzusehen. Als er ihnen erklärte, wie und wo er zu finden war, drehte Joanne den Kopf zu Hunter und zog kurz mit einem Lächeln im Gesicht ihre Augenbrauen hoch. Dass sie den Raum bereits aufgestöbert und durchforstet hatten, gaben die beiden nicht zu.

Wenige Minuten später verabschiedeten sie sich von Avery, der nach den neuesten Enthüllungen zunehmend gealtert aussah, und ließen ihn in Ruhe die neuen Informationen verarbeiten. Ihr gemeinsamer Weg führte sie anschließend erneut in die Bibliothek.

Nach dem Abendessen zogen sie sich alle außer Ida, die man lieber hatte weiterschlafen lassen, gemeinsam in das Billardzimmer zurück. Man versuchte es sich dort so gemütlich wie nur möglich zu machen, aber ein wirkliches Wohlbehagen blieb aus. Die traurige und bedrückte Stimmung, die beim Abendessen geherrscht hatte, würde sich auch auf den Rest der Nacht und wahrscheinlich auf das übrige Zusammensein auf der Burg ausbreiten, glaubte Joanne.

Mit der einsetzenden Dunkelheit stieg die Bedrohung durch Lucinda spürbar an, obwohl es kein Anzeichen von Spuk gab. Zumindest die Nerven der Anwesenden waren zum Zerreißen gespannt. Irgendwann kamen überdies die ansonsten sehr diskreten Bediensteten zu den Gästen in das Billardzimmer, was den Ernst der Lage hervorhob.

Joanne war längst an der großen Tafel im Speisezimmer aufgefallen, wie klein ihre Gruppe geworden war, obwohl Avery wieder zum Essen erschienen war. So glücklich sie es machte, ihn bei sich zu wissen, so ungeheuer traurig machte es sie, wie viele Menschen hatten sterben müssen. Und das nur, weil sie mit Leib und Seele die Schriftstellerei liebten, so wie Joanne selbst. Kaum hatte Joanne die Menschen kennengelernt und sich mit ihnen angefreundet oder sie nach vielen Jahren endlich wiedergesehen und eine neue Beziehung zu ihnen geknüpft, hatte sie sich von ihnen verabschieden müssen. Und dennoch war sie, so egoistisch wie es ihr selbst auch vorkam, froh, dass es weder Avery und Ida noch Hunter oder gar sie selbst getroffen hatte. Auch Hunters Freund Jonathan hatte sie als freundlichen und humorvollen Menschen kennengelernt und es freute sie sehr für ihn und Megan, dass sie zueinandergefunden hatten. Sie hoffte inständig, dass die beiden die Zeit auf Redthorne Castle überstehen und auch danach einen gemeinsamen Lebensweg teilen würden.

Victoria durchbrach die Stille und damit die kummervollen Grübeleien am Tisch als Erste: »Ihr habt zwar euren Verdacht erklärt und uns geraten, nicht einmal an Literatur zu denken, aber ich finde das gar nicht so leicht. Mir schwirren ständig Bücher oder Verse berühmter Gedichte im Kopf herum. Wenn man weiß, dass man an etwas nicht denken soll, dann schwirrt es einem umso mehr im Kopf umher!«

»Liebling«, schalt Francis seine Frau liebevoll, »fange bitte gar nicht erst an, darüber zu sprechen. Du könntest uns alle, falls Hunter und Joanne recht haben, in große Gefahr bringen. Wir, die wir selbst schreiben, könnten so auf den Gedanken kommen, über unsere Werke nachzudenken. Und das möchtest du doch nicht.«

Graham warf grimmig ein: »Francis, du hast es nun auch nicht gerade besser gemacht.«

»Meine Lieben«, erhob Avery seine Stimme, »wir sollten darüber nachdenken, was wir tun können, um dem Spuk zu entkommen, oder wenigstens überlegen, welche Möglichkeiten uns einfallen, dass ihr alle die Burg verlassen könnt.«

»Gibt es denn keinen Fluchttunnel aus dem Mittelalter, über den man die Burg verlassen kann?«, wollte Jonathan wissen.

»Den gibt es tatsächlich. Er ist aber seit Jahrzehnten, wenn nicht seit Jahrhunderten zumindest teilweise eingestürzt. Herabgefallenes Geröll blockiert die Passage und bei den letzten Versuchen, dieses zu beseitigen, die übrigens stattfanden, als ich noch ein kleiner Junge war, ist ständig Steinmaterial nachgefallen. Der Tunnel ist zu instabil, um ihn zu benutzen. Ich rate euch dringend davon ab, es damit zu versuchen, einen Weg in die Freiheit zu buddeln.«

»Das ist wirklich schade«, konstatierte Joanne. »Hunter und ich haben in der Bibliothek nach Manuskripten von Lucindas Gatten gesucht, aber kein einziges Schriftstück von ihm gefunden. Wir hatten die Idee, dass wir mit der Zerstörung von ihm verfasster Texte Lucinda eventuell besänftigen können. Ethel, denkst du, das könnte funktionieren?«

»Ich möchte nicht zu viel versprechen«, antwortete die Köchin mit Kontakt in die Geisterwelt, »aber das könnte durchaus gelingen. Da Lucinda wegen der Papiere, die ihrem Gatten so wichtig waren, überhaupt erst diese Gräueltaten beging, könnte deren Vernichtung ihr den Seelenfrieden schenken.«

Joanne fühlte neue Tatkraft in sich aufkeimen, die ihre Angst ein wenig vertrieb, und wollte daher am liebsten direkt Nägel mit Köpfen machen. Sie wandte sich an den Burgherren: »Avery, wir haben dir das ja bereits vorgeschlagen. Ist dir denn ein weiterer Ort eingefallen, wo solche Schriftstücke liegen könnten?«

»Leider nicht, Joanne. Ihr könntet jedoch morgen früh, bei Tageslicht, in den Dachböden einmal nachsehen, aber dort oben lagern so vielerlei Dinge, dass es ein wahrer Glücksfund wäre. Außerdem dürft ihr keine Kerzen mit hinaufnehmen, damit nichts Feuer fängt. Die kleinen Fenster sollten euch aber in den Morgenstunden genügend Licht spenden. Und ihr müsst auch auf die Bodendielen achtgeben, einige könnten sehr morsch sein, nicht, dass ihr euch verletzt.«

Hunter schien dieser Vorschlag sehr zu gefallen, denn er drückte gerade enthusiastisch seine Hoffnung aus, tatsächlich dort oben etwas zu finden, als er von dem Knall einer heftig aufgeworfenen Tür unterbrochen wurde.

Im Eingang zum Billardzimmer stand Ida. Ein weißes Nachthemd hing schlaff an ihrem Körper herab, ihre grauen Haare waren zerzaust und standen wild vom Kopf ab. Sie war selbst zu einer geisterhaften Erscheinung geworden. Aber wirklich erschreckend war ihr Gesichtsausdruck. Mit aufgerissenen Augen und gebleckten Zähnen schaute sie in den Raum. Ihr Blick irrte unklar durch die Runde und sie atmete keuchend ein paar Mal heftig ein und aus, so als wäre sie seit Jahren zum ersten Mal eine weite Strecke gerannt. Dann rief sie mit dunkler, beinahe knurrender Stimme: »Was sitzt ihr hier so herum? Plant ihr wieder ein Komplott gegen Lucinda? Oder feilt ihr gar an euren Werken? Die arme Seele hat doch so gelitten. Wie könnt ihr sie noch im Tod weiter quälen?«

Joanne schluckte trocken und wusste nicht, was sie tun sollte. Diese Situation wirkte ganz und gar unwirklich, so abstrus war sie. Entsetzt wanderten alle Augenpaare umher, man sah von Ida zu Avery und zu einigen anderen der Gäste. Joanne konnte es kaum begreifen, dass die ansonsten wundervolle, mütterliche Frau nun dermaßen ausgerastet war.

Avery reagierte plötzlich, als sei er aus einer Trance aufgewacht. Er sprang auf, lief zu seiner Frau und nahm sie am Arm, als er sagte: »Alles ist in Ordnung, Liebste. Wir saßen nur in einer gemütlichen Runde zusammen. Komm, ich bringe dich zu Bett, es ist spät und du wirst müde sein.«

Nachdem Avery ihr ein paar Mal über den Rücken und die Arme gestreichelt hatte, erwiderte Ida mit milderem Ton, dass sie tatsächlich erschöpft sei. Avery formte still mit den Lippen ein »Verzeihung«, drehte sich um und brachte seine Frau weg. Leise schloss sich die Tür und das Schauspiel, das sich ihnen soeben geboten hatte, endete ohne Nachhall.

Es wäre Joanne leichter gefallen zu glauben, dass es niemals stattgefunden hatte, aber Averys leerer Platz war der stumme Zeuge des Vorfalls. Das Geschehen blieb unkommentiert, zu unfassbar war das Verhalten Idas, und eine erneute Stille breitete sich aus. Nach einiger Zeit beruhigten sich die Gemüter der Gäste auf Redthorne Castle, da jeder bereits mehr oder weniger daran gewöhnt war, einen ungeheuerlichen Schrecken zu verdauen. Joanne war so in ihre Gedanken vertieft, dass sie erst spät mitbekam, wie sich die Männer über verschiedene Reisewege und Länder unterhielten.

Das plötzliche Vibrieren der Scheiben störte umso deutlicher die ruhige Atmosphäre. Die Kerzen und das Kaminfeuer flackerten, aber keines der Lichter verlosch. Ein markerschütternder, schriller Schrei erklang, von dem Joanne augenblicklich eine Gänsehaut bekam. Keiner lebendigen Kehle könnte sich solch ein Schrei entringen. Die Furcht lag ihr wie ein glühendes Kohlestück im Magen, ihr Herz raste und gleichzeitig wurden ihre Hände und Füße taub. Was hatte Lucinda als Nächstes für sie auf Lager? Würde sie vor aller Augen einen aus ihrem Kreis umbringen? Wild wie die Schwingen einer tollen Fledermaus flatterten die Vorhänge an den geschlossenen

Fenstern und einige der Holzdielen kreischten und ächzten, als lasteten zentnerschwere Gewichte auf ihnen.

»Wie soll das nur auszuhalten sein?«, rief Victoria panisch und schlug sich die Hände vor das Gesicht. »Ich fürchte mich zu Tode.«

Francis nahm daraufhin seine Ehefrau in den Arm und flüsterte ihr leise etwas ins Ohr, woraufhin sich Victorias Atmung langsam wieder normalisierte.

So schnell, wie der Spuk gekommen war, so rasch klang er ab, aber die lautlose Leere, die er hinterließ, fühlte sich für Joanne ebenso erdrückend an wie all die unheimlichen Vorgänge selbst. Joanne versuchte sich zu beruhigen und atmete mehrmals tief ein und aus. Schließlich ließ sie die Armlehne ihres Polsterstuhles los, in den sie zuvor unbewusst ihre Finger festgekrallt hatte.

Die Tür öffnete sich erneut und wieder stand Ida vor ihnen. Sie sah noch genauso beängstigend aus wie beim letzten Mal. Erst bei genauerer Betrachtung ihrer Gestalt fiel Joanne auf, dass Ida ein Messer in der rechten Hand gegen ihr Bein gedrückt hielt, das von den Falten ihres Nachthemdes fast vollständig verborgen wurde. Ida stand lediglich da und beobachtete wutschnaubend ihre Gäste. Joanne kam es vor, als wäre sie von dem kurzen Spuk angezogen, vielleicht sogar von Lucinda zu Hilfe gerufen worden. Plötzlich wurde sie von einer Befürchtung wie von einem Schlag ins Gesicht getroffen: Hatte Ida mit diesem Messer womöglich Avery verletzt oder gar getötet?

»Hunter, sie hat ein Messer«, wies Joanne Hunter leise auf die drohende Gefahr hin.

Er nickte kurz und warf seinem Freund Jonathan einen eindringlichen Blick zu. Sie verstanden sich wortlos, ließen sich aber durch keine Regung anmerken, was sie planten.

Ida brauste mit einem Mal auf und sagte grummelnd, zuerst leise, dann immer lauter werdend: »Ich kann keine arme Seele so leiden sehen. Diese arme Frau ... Wenn sie es nicht zu Ende bringen kann, dann muss ich eben ... Ich muss ihrem Drängen, ihrem Flehen nachgeben!« Sie hob das Messer, das sie zunächst am Körper verborgen hatte, hoch. Ida hielt mit beiden Händen den Griff und zeigte mit der Spitze der Klinge von einem zum nächsten. Sie machte ein paar Schritte in den Raum hinein. Dort blieb sie unschlüssig stehen. Lauerte. Ihre Körperhaltung verriet eine Anspannung, die bis in den letzten kleinen Muskel ging.

Joanne konnte nicht einschätzen, was Ida als Nächstes zu tun vermochte. Aber sie glaubte nicht, dass sie selbst einer Gefahr ausgesetzt war. Vor ihr stand noch immer Ida, die sie stets wie ihre eigene Tochter behandelt hatte. Joanne wollte ihre Aufmerksamkeit auf sich lenken und sagte: »Ida, du machst uns Angst. Ich bitte dich inständig das Messer niederzulegen. Lass uns in Ruhe über alles sprechen. Wir können dir bei deinem Vorhaben gewiss helfen, wenn du uns lässt.«

Ida drehte sich zu ihr. Aus fremden, wütenden Augen blickte sie Joanne an. Schritt für Schritt näherte sie sich Joanne und ließ das Messer wieder ruhig an ihrer Seite herabhängen.

Joanne verstummte und sah Ida in die Augen, die zwar hin und wieder kurz in eine andere Richtung huschten, aber ihrem Gesicht dennoch die meiste Beachtung schenkten.

Als sie nah genug vor Joanne stand, streckte sie ihre leere Hand aus. Sie streichelte mit der Rückseite von Zeige-, Mittel- und Ringfinger sanft über Joannes Wange und sagte: »Es tut mir wirklich leid um dich, Liebes. Aber so ist die Welt. Vor allem zu uns Frauen. Wahrscheinlich tue ich dir einen Gefallen damit, dich vor einer öden und lieblosen Ehe zu retten.«

Während Francis und Victoria nur mit großen Augen zusahen und Graham sich immerhin erhob, sprangen Hunter und Jonathan auf und reagierten geistesgegenwärtig: Ein heftiges Zucken durchlief Idas rechte Schulter, aber bevor sie Joanne mit ihrem Messer hätte verletzen oder gar töten können, überwältigten Hunter und Jonathan die alte Frau. Jonathan hielt Idas leere Hände hinter ihrem Rücken verschränkt und Hunter hatte das Messer schneller in der Hand, als Joanne hatte schauen können. Außer sich vor Wut sah er Ida an. Joanne hoffte für einen kurzen Moment, dass er das Messer nicht gegen die Burgherrin wenden würde, wurde sich dann aber der Lächerlichkeit des Gedankens bewusst. *Nie würde Hunter das tun,* dachte sie. Einen kurzen Moment später hatte er seine Fassung wiedererlangt und mit neutraler Miene steckte er das Messer ein. Wie einen auf frischer Tat gefassten Kriminellen führten die beiden Ida ab, nur mit dem Unterschied, dass sie keine Handschellen angelegt hatte.

Noch immer spürte Joanne ihr Blut rasch durch ihre Adern pulsieren, als sie sich wieder auf ihren Platz setzte und ihre Hände knetete. Hätte Ida mich getötet?, diese Frage ging ihr ständig im Kopf umher. Ida, die mich schon seit meiner Geburt kennt. Hatte sie mich wirklich mit diesem Messer töten wollen?

»Geht es dir gut?«, fragte Graham und Joanne glaubte zum ersten Mal echte Besorgnis aus seiner Stimme heraushören zu können.

»Ja.«

»Ach Joanne, das war ja schrecklich …«, fing Victoria an zu lamentieren.

Aber Joanne unterbrach sie mit der Bitte, endlich still zu sein. Sie brauchte ihre Ruhe und konnte ein aufgebrachtes Frauenzimmer in diesen Minuten nicht ertragen. Eingeschnappt schloss Victoria den Mund fest, sodass ihre Lippen eine blutleere, dünne Linie bildeten, warf den Kopf in den Nacken und streckte damit ihre Stupsnase in die Höhe. Ein aufgebrachtes Schweigen legte sich über die vier, bis Hunter und Jonathan zurückkamen.

»Was habt ihr mit ihr gemacht?«, wollte Francis wissen, während Graham zeitgleich fragte: »Habt ihr sie weggesperrt?«

Hunter zog seine Mundwinkel hoch, lächelte ohne jeden Humor und sagte: »Wir haben den Kerker für sie selbst als am sichersten befunden. Nur dort gibt es kein Fenster, aus dem sie sich stürzen könnte, keine Gegenstände, mit denen sie sich verletzten könnte, sollte ihr bewusst werden, was sie da eben versucht hat. Wir haben ihr Decken und Wasser dagelassen.«

»Genau«, ergänzte Jonathan mit hängenden Schultern und gerunzelter Stirn, »und den Schlüssel haben wir von Avery persönlich bekommen, der es nicht fassen konnte, wie sehr seine Gattin von Sinnen ist. Er sitzt bei ihr. In Sicherheit, auf der anderen Seite der Gitterstäbe. Er hat eine kleine Wunde an der Schläfe. Sie muss ihn niedergeschlagen haben, um zu uns zu kommen.«

»Unglaublich, dass es so weit gekommen ist«, konstatierte Francis.

»Unglaublich, dass Ida Joanne umbringen wollte«, entgegnete Hunter grimmig und sah Joanne traurig an.

Ethel ergriff das Wort: »Das war nicht Lady Hawthorne. Lucinda hat ihren Geist verwirrt.«

»Ich wüsste gerne, was sie mit uns allen vorhatte«, rätselte Harold.

»Jedenfalls nichts Gutes«, stellte Graham fest, »wenn sie ein Messer dafür benötigt hätte.«

Mit der Zeit, nachdem der erneute Schreck verdaut war und wieder etwas Ruhe einkehrte, lehnten sie sich alle weiter in den Sitzen und Sesseln zurück. Joanne wurde langsam schläfrig, da ihr Kopf zu erschöpft war, weiter die Geschehnisse auf der Burg umherzuwälzen.

Graham unterbrach die grüblerische Stille und fragte, ein Gähnen unterdrückend: »Wird es nicht Zeit, auf unsere Zimmer zurückzukehren? Das ist eine Farce. Als würde uns nichts geschehen, wenn wir uns in diesem Billardzimmer verbarrikadieren!«

»Bisher ist tatsächlich niemandem etwas geschehen«, entgegnete Avery. »Und deshalb würde ich vorschlagen, dass wir alle hier zusammen bleiben.« Avery erntete ein allseitiges Nicken und niemand, nicht einmal Graham, verließ den Raum.

Kaum jemand sprach danach noch, die wenigen Unterhaltungen verliefen sehr leise, um niemanden zu stören. Joanne, die nur hin und wieder ein wenig vor sich hindämmern konnte und keinen richtigen Schlaf fand, kam die Nacht wie eine unendlich lange Zeit vor. Sie fühle sich verloren und in diesem Zimmer gestrandet, brachte es aber gleichzeitig nicht über sich, die Gesellschaft der anderen zu verlassen und zu Bett zu gehen. Es kam ihr vor, als müsse sie sich anstrengen, um selbst den Verlauf der Zeit voranzutreiben. Hin und wieder wechselte sie einige Worte mit Megan, Jonathan oder Hunter, denn das Ehepaar Mill und Graham sowie die anderen Bediensteten saßen zu weit von ihr weg und sie hatte auch kein Interesse daran, mit Victoria oder einem ihrer Männer zu sprechen. Ansonsten blieb die Nacht ruhig, was Joannes Angst vor einem neuerlichen Vorfall kaum dämpfen konnte. Ihre Nerven lagen blank.

Ein Streit zwischen Graham und Francis war entbrannt und wütende Worte, die Joanne weder verstand noch zuordnen konnte, weckten sie aus einem tieferen Schlaf als sie für diese Nacht für möglich gehalten hatte. Ein wenig Licht fiel in das Billardzimmer und sie konnte sehen, dass beinahe alle Anwesenden es sich auf den Sitzgelegenheiten so gemütlich wie irgend möglich gemacht hatten und schlummerten.

»Komm, Victoria«, sagte Francis mit bebender Stimme, »es ist nun Zeit für uns beide, zu Bett zu gehen. Der Morgen dämmert bereits. Wenigstens ein bisschen Ruhe möchte ich noch bekommen. Vor allem vor diesem Idioten hier.«

»Genau, lauf doch weg!«, zischte Graham. »Sei ein Mann und lass uns die Sache ein für alle Mal beenden. Wenn du schon nicht reden willst, dann lass uns eben kämpfen. Fäuste hoch, du Schwachkopf. Oder wie wäre es mit einem netten, klassischen Duell? Ich fordere dich!«

»Das bist du doch gar nicht wert«, konterte Francis mit bleichem Gesicht, konnte seinen Schrecken aber nicht verbergen und fügte ein energisches »Gute Nacht« hinzu. Die Mills verließen schleunigst das Billardzimmer und mit kurzem Abstand folgte ihnen ein frustrierter Graham, der wohl ebenfalls seinen eigenen Raum aufsuchte.

Joanne streckte sich und sagte nach einem ausgiebigen Gähnen: »Das war ja mal eine Nacht.«

»Hauptsache, lebendig überstanden«, erwiderte Hunter. »Möchtest du mit der Suche nach den Manuskripten von Alexander Thorne beginnen? Oder zuerst frühstücken?«

»Lass uns einfach suchen gehen, damit der Spuk ein Ende hat. Ich gehe mich nur kurz frisch machen, Hunger habe ich keinen.«

»Kommt ihr auch mit, Jonathan? Megan? Acht Augen sehen mehr als vier.«

Jonathan streckte sich. »Nein, sucht ihr beide alleine. Ich denke, wir halten besser hier die Augen offen und sehen nach Avery und Ida.«

»Gut, dann sehen wir uns später«, verabschiedete sich Hunter.

Jetzt, da sie wieder alleine waren, fühlte Joanne eine kleine Spannung, die zwischen ihnen lag. Seit sie sich geküsst hatten, war alles anders. Sie wusste nicht, wie ernst es Hunter damit war und wie viel sie ihm bedeutete. Zudem erahnte sie das Problem mit ihren Eltern: Diese wären wahrscheinlich nicht einverstanden und hatten längst einen ihrer Ansicht nach geeigneteren Kandidaten vorzuweisen. All diese Gedanken verbannte Joanne in die Tiefen ihrer Gehirnwindungen und wollte sie erst wieder aufgreifen, wenn sie in Freiheit war und sich alles normalisiert hatte. Sie war sich aber sicher, dass sie es nicht zu einem weiteren Kuss kommen lassen wollte, bis sie selbst wusste, was geschehen würde. Immerhin musste Joanne an ihrer Tugend festhalten!

An der Leiter angekommen, die zum Dachboden führte, stellte Joanne fest, dass das Holz spröde und morsch wirkte. Sie konnte schon vor ihrem geistigen Auge sehen, wie sie bis zur Hüfte in einem Loch im Boden hing und in einer großen und peinlichen Rettungsaktion befreit werden musste. Dennoch gab sie die Hoffnung nicht auf. Es musste endlich etwas geschehen, das sie alle weiterbrachte, und Joanne war motiviert, dafür zu tätig zu werden.

»Dann mal los«, sagte Hunter ebenso voller Elan, wie es auch Joanne war. »Möchtest du vorgehen oder soll ich den Anfang machen?«

»Ich werde dir folgen. Nicht, dass du mir unter den Rock spitzt.«

»Und schon ist mein Plan zunichtegemacht«, lachte er und kletterte die ersten Sprossen hinauf.

»Und, wird das spärliche Licht genügen?«

»Es ist schon recht düster, aber unsere Augen könnten sich daran gewöhnen. Einen Versuch ist es wert.«

Vorsichtig stieg sie die Stufen hinauf und blickte sich um. »Außer Umrissen sehe ich kaum etwas. Wie sollen wir da erkennen, von wem ein Manuskript stammt, wenn wir überhaupt eines finden?«

»Warte noch kurz, dann siehst du besser. Oder möchtest du abbrechen?«

»Lass uns einfach anfangen«, grummelte Joanne und lief um die ersten Kisten herum. Ihre Müdigkeit verflog und sie machte sich neugierig daran, Kisten, Regale und Truhen zu durchstöbern und längst vergessene Schätze zu bergen.

Innerhalb der nächsten Stunden hatten sie viele Pergamente und Papiere gefunden, aber nicht das, was sie gesucht hatten. Auch Schätze waren dabei. Die allenfalls als Plunder zu bezeichnenden Gegenstände waren zumeist kaputt oder völlig abgenutzt. Schmutzig vom Staub und klebrig vom Schweiß hatte Joanne die Nase inzwischen gehörig voll. Das gesamte Vorhaben, aufs Geratewohl die Burg nach Alexanders Manuskripten zu durchforsten, erschien ihr lächerlich und absolut aussichtslos. In diesen stickigen, dunklen Dachböden würden sie niemals Alexander Thornes Texte finden.

Entnervt gab Joanne auf. Sie hatte sich durch etliche Papiere gewühlt und stapelweise versucht Namen auf Blättern zu entziffern. Nachdem sie sich über die Aussichtslosigkeit ihrer Suche hinreichend bei Hunter beschwert hatte, dessen gute Laune ihn nun ebenfalls verlassen hatte, gab sie ihm Bescheid, dass sie zu Bett gehen würde. *Immerhin bin ich vor lauter Ärger nicht mehr so ängstlich,* dachte Joanne und versuchte vergebens der Situation etwas Positives abzugewinnen. Kaum an ihre Angst gedacht, fühlte sie diese erneut in sich aufkeimen. Ob die anderen alle wohlauf waren? Und ob sie selbst das Ende dieses Tages erleben würde?

Kapitel 19: Hunter Albee, 11. September 1898

»Der Zulieferer, vom Fenster aus habe ich ihn gesehen!«, rief der Butler Harold vor Aufregung lauter, als es nötig gewesen wäre, ohne seinen Schritt zu verlangsamen.

Hunter drehte sich um und folgte Harold hinaus ins Freie. War vielleicht endlich eine Rettung aus der Burg in Sicht? Schnellen Schrittes eilten sie auf den Teil der Burgmauer zu, der über der Zugbrücke lag, und winkten dem Zulieferer mit ausgestreckten Armen. Dieser war von seinem Karren abgestiegen, an dem zwei Pferde eingespannt waren. Er winkte zurück und betrachtete die Zugbrücke.

»Alles in Ordnung bei Ihnen auf Redthorne Castle?«, rief er den beiden Männern zu.

»Nein, das ist es mitnichten, Mr. Chandler. Die Zugbrücke ist irreparabel zerstört. Wir sind Gefangene der Burg«, erklärte Harold eifrig.

»Dann ist´s ja gut, dass ich noch vorbeigekommen bin. Habe bei meiner letzten Lieferung vergessen, Ihnen Ihr Mehl zu geben. Dürfte schon reichlich knapp sein, da dachte ich, dass ich´s eben vorbeibringe.«

»Ein Glück ist es allemal, dass Sie hier sind. Ethel hat nichts über fehlendes Mehl verlauten lassen. Aber wir sind inzwischen einige Esser weniger.«

»Wie meinen?«

»Schon gut. Haben Sie denn lange Planken dabei, um eine kleine Brücke zu bauen? Wir könnten hier seitlich ansetzen, dann …«

»Nein, keine Planken oder Bretter, nichts, was lange genug wär´, meine ich«, rief Mr. Chandler zurück.

Durch das Geschrei angelockt, gesellten sich Francis und Finnley zu ihnen und stellten sich neben Hunter und Harold an die Mauer.

»Der Zulieferer«, erklärte Hunter den beiden. Während Francis noch immer finster dreinblickte, hellte sich Finnleys Miene enorm auf.

»Heißt das, wir können einen Ausweg für die Gäste bauen?«, fragte er mit strahlendem Gesicht.

»Nein, er hat keine langen Bretter, um eine Brücke zu bauen.« Francis drehte sich daraufhin um und rannte davon. *Der Bursche ist ja schwer enttäuscht, der will endlich weg,* dachte Hunter.

Hunters Antwort an Finnley wurde fast vollständig von Harolds Ruf übertönt: »Können Sie denn bitte welche besorgen gehen? Und am besten stabile Werkzeuge und ein paar Mann, um dieses Desaster wieder in Ordnung zu bringen?«

»Natürlich, natürlich. Mache mich gleich auf den Weg und werde wohl noch heute Abend zurück sein. Muss natürlich erst meine Auslieferungen zu Ende bringen, wenn´s nicht brenzlig bei Ihnen ist.«

»Danke. Wir warten auf Sie«, bedankte sich Harold.

Der Zulieferer winkte zurück und fuhr mit seinem Karren weg. Als er aus dem Sichtfeld der Männer verschwunden war, wollte Hunter von den beiden Bediensteten wissen, wie zuverlässig Mr. Chandler überhaupt sei. Zuerst sagten beide nichts, doch nach einem Schulterzucken meinte Harold, dass er früher oder später wie versprochen kommen würde und ihnen helfen könnte. Es galt nur, geduldig zu sein und weiterhin die Ruhe zu bewahren.

Hunter ging wie zuvor beabsichtigt zu seinem Zimmer zurück und die Aufregung verflog schnell wieder. Ein paar Stunden tiefen und erholsamen Schlafes wären ihm nun vergönnt. Man konnte nur warten und diese Wartezeit wollte er schlafend verbringen, da er ohnehin nicht damit rechnete, Joanne momentan einen Kuss rauben zu können.

Er wachte auf, als es an der Türe klopfte. Zuerst war Hunter völlig verwirrt, er wusste nicht, wo er war und was los war. Es konnten in der Zwischenzeit nur wenige Stunden vergangen sein. Man musste ihn aus einem sehr tiefen Schlaf geweckt haben und er war noch immer nicht ganz bei sich, als er zur Tür ging und sie öffnete. Davor stand Francis mit sorgenvoller Miene.

»Hunter, entschuldige die Störung. Avery bat mich, allen zu sagen, dass sie in den Speisesaal kommen sollten. Es wäre wichtig. Geh schon vor, ich hole die anderen und komme gleich nach.«

Ohne etwas zu erwidern, machte sich Hunter direkt auf den Weg. Es schien dringend zu sein und er hoffte, dass es nicht wieder einen Toten gab oder dass es Ida nicht mental schlechter ginge. *Oder will er sich vor der baldigen Rettung etwa verabschieden?,* grübelte Hunter.

Im Speisesaal angekommen, sah er, dass die meisten der verbleibenden Gäste auf ihren Plätzen saßen. Joanne rieb sich müde die Augen, zwinkerte ihm aber zu. Nur Ida fehlte und war wohl weiterhin im Kerker eingesperrt, wo ihr Avery, wann immer möglich, Gesellschaft leistete. Avery schaute sehr verwirrt, aber bevor Hunter ihn fragen konnte, was denn los war, krachte die Tür auf. Francis stand darin. Zuerst schubste er Graham an sich vorbei, danach Victoria, der er einen Revolver an die rechte Schläfe drückte.

Hunter spürte einen Kloß im Hals. Diese Situation stank nach Wahnsinn, Rache und Tod. Ich hätte es Francis verdammt noch mal anmerken müssen. *Nie würde dieser Bastard losgehen, um Avery zu helfen und alle zu versammeln,* dachte er aufgebracht.

»Wenn nun alle tun, was ich sage, tun alle, was ich sage«, gab Francis von sich und lachte wild. »Nein, im Ernst. Keine Sorge, ich bin nicht verrückt. Eine falsche Bewegung von einem von euch und ich werde die Person erschießen, an der derjenige meiner Meinung nach am meisten hängt. Unter jedem Stuhl liegt ein Stück Seil. Hervorholen.«

Francis senkte seine Waffe und schubste Victoria hart in Richtung des Tisches, sodass sie über ihr langes Kleid stolperte und beinahe hinfiel, sich aber an der Tischkante noch abfangen konnte. Auf Francis´ Befehl hin fesselte sie reihum die Hände der Anwesenden vor deren Bauch.

»Und dass du die Knoten schön eng und fest knüpfst«, gab Francis herrisch von sich. »Graham, du brauchst dich nicht zu setzen, knie dich lieber dort drüben in die Ecke. So ist es gut. Und nun nimm die Hände über den Kopf. Komm schon, stell dich nicht so an. Na also. So schwer war´s doch nicht, oder?«

Als Hunter an der Reihe war, warf er einen kurzen Seitenblick auf Joanne, die in sich eingesunken, aber mit einem aufgebrachten Funkeln in den Augen neben ihm saß. Victoria legte ihm das Seil um die Hände und wollte gerade den ersten Knoten knüpfen, da drückte er unauffällig die Hände auseinander, sodass sie nicht merkte, wie locker das

Seil später sitzen würde. Als Victoria mit ihrer Arbeit zufrieden schien, sah sie noch einmal auf und blickte ihm tief in die Augen. Hatte sie seinen Trick womöglich bemerkt und ihm extra geholfen? Oder war sie ihrem Gatten weiterhin hörig und würde Hunter nun verraten? Diese Sekunde, in der sich seine spätere Chance auf Befreiung entscheiden sollte, kam ihm fast wie eine Minute vor. Sein Herz begann wie verrückt in seiner Brust herumzuhüpfen, aber Victoria ging einfach weiter zu Jonathan, der hoffentlich denselben Einfall hatte.

»Hast du es bald geschafft?«, wollte Francis ungeduldig schnaubend von Victoria wissen.

»Fertig.«

»Dann knie dich jetzt neben Graham. Euch beide werde ich direkt ins Jenseits befördern. Ihr habt die Dreistigkeit besessen und mich hintergangen. Mehrmals.«

Graham fiel ihm ins Wort: »Francis, das ist nicht wahr. Nie würden wir so etwas tun. Victoria liebt dich und du bist so lange mein Freund.«

»Spare dir deine Worte, Grammy. Gute Nacht.«

Ein lauter Schuss dröhnte durch den Speisesaal, der in Hunters Ohren schmerzhaft klingelte. Der Geruch von Schießpulver kratzte in seinem Hals.

Victoria war zusammengeschreckt und versuchte sich möglichst klein zu machen. Kaltblütig oder völlig von Sinnen, das konnte Hunter nicht entscheiden, hatte Francis soeben einem Menschen in den Kopf geschossen und ihn getötet. Abscheu und Entsetzen ließen ihn einen Brechreiz empfinden, der nur schwer zu unterdrücken war. Joanne sah deutlich blasser aus als noch vor wenigen Augenblicken, rührte sich aber zum Glück nicht und hatte so auch nicht die

Aufmerksamkeit des Irren auf sich gezogen. Hunter war von dem überraschenden Mord so perplex und fassungslos, dass er glaubte, er läge noch oben in seinem Bett und habe einen bösen Traum gehabt.

Im nächsten Moment zwang er sich durchzuatmen, sammelte sich und dachte daran, sich die Fesseln zu lösen. Aber Francis stand noch zu weit weg, als dass er ihn hätte angreifen können. In seinem Kopf begann es sich zu drehen, so bemüht ging er alle Möglichkeiten durch, die es geben könnte, um Francis aufzuhalten. Wäre er erst nah genug bei ihm, dann könnte er sich auf ihn stürzen und ihn schlagen oder ihm von hinten das Seil um die Kehle legen und ihn erdrosseln, aber noch musste er geduldig sein und ruhig bleiben.

Mit rauer Stimme mischte sich nun Avery ein: »Francis, warum tust du das?«

»Hast du nicht zugehört, alter Mann? Ich hatte eine Rechnung mit diesem Bastard offen. Und nun zu dir, mein Liebling«, sagte Francis und sprach das letzte Wort voller Ironie aus.

»Aber warum dann wir alle?«, wollte Avery wissen, »Ich meine, warum mussten wir alle hierherkommen und uns fesseln lassen?«

»Sei still. Darauf komme ich gleich zurück, erst muss ich mich um Vicky kümmern.«

»Was ist mit meinen Angestellten, wo sind sie?«, fragte Avery.

»Ruhe! Verdammt, Ruhe!«, schrie Francis außer sich, fand seine Gelassenheit aber wieder, nachdem er sich wie ein nasser Hund geschüttelt hatte. Er hielt seiner Gattin die Waffe nur wenige Zentimeter vor die Stirn. Die junge Frau weinte leise und hielt ihre Augen gesenkt. Hunter fühlte sich selbst wie Abschaum, weil er so dasaß und nichts gegen das unternahm, was nun zweifellos als Nächstes geschehen würde. Aber es galt hier so viele Menschen wie möglich und vor allem Joanne zu retten, und das konnte er nicht, wenn er selbst bei einem schlecht geplanten Versuch, Francis zu überwältigen, getötet wurde.

Victoria wimmerte leise, fast unverständlich: »Bitte, bitte tu mir nichts. Ich liebe dich, Francis, mein Liebster.«

»Daran hättest du denken sollen, als du bei Graham warst. Mit ihm unzüchtig warst. Du widerst mich an.«

Ein erneuter Schuss erklang, wieder war ein Menschenleben genommen. Geschickt lud Francis die Waffe nach. Einen letzten Blick warf er auf seine Frau, drehte sich dann in aller Seelenruhe um und schlenderte zu den anderen.

»Nun zu euch. Klein wurde unsere Gruppe. Avery, Joanne, Hunter, Jonathan. Und nun, denke ich, mache ich sie noch kleiner.« Unentschlossen blickte er von einem zum nächsten.

»Wo sind die anderen? Wo ist Megan?«, fragte Jonathan mit brüchiger Stimme, woraufhin Francis nur diabolisch lachte.

Hinter Francis flackerte die Luft und ein grauer Schatten, der die Silhouette einer Frau hatte, bildete sich.

Lucinda war gekommen.

Hunter konnte es nicht glauben, was er da sah, und fühlte sich trotz der Séance zum ersten Mal tatsächlich mit dem Geist richtig konfrontiert, was alle seine vorherigen Zweifel auslöschten. *Wie in einem Schauerroman,* dachte Hunter, *ersonnen von einem kranken Geist!* Francis musste etwas gespürt oder geahnt haben, denn er drehte sich um und stand mit einem Mal regungslos da. Sein grässliches Gelächter verstummte plötzlich.

Als er Lucinda gegenüberstand, sagte diese mit dröhnender und metallisch klingender Stimme: »Wie kannst du es wagen, in meiner Burg den Bühnenautor zu spielen? Und dabei ein Stück aufzuführen, auf das du deinen nächsten Roman aufbauen willst? Ich kann in deine Gedanken blicken, erbärmlicher, nichtswürdiger Mann!« Lucinda hob eine Hand, in der sie eine nebelhafte, klingenähnliche Scherbe hielt, die Hunter als die Spiegelscherbe identifizierte, von der ihm Joanne erzählt hatte. Für einige Sekunden stand sie bewegungslos wie eine Statue da.

Francis hob in seiner Verzweiflung seine Hand mit dem Revolver und schoss auf Lucinda, was ohne Folgen für die Geisterfrau blieb.

Mit einem bitteren Lachen kreischte sie: »Wenn es nur so einfach wäre, mich endlich ruhen zu lassen.«

Überrumpelt von der Erscheinung ließ Francis die Handfeuerwaffe fallen und wollte seine Arme schützend vor den Körper halten, doch dieser Reflex kam zu spät. Mit einer raschen Bewegung ließ Lucinda die Scherbe über Francis´ Hals fahren und rammte sie danach in seine Brust. Hunter konnte kaum glauben, was sich da vor seinen Augen abspielte.

Francis fiel zunächst auf die Knie und presste seine Hände auf die Schnittwunde am Hals. Schnell begann er zu schwanken und fiel schließlich zur Seite, wo er in seiner eigenen Blutlache liegen blieb und seinen letzten Lebenshauch ausstieß.

Lucinda löste sich mit einem abfälligen Blick in die Runde auf.

Hunter wollte aus der von ihm vermeintlich gelockerten Schlinge um seine Handgelenke schlüpfen, als er merkte, dass ein besonders fest geknüpfter Knoten verhinderte, dass er sich befreien konnte. Victoria hatte sein Manöver also doch bemerkt und hatte selbst im Angesicht des Todes ihrem Gatten geholfen.

Erleichtert, dass dieses schreckliche Schauspiel ein Ende gefunden hatte, standen die vier Überlebenden auf und öffneten sich gegenseitig ihre Fesseln, wobei sie den Leichnam geflissentlich ignorierten. Während Avery, Joanne und Hunter sich zurück auf die Stühle setzten, rannte Jonathan zur Tür hinaus, um nach Megan zu sehen.

Erschüttert sagte Joanne: »So fühlt es sich also an, von einem Irren gefangen gehalten und beinahe umgebracht zu werden. Zweimal innerhalb von weniger als vierundzwanzig Stunden. Entschuldige, Avery. Lucindas Wahnsinn hat uns vor dem Wahnsinn Francis Mills gerettet. Unglaublich.«

Keiner der beiden Männer hatte darauf eine Antwort. Kurz darauf verabschiedete sich Avery, um nach Ida zu sehen, die von der ganzen Misere nichts mitbekommen haben dürfte.

Still, aber in aller Eintracht saßen Hunter und Joanne da, bis sie zögerlich fragte: »Glaubst du, dass Lucinda erlöst ist, weil sie uns gerettet hat?«

»Nein, ich denke nicht. Sie hat irgendwie nur getan, was sie schon die ganze Zeit tut: Schriftsteller töten.« Hunter war sich absolut sicher, dass Lucindas Mord an Francis kein Akt der Gnade war und sie nicht die Absicht gehabt hatte, jemanden zu retten. Sie hatte Hunters Meinung nach schlichtweg jemanden beseitigt, der ihr ins Handwerk pfuschte. Nun hoffte er, dass sie diese Attacke so viel

Energie gekostet hatte, dass sie nichts mehr würde gegen sie alle ausrichten können, bis der Zulieferer wie versprochen einträfe.

»Wahrscheinlich hast du recht«, gab Joanne zu, aber runzelte weiterhin nachdenklich die Stirn.

Hunter sagte: »Ich wüsste zu gerne, woran du gerade denkst.«

Noch bevor Joanne ihm antworten konnte, kamen Jonathan und Megan, Ethel, Finnley sowie der Butler Harold zurück. Er erklärte, dass Francis sie im Billardzimmer eingesperrt hatte und wohl zu ihnen gegangen wäre, wenn er mit seinem Hauptanliegen im Speisezimmer fertig gewesen wäre. Ihre Blicke wanderten zu den Toten. Graham, Victoria und Francis. Sie gaben ein fürchterliches Bild ab. Da jedoch niemand dazu in der Lage war, sich jetzt um die drei Leichen zu kümmern und sie in den Keller zu bringen, verließen sie diese Hinrichtungsstätte und gingen alle gemeinsam in den Salon.

Dort sprachen sie darüber, was sie mit ihrem restlichen Leben anfangen wollten. Der Schock, der sie im Nachhinein ergriffen hatte, war nur durch bunte Zukunftspläne zu zähmen. Megan und Jonathan deuteten an heiraten zu wollen. Ethel dachte an eine Reise in die schottischen Highlands, wo eine ihrer Schwestern lebte. Hunter spürte Tatkraft in sich aufwallen. Er wollte sein Leben anpacken und es leben, solange er noch konnte.

Nachdem sich bald alle wieder beruhigt hatten, ging Hunter hinab in den Keller. Er wollte nachsehen, wie es

Avery und Ida ging. Als er bei den Kerkern ankam, wo sich Ida in der größten Zelle schon recht gemütlich eingerichtet hatte, sah er Avery vor Idas Zelle auf dem Boden sitzen. Hunter schob die heiße Suppe, die Ethel ihm für Ida mitgegeben hatte, durch die Gitterstäbe und reichte Avery ebenfalls eine Schüssel.

»Hunter, ich habe sie noch nie so erlebt. Ich hätte es wohl für unmöglich gehalten, Ida jemals dermaßen außer sich sehen zu müssen.«

»Es tut mir sehr leid, Avery«, sagte Hunter und setzte sich zu ihm auf die Decke, die vor dem kalten Boden schützen sollte. Er lehnte sich an der Wand an und spürte, wie sich spitze Steine in seinen Rücken bohrten. Dass es Avery so lange hier unten aushielt, bezeugte für Hunter, wie tief seine Liebe zu Ida ging.

Gemeinsam beobachteten sie eine Weile Ida, die in ihrem Gefängnis auf und ab ging, sich dann einmal hinsetzte, um ein paar Löffel der Suppe zu verspeisen, bald wieder aufstand und unverständliche Dinge mit wechselnden Stimmen murmelte, ihre Haare raufte oder auf die Wände einschlug. Sie ähnelte ganz und gar nicht mehr der Frau, die Hunter seit seiner frühesten Kindheit kannte. Ida schien nicht mehr sie selbst zu sein, niemanden mehr zu erkennen und in ihrer eigenen Fantasiewelt zu leben. Auf schmerzliche Weise erinnerte Ida ihn an ein Zirkustier, das orientierungslos und apathisch in seinem Käfig vegetierte.

»Vielleicht hört das ja auf«, meinte Hunter und krempelte die Ärmel seines Hemdes hinunter, »wenn wir es schaffen, Lucindas Spuk ein Ende zu setzen.«

»So oder so, bis uns dies gelingen könnte, muss ich sie in einem Sanatorium unterbringen, sobald wir wieder frei sind. Ich kann sie doch nicht im Kerker verrotten lassen. Es darf aber kein gewöhnliches Tollhaus sein, in dem die armen Kranken arbeiten müssen. Und sie darf auch nicht zur Schau gestellt werden, wie es früher noch häufig der Fall war. Ich möchte sie eher in einem Hospital unterbringen. Dass es aber auch so weit kommen musste!«

»Sie darf auf keinem Fall mit Schockkuren oder diesen Behandlungen therapiert werden, die der Folter gleich sind. Das alles bringt nach neuesten Erkenntnissen nichts.«

»Ja, sie soll behandelt und nicht gequält werden.«

»Man wird ihr bestimmt schnell helfen können. Es ist viel geschehen in den letzten Tagen, kein Wunder, dass sie das mitnimmt.«

Traurig nickte Avery und sah zu Boden. Hunter versuchte den Burgherrn zu trösten, doch es gelang ihm nicht. Wie sollte man auch einen Menschen trösten, dessen geliebter Ehepartner dem Wahnsinn verfallen war und nichts von seiner alten Persönlichkeit mehr sehen ließ, fragte sich Hunter.

Bald zog er sich zurück und ließ das Ehepaar alleine. Dieser Tag hatte eindeutig zu viele Überraschungen parat gehabt. Er hoffte, dass der Zulieferer Mr. Chandler schnell auftauchen und sie alle befreien würde. Dann könnte er endlich wieder ein normales Leben führen.

Kapitel 20: Joanne Hadley, 11. und 12. September 1898

Als Joanne am späten Nachmittag auf einem gemütlichen Sessel vor dem Fenster ihres Zimmers saß und sich von der Sonne wärmen ließ, verhinderte nur eine unglaublich intensive Euphorie, die in ihr aufstieg, dass sie eindöste. Das Leben floss noch immer warm durch ihre Adern. Sie fühlte sich mit sich selbst im Einklang wie noch nie in ihrem Leben, denn ihr war klar geworden, dass sie nur dieses eine Leben hatte und eben dieses auch so führen wollte, dass es ihren eigenen Vorstellungen entsprach. Nicht den Erwartungen ihrer Eltern oder der Gesellschaft wollte sie gerecht werden, sondern sich ihre eigenen Träume erfüllen. So schwer das auch werden würde. Joanne hatte das Gefühl, dass, was immer auch kommen mochte, sie es in den Griff bekommen würde. Gefährliche Situationen hatte sie überstanden und ihr wurde erst im Nachhinein bewusst, dass sie längst ihr Leben hätte lassen können, dass alles hätte aus sein können.

Ein Klopfen an ihrer Tür ließ Joanne aus ihrem sanften Schlummer, in den sie unbemerkt geglitten war, aufwachen. Sie fühlte sich erfrischt, obwohl das Vergnügen wohl nur von kurzer Dauer gewesen war. Megan stand vor ihrer Tür und war aufgeregt, aber da ihr das Strahlen der jungen Frau nicht entging, machte sich Joanne auch keine Sorgen, dass etwas Schlimmes geschehen sein könnte.

»Miss Hadley, ich wollte Ihnen die schöne Neuigkeit direkt mitteilen. Mr. Chandler ist mit einigen starken Männern und langen Holzbrettern gekommen. Sie werden uns befreien.«

»Das klingt wunderbar. Aber, liebe Megan, grämst du dich nicht, dass Jonathan wieder nach Hause fahren wird?«

»Nein«, antwortet die Bedienstete und ihr strahlendes Lächeln wurde breiter und breiter, »Er nimmt mich mit zu sich nach Hause. Nach den Gesprächen über unser aller Zukunftspläne hat Jonathan um meine Hand angehalten. Wir werden heiraten.«

»Ich freue mich von ganzen Herzen für euch. Meinen aufrichtigen Glückwunsch, ihr werdet bestimmt eine wunderbare Ehe führen.«

»Vielen Dank. Mir fiel es nicht leicht, meine Arbeit hier zu kündigen, gerade jetzt mit Lady Hawthornes Zustand ... Aber Sir Hawthorne reagierte mit dem größten Verständnis und wollte nichts davon wissen, dass ich noch länger bleiben und eine Besserung der Herrin abwarten könnte. So ein netter Mann.«

»Das klingt wirklich ausgezeichnet. Du kannst einer glücklichen Zukunft entgegensehen. Und nun lass uns auf die Burgmauer gehen und das Treiben von dort aus beobachten, die Männer sind bestimmt bereits dort.«

Als sie die Burgmauer betraten und kurz darauf einen Blick auf die arbeitenden Männer erhaschen konnten, hatten sie sich nicht geirrt. Auch Harold, Hunter, Jonathan und Finnley standen an die Mauer gelehnt und verfolgten gespannt ihre Rettungsaktion. Auf Joanne wirkte das bereits errichtete Grundgerüst überraschend professionell und sie konnte es kaum erwarten, einen Fuß auf die Brücke zu setzen und damit in die Freiheit zu entkommen.

Nach nur wenigen Augenblicken wollte sich Megan verabschieden und zurück in die Burg gehen, aber Joanne ließ sie nicht entwischen und schloss sich ihr an. Auf dem

Weg zur Küche, wo sich die beiden Frauen eine letzte heiße Schokolade erhofften, plauderten sie freundschaftlich und Joanne rang Megan das Versprechen ab, wenn sie sich erst einmal gut in London eingelebt hatte, sich dann bei ihr zu melden und sich mit ihr zum Tee zu treffen. »Und«, fügte Joanne breit grinsend hinzu, »ab jetzt ist Schluss mit ›Miss Hadley‹. Ich heiße Joanne.«

Gerührt nahm Megan diese Geste an und probierte im weiteren Gespräch mehrmals vorsichtig die ungewohnte Anrede aus.

Auch Ethel hatte Zeit, um sich eine Tasse des süßen Getränks zu genehmigen, und so schwärmte Joanne den beiden Frauen von London vor und sie malten sich alle die wunderbare Zukunft Megans aus. Joanne freute sich für ihre neue Freundin, aber hin und wieder musste sie sich fragen, was wohl aus ihr und Hunter werden würde, wenn sie erst einmal wieder in der Großstadt waren. Ob er sie schnell vergessen würde oder ob sie sich wiedersehen würden? Jetzt, wo eine Trennung von ihm näher rückte, wusste sie, dass sie unbedingt mit ihm in Kontakt bleiben wollte. All diese Gedanken versuchte Joanne in den Hintergrund zu schieben. Vor allem das klitzekleine Fünkchen Neid, das sie bezüglich Megans Hochzeit spürte und verwundert wahrgenommen hatte. Dabei wollte sie doch eigentlich gar nicht heiraten. Und neidisch war sie in ihrem bisherigen Leben auch kaum jemals gewesen.

Ethel und Megan war ihre Abwesenheit nicht entgangen, denn sie begannen Joanne nach Hunter auszufragen.

»Werdet ihr euch wiedersehen?«, fragte Ethel.

»Wird er bei deinen Eltern vorsprechen?«, wollte Megan wissen.

Doch alles, was sie zur Antwort gab, war eine leichte Röte in ihrem Gesicht, das sich brennend heiß anfühlte, und Ausflüchte dahingehend, dass sie auch nicht wusste, wie es sich mit ihnen entwickeln würde und was die beiden überhaupt hatten.

Es hatte nicht so lange gedauert, wie Joanne es erwartet hatte, und sie wusste auch nicht genau, wie dieses kleine Wunder geschehen war, aber die Männer hatten eine Brücke gebaut, die nun zur Rettung aller passierbar war. Endlich waren sie frei. Joanne bedauerte es, dass ihr Treffen derartig verlaufen war und dass so viele nette Menschen hatten sterben müssen. Ein wenig trauerte sie auch um die verpasste Gelegenheit, ihre schriftstellerischen Fähigkeiten zu erweitern, aber für diesen Gedanken schalt sie sich als egoistisch und versuchte auch wegen Lucinda nicht weiter an Literatur zu denken. Immerhin befand sie sich noch auf Redthorne Castle.

Joanne verbrachte einige Zeit damit, ihre Habseligkeiten zusammenzupacken und sich auf die Rückreise vorzubereiten. Hunter und Joanne wollten sich eine Kutsche teilen, die sie beide bis am nächsten Morgen nach Hause bringen sollte. London war ihr in den letzten Tagen so fern geworden, als befände es sich in einer anderen Welt. Joanne konnte sich nicht vorstellen, am nächsten Tag um diese Uhrzeit wieder bei ihrer Familie zu sein.

Die Ersatzbrücke jedenfalls stand nach wenigen Stunden fertig da und Avery hatte Mr. Chandler bereits Briefe für einige psychiatrische Einrichtungen mitgegeben und erwartete Antwort, in welcher Ida am besten aufgehoben wäre.

Joanne trat als Letzte in die Eingangshalle. Alle anderen hatten sich dort schon zur Verabschiedung versammelt. Megan und Jonathan trugen ihre Mäntel und konnten es kaum erwarten, in ihr neues Leben aufzubrechen. Joanne fiel wieder einmal auf, wie klein ihre Runde geworden war. Obwohl die Überlebenden sich durch die Geschehnisse besonders nah gekommen waren, vermieden es alle, über die Dinge zu sprechen, die sie erlebt hatten. Die verkrampfte Stimmung erklärte sich Joanne außerdem mit einem Abschiedsschmerz, der allen die Gemüter schwer machte. In der Runde fühlte sich Joanne sehr wohl und sie hätte noch eine ganze Weile dort stehen und sich unterhallten können, aber bald waren Jonathan und Megan aufgebrochen. Zwar hatten sie ihnen das Versprechen abgenommen, sich zu melden, aber das Treffen war damit ein für alle Mal vorüber.

Joanne fühlte sich wie eine Flüchtige. Lucinda spukte weiterhin auf Redthorne Castle und sie hatten nichts gegen sie ausrichten können. Ihr wurde es schwer um das Herz, als sie daran dachte, dass sie Avery und seine verbleibenden Bediensteten an diesem Ort zurücklassen würden. Dieses Kapitel war für sie noch nicht gänzlich beendet. Sie schwor sich einen Weg zu finden, um Redthorne Castle von Lucinda zu befreien.

Hunter nahm Harold Joannes Mantel ab und legte ihn ihr galant um die Schultern, ehe er sagte: »Ich würde der

Lady vorschlagen, dass wir uns nun ebenfalls verabschieden.«

Joanne nickte und ergriff Averys Hände. Sie wusste nicht, was sie zu ihm sagen sollte, aber der Burgherr fand Worte für sie: »Joanne, ich hoffe, dass es dieses Mal nicht wieder so lange dauert, bis wir uns wieder sehen werden. Und dass Ida bis dahin wieder genesen ist.« Averys trauriger Blick machte es Joanne noch schwerer, sich von dem gutherzigen alten Mann zu verabschieden und ihn damit alleine mit seinen Sorgen um seine Frau zu lassen.

»Möchtest du nicht mit uns kommen, Avery?« Als dieser den Kopf schüttelte, schlug Joanne ihm vor, dass sie bei ihm bleiben könnte, was er noch resoluter ausschlug. Joanne plapperte, um die Stimme ihres schlechten Gewissens zu übertönen: »Ich werde sehr bald wieder zu Besuch kommen, das verspreche ich dir. Und Ida wird sich schneller erholen, als du glaubst, da bin ich ganz sicher. Wenn sie in London in ein Sanatorium kommt, dann werde ich auch sie gerne besuchen. Falls du in London eine Unterkunft benötigst, bin ich mir sicher, dass meine Eltern sich freuen würden, dich als Gast begrüßen zu dürfen. Bitte melde dich, wenn ich etwas für dich oder Ida tun kann.«

»Joanne, hör bitte auf dich zu sorgen. Alles ist nun wieder unter meiner Kontrolle.« Als sich Avery zu Hunter drehte, fügte er seiner an ihn gerichteten Verabschiedung ein Zwinkern und folgende Worte hinzu: »Und Hunter, mein Junge, passe mir gut auf Joanne auf.«

»Dir entgeht auch nichts«, erwiderte Hunter.

Joannes Knie wurden weich, aber sie wollte sich nichts anmerken lassen. Noch einmal nahm sie Avery in die Arme und fragte, ob sie nicht doch noch ein wenig bleiben sollten, aber er verneinte und beschied, dass er schon zurechtkäme, und er sie auf keinen Fall einer vermeidbaren Gefahr ausgesetzt sehen wollte. Ethel drückte Joanne kräftig an ihre Brust und Harold legte ihr seine Hände auf die Schultern. Einige freundliche Abschiedsworte wurden gesprochen und dann war die Zeit gekommen, hinauszugehen.

Gemeinsam liefen Hunter und Joanne zur Kutsche, in die Finnley und Harold schon das Gepäck verstaut hatten. Wie oft hatte sie sich insgeheim in den letzten Tagen gewünscht, einfach abhauen zu können. Den Spuk und die Toten hinter sich zu lassen und nach vorne zu sehen. Nun stand Joanne aber mit dem Rücken zur Kutsche und schaute zurück auf Redthorne Castle. Hinter den Fenstern und Steinen hatten sich so manch dramatische Szenen abgespielt, die sie niemals vergessen würde. Ihre Kindheitserinnerungen wurden nun durch düstere und grässliche Andenken ergänzt. Joanne wollte Avery nicht zurückzulassen. Kaum konnte sie sich von diesem Ort losreißen, als hielte sie Lucinda noch immer in ihrem Bann, da der Spuk noch nicht gebrochen und Lucinda nicht der Frieden geschenkt worden war. Hier war sie zu einem anderen Menschen geworden.

»Steig schon ein, Avery schafft das«, rief Hunter aus der Kutsche, in der er es sich offensichtlich bereits gemütlich gemacht hatte.

Joanne drehte sich nur langsam und widerwillig um. *Ich werde erst dann ruhen, wenn Lucindas Geist erlöst und die Gefahr hier endgültig gebannt ist,* wiederholte sie für sich.

Erst nachdem die schmale Ersatzbrücke der Kutsche standgehalten hatte, konnte Joanne frei durchatmen. Sie hatte lebendig den Boden von Redthorne Castle verlassen. Vorerst ließ sie Lucinda hinter sich und wollte ihr Leben ordnen und in die Bahnen lenken, die ihr gefielen. Wie es ihr meist mit Rückwegen erging, kam Joanne die Kutschfahrt nach Hause sehr viel kürzer vor, als ihr die Hinfahrt erschienen war. Ihre Kurzweil lag einerseits an der netten Gesellschaft, die sie genießen konnte, und andererseits natürlich an den Erfahrungen, die sie gesammelt hatte und die es zu verarbeiten galt.

In den frühen Morgenstunden, als die Sonne ihre ersten warmen Strahlen über die Erde gleiten ließ, waren sie nicht mehr weit von London entfernt und bald würde der Kutscher zuerst Joanne und dann Hunter bei ihren jeweiligen Eltern absetzen. Joanne konnte sich ihre Familie richtig vorstellen. Zuerst würden sie sich freuen, dass sie ein wenig früher als erwartet nach Hause gekommen war. Wenn sie aber ihre Erlebnisse und die Vorfälle schildern würde, würden sie mit Entsetzen bemerken, was ihre Tochter und Schwester durchgemacht hatte. Dabei konnte sie von Glück reden, dass sie als eine von wenigen überlebt hatte. Und das nur so knapp. Ob sie wohl mit Unglauben reagieren würden, wenn sie von Spuk und Geistern erzählte?

Hunter riss sie aus ihren Gedanken: »Ich bin schon gespannt, wo du wohnst und wie dein Haus aussieht.«

»Na ja, das Haus meiner Eltern, nicht meines.«

»Du weißt doch, was ich meine.«

Joanne nickte nur grinsend.

»Wir könnten uns doch bald einmal treffen, wenn du möchtest.«

Wieder nickte sie, dieses Mal mit einem noch breiteren Grinsen.

»Ich könnte dich ja in den nächsten Tagen einmal zum Spazierengehen im Hyde Park abholen oder trinkst du lieber einen Tee mit mir?«

»Beides klingt schön.«

»Dann machen wir doch am besten beides. Natürlich stelle ich mich vorher noch deinen Eltern vor.«

»Natürlich.«

Hunter nahm Joannes Hand für den Rest der Fahrt in seine Hand und ihr Herz schlug höher. Sie war froh, dass er sie noch in der Kutsche gefragt hatte, ob sie sich treffen würden, und sie nicht zu Hause auf einen Brief von ihm warten musste. So konnte sie viel beruhigter einer Ankunft zu Hause und im normalen alltäglichen Leben entgegensehen, was ihr nach dem kürzlich durchgestandenen Abenteuer zwar sicher, aber dennoch sehr trist und langweilig erschienen war.

Mit einem Ruck hielt die Kutsche. Joanne setzte sich kerzengerade auf und wusste nicht, wie sie sich nun verhalten sollte. Was war ein angemessener Abschied von Hunter? Um Zeit zu gewinnen, räusperte sie sich. »Also dann … bis bald!«, sagte sie schließlich und stieg aus der Kutsche, bevor Hunter etwas erwidern konnte.

Auch Hunter verließ daraufhin die Kutsche. »So einfach machen Sie es sich nicht, Madame!« Er gab ihr einen formvollendeten Handkuss. »Ich bin trotz allem froh, dich neu kennengelernt zu haben. Die Zeit, die vor uns liegt, wird viel fantastischer als unser Start. Ich werde es nicht lange ohne dich aushalten, mach dich daher auf einen baldigen Besuch gefasst.«

Mit glühenden Wangen ließ Joanne sich ihr Gepäck vom Kutscher auf den Gehweg vor ihrem Elternhaus stellen, winkte Hunter in der Kutsche zu und fand sich noch bevor die Kutsche aus ihrem Sichtfeld verschwunden war, von Bediensteten umringt, die so ein Aufhebens um ihre Rückkehr machten, dass bald auch ihre Eltern und Geschwister wach waren.

Bei einem gemeinsamen Frühstück erzählte sie alles oder zumindest das meiste, was sie in den Tagen auf Redthorne Castle erlebt hatte, und wurde mit vielen Nachfragen bestürmt. Nachdem das Frühstück eingenommen und die meisten Geschehnisse ausführlich dargelegt waren, fiel es Joanne immer schwerer, ihre Augen offen zu halten und ihre Sätze zu formulieren.

»Nun sollten wir aber alle von Joanne ablassen und sie etwas Schlaf nachholen lassen«, entschied ihre Mutter. »Schlafe dich ruhig ordentlich aus. Wir können uns heute Abend unterhalten. Ich hätte sowieso die eine oder andere Sache mit dir zu besprechen.«

»Vielen Dank, dann ich ziehe mich jetzt zurück. Es ist schön, wieder zu Hause zu sein. Und Mutter, bitte verschone mich noch ein wenig mit diesem leidigen Ehethema.«

Ihre Mutter nickte schmunzelnd und Joanne stieg die Treppen hinauf, die sie zu ihrem Bett führten.

Als sie wieder in ihrem eigenen Bett lag, fühlte sie sich endlich geborgen und sicher. Kein ruheloser Geist schreckte sie hier, kein Irrer würde kommen und sie bedrohen. Sie kuschelte sich in die Laken und glitt in einen tiefen und entspannten Schlummer.

Eine unbestimmte Zeit später, als Joanne wieder wach wurde, konnte sie sich nicht erinnern, etwas geträumt zu haben, und setzte sich entspannt im Bett auf. Draußen vor ihrem Fenster hatte bereits die Dämmerung eingesetzt. Ein hölzernes Knarren in einer düsteren Ecke ihres Zimmers brachte die junge Frau um die seelische Ruhe. Ihr Herz raste und Schweiß brach auf ihrer Stirn aus. Obwohl sie sich zu Hause befand, ergriff sie eine Panik, die sie in den sicheren vier Wänden niemals zuvor gespürt hatte. Der Baum, der vor ihrem Fenster stand, malte seltsame Schattierungen auf den Boden. Joanne schalt sich dafür, dass sie Angst bekommen hatte. Immer wieder sagte sie sich vor, dass sie hier in Sicherheit sei, und zwang sich zu einer unumstößlichen inneren Ruhe.

Langsam kleidete sie sich um und verließ, ohne einen Hauch Angst zuzulassen, ihre Räume. Sie hatte nicht all das Grauen auf Redthorne Castle durchgestanden, um nun zu einem schreckhaften Schatten ihrer selbst zu verkommen. Sie würde sich Lucinda stellen, sobald das möglich oder nötig war.

Kapitel 21: Joanne Hadley, 26. September 1898

Zwei Wochen waren seit ihrer Rückkehr vergangen. Noch immer konnte Joanne zwar mit etwas Mühe, aber trotzdem erfolgreich ihre Angst bekämpfen, wenn sie meinte, Lucindas Gestalt zu sehen, ein Lachen oder Schreien zu hören oder wenn lediglich der Boden ächzte und die Fensterscheiben klirrten. Ihre Erlebnisse auf der Burg hatte sie noch nicht ganz verarbeiten können, so viel stand für Joanne fest. Oder sie war dem Spuk Lucindas noch nicht ganz entkommen, aber darum würden sie und Hunter sich innerhalb der nächsten Tage kümmern.

Viel war in diesen zwei Wochen geschehen: Zunächst einmal hatten die Zeitungen von den Todesfällen auf Redthorne Castle berichtet. Gerade mit Mildred Townend war eine der Schriftstellergrößen ihrer Zeit verstorben, was für einiges Aufsehen sorgte. Der Diskretion Averys und seiner Bediensteten hatte Joanne es allerdings zu verdanken, dass nur ihr Vorname genannt wurde und allgemein nicht bekannt wurde, dass sie dabei gewesen war.

Joanne hatte sich außerdem mit Megan getroffen, die stolz ihren Verlobungsring am Finger trug, und eine Einladung zur Hochzeit erhalten. Joanne und Hunter hatten sich ebenfalls gesehen, zu ihrer Freude sogar mehrere Male. Ihre Eltern traten ihm überraschend wohlwollend entgegen.

Gerade am gestrigen Tag waren sie gemeinsam zu Besuch bei Ida gewesen, was einer der weniger erfreulichen Ausflüge der beiden darstellte. Ida Hawthorne war in einer guten Einrichtung untergebracht, aber leider hatte man ihr bisher noch nicht helfen können. Die Ärzte schienen ratlos, aber Joanne und Hunter glaubten, dass sie sich darum kümmern konnten. Avery war mit seiner Frau zusammen nach London gekommen und hatte sich in einem Hotel eingemietet. Er wollte bei keiner der Familien zu Gast sein, denn er brauchte nach den Besuchen bei Ida Ruhe und Zeit für sich. Schon am ersten Tag seiner Ankunft hatte er Joanne und Hunter zu sich eingeladen und ihnen mitgeteilt, dass er die Manuskripte Alexander Thornes in Idas Zimmer gefunden habe. Er hatte die beiden darum gebeten, diese gemeinsam mit Ethel sorgfältig zu vernichten, und alle hegten die Hoffnung, dass Idas Zustand sich dadurch wieder normalisieren würde.

Joanne saß also in den frühen Morgenstunden erneut auf einem gepackten Köfferchen und wartete darauf, dass die Kutsche sie abholen und gemeinsam mit Hunter zur Burg zurückbringen würde. Nachdem es schwer gewesen war, ihre Eltern zu überzeugen, dass dieses Vorhaben durchaus sinnvoll war und vor allem für Ida eine immense Bedeutung besaß, sah sie mit einer gewissen Zuversicht ihren Plänen entgegen.

Die Kutschfahrt verging ihr schnell und noch bevor der Abend dämmerte, trafen Hunter und Joanne auf Redthorne Castle ein. Harold und Ethel waren sogleich herbeigeeilt und begrüßten sie herzlich.

»Wir haben Großes vor heute Abend. Wir heilen Lady Hawthorne und schenken einer lange geschundenen Seele Frieden. Lasst uns sofort beginnen«, kam Ethel direkt auf den Punkt. »Und Joanne, es ist gut, dass du kommen konntest. Lucinda kam in deine Träume, mit dir hat sie besonders engen Kontakt geknüpft. Das werden wir vielleicht ausnutzen können.« Ethel ging voran, dicht gefolgt von Joanne und Hunter.

Als sie in dem kleinen Raum ankamen, in dem sie auch ihre Séance abgehalten hatten, stieg eine kribbelnde Nervosität in Joanne auf. Die Zweifel, die leise durch ihr Gehirn schallten, drängte sie in den Hintergrund und blieb optimistisch. Sie würden es nun endlich zu Ende bringen, was sie vor ihrer Abreise nicht hatten erledigen können. Auf dem Tisch lagen einige dicke, eng beschriebene Papierseiten, bei denen es sich um die lange verschollenen und von Ida versteckten Manuskripte handelte. Das Kaminfeuer prasselte kräftig, alles war bereit.

»Kinder, während ich versuche mit Lucinda Kontakt aufzunehmen, ist es an euch, zuerst Salz ins Feuer zu werfen und dann einige Pergamentblätter. In diesem Wechsel verfahrt ihr, bis alle Seiten im Feuer liegen. Dann lassen wir das Feuer ausbrennen und kümmern uns um die Asche, die übrig bleibt.«

Erst jetzt fiel Joanne das große Salztöpfchen auf, das neben dem Kamin auf einem Hocker stand. Sie hob es auf und reichte es Hunter mit der Bemerkung, dass sie die Papiere in das Feuer werfen wolle.

Kurz betrachtete sie einige Seiten und hätte sich beinahe an den ersten Sätzen festgelesen, bis sie sich zwang, sich davon loszureißen. Joanne blickte auf und bemerkte, dass Ethel sich in einer Art Trance befand. Sie saß gemütlich auf einem Stuhl, formte mit ihrem Mund stille Worte und schaukelte ihren Oberkörper vor und zurück. »Fangt an«, kam es ihr knapp über die Lippen.

Hunter warf einige Fingerspitzen voll Salz in das Feuer und ohne zu zögern, schickte Joanne die ersten Manuskriptseiten hinterher. Innerlich tat es ihr leid, das Werk eines anderen Schriftstellers zu zerstören, aber sie mussten es versuchen, damit Lucinda endlich keine Macht mehr über sie hatte.

Flammen züngelten an den Seiten und sie fingen Feuer. Ein schriller Schrei ertönte und alle Kerzen verlöschten. Lucinda würde sich nicht kampflos vertreiben lassen, so viel stand für Joanne nun fest. Ihr wurde übel, aber sie würde nicht aufhören.

»Wir machen weiter!«, sagte Hunter entschlossen und warf sogleich Salz in die Flammen, das Joanne zu knistern hören glaubte.

Sie nahm den nächsten dünnen Stapel Papier und gab auch diesen dem Feuer anheim. Kaum wurde das Manuskript vom Feuer angefressen, begann der Boden zu vibrieren. Die Schwingungen gingen auf die Möbel über, bis schließlich die Fensterscheiben Risse bekamen. Joanne schluckte schwer. Wie mächtig war Lucinda eigentlich? Aber nun mussten sie es durchziehen und die Gelegenheit durfte nicht ungenutzt bleiben.

Hunter und Joanne verfuhren weiter wie zuvor und gaben abwechselnd Salz und Papier in den Kamin. Wenn Joanne zu Ethel blickte, sah sie, dass die Frau sich an der Tischkante festhielt, heftig mit dem Kopf schüttelte und völlig außer Atem war. Ihr innerer Kampf war offensichtlich.

Der halbe Papierstapel war vernichtet, da fühlte Joanne einen Druck an ihrer Kehle. Entsetzten stieg in ihr auf, denn sie bekam kein bisschen Luft mehr. Eine unsichtbare Hand schnürte ihr den Hals zu und so sehr sie auch nach Luft schnappte, es kam kein Sauerstoff in ihre Lunge. Joanne ließ die Blätter fallen, die sie in den Händen gehalten hatte, und ruderte mit den Armen. Hunter wurde auf sie aufmerksam und sie deutete auf ihren Hals.

Hunters weit aufgerissene Augen ließen Joannes Angst weiter wachsen. Sie begann an der Haut ihres Halses zu kratzen, als könnte sie damit das unsichtbare und nicht greifbare Problem beseitigen. In Hunters Miene zeigte sich mit einem Mal Entschlossenheit, aber Joanne war weit jenseits des Zustandes, in dem ihre Panik davon gemildert werden konnte. Sie konnte ihre Augen nicht von ihm abwenden, wohin sonst hätte sie auch schauen sollen? Kleine Punkte tanzten in ihrem Sichtfeld und ihre Lunge brannte schmerzlich. Hunter griff in das Salztöpfchen, nahm eine Handvoll Salz und bewarf sie damit. Und tatsächliche verminderte sich der Druck und Joanne konnte wieder atmen. Dankbar sog sie köstliche Luft in ihre Lunge.

»Geht es dir gut?«, fragte Hunter.

Joanne nickte nur, sie traute sich noch nicht zu, nach diesem Schock und mit schmerzendem Hals zu sprechen.

»Können wir weitermachen?«

Wieder nickte Joanne und warf sogleich einige Papiere ins Feuer.

Hunter und Joanne kamen mit ihrem Vorhaben gut voran. Langsam gingen die Manuskripte zur Neige. Die in den Ecken tanzenden Schatten, den hüpfenden Tisch und andere Nebensächlichkeiten versuchten sie schlichtweg auszublenden. Joanne fürchtete sich wie niemals zuvor in ihrem Leben, aber sie hielt sich an ihrer Aufgabe und Hunters Anwesenheit fest.

Als die letzten Seiten in den lodernden Flammen zu Asche zerfielen, wurde es plötzlich still. Eine derart dichte Ruhe hatte Joanne noch nie vernommen und eine neue Welle Gänsehaut fuhr ihren Körper hinauf. Sie sah sich im düsteren Raum um. Alles wirkte verdächtig normal. Von den

Manuskripten war nur ein angenehmer und gleichzeitig kratziger Geruch in der Luft sowie ein Häuflein Asche übrig. Ethel war noch immer in sich versunken und Joannes Anspannung fiel auch nicht von ihr ab, als das Feuer langsam verlöschte. Hunter entzündete einige Kerzen und die Atmosphäre hätte angenehm sein können. *Bin ich nur übervorsichtig oder stimmt hier tatsächlich etwas nicht?*, fragte sich Joanne.

Kurz nachdem das Kaminfeuer ausgegangen war, hob Ethel ihren Kopf und sah Joanne direkt in die Augen. Dann nickte sie und eine schwere Last löste sich von Joannes Herzen. Sie hatten es geschafft. Sie waren erfolgreich gewesen und Lucinda konnte nun endlich in Frieden ruhen. Ihr Leben könnte nun normal weitergehen, ohne überall Schatten oder Stimmen zu hören. Sie würde nicht wie Ida enden, was in den letzten Wochen eine ihrer unterdrückten Sorgen gewesen war. Und Ida würde sich nun bestimmt wieder erholen.

»Was machen wir mit der Asche?«, wollte Hunter wissen.

»Die Asche lassen wir erkalten, kehren sie zusammen, füllen sie in ein wasserdichtes Gefäß und dann werft ihr sie in ein fließendes Gewässer«, wies Ethel sie an. Sie war nach dem Kontakt mit Lucinda sehr erschöpft und erhob sich schwerfällig, um sich von den beiden zu verabschieden. »Kinder, ich muss mich hinlegen. Das war ein schweres Stück Arbeit. Bitte entschuldigt mich für eine Weile.«

Wenige Stunden später hatten sie den Bauch voller Schinkenbrote, die Harold ihnen angeboten hatte, da seine Kochkunst nicht weiter reichte. Joanne hatte es zwar nett gefunden, mit den beiden Männern über alte Zeiten zu plaudern, aber ganz war sie nicht bei der Sache gewesen. Voller Ungeduld blickte sie dem Moment entgegen, in dem das Gefäß mit der Asche der Manuskriptseiten und damit Lucindas Macht über Redthorne Castle in den Fluten versank.

Die kalten Überreste der Asche waren geschwind zusammengefegt und in ein tönernes Gefäß gefüllt. An Hunters Reittasche befestigt, hing es da, als enthielte es irgendetwas Gewöhnliches. Nichts verriet, welche Bedeutung der Inhalt hatte. Anstelle von Ethel begleitete sie Finnley, der sich ebenfalls ein Pferd gesattelt hatte und mit ihnen zum nächsten Fluss reiten wollte, um die Manuskript-Urne dort zu versenken.

Der Ritt dauerte weniger als eine Stunde. Sie ritten über Felder und sogar durch einen kleinen Wald, aber die sie umgebende Landschaft beachtete Joanne nicht. Trotz des Mondlichts und der Gesellschaft war Joanne froh, als sie das Wasser hören konnte. Ein langer Tag würde hoffentlich bald zu Ende gehen und endlich wollte sie das Gefäß im fließenden Wasser wissen. Dann könnte sie endlich schlafen.

Die drei jungen Menschen stiegen von ihren Pferden und näherten sich dem Flussufer. Das stetig dahinfließende Wasser reflektierte das Mondlicht und schuf eine beruhigende Stimmung. Es war, als würden sie eine stille Beerdigung abhalten. Joanne begrub in den Tiefen des Flusses nicht nur die Seele eines Menschen, sondern auch ihre eigenen Ängste.

Sie zog Schuhe und Strümpfe aus und war über die Dunkelheit froh, die nur durch die Fackeln der Männer gebrochen wurde, sodass ihre nackten Füße und Knöchel kaum sichtbar waren. Für Schamgefühl war dies ohnehin nicht der rechte Augenblick. Sie nahm das Gefäß an sich und lief mit bloßen Füßen einige Schritte in den Fluss hinein. Das inzwischen herbstlich kalte Wasser erschreckte sie kurz und ließ sie leise fluchen, sie ging aber weiter zielstrebig voran. Schwer wog das Gefäß mit Asche in ihrer Hand. Einmal dachte sie noch an den Inhalt, was er ihnen beschert hatte und wovon er sie befreien sollte. Sie warf es weit in die Fluten. Wasser spritzte, als es auf die Wasseroberfläche traf, aber nichts weiter geschah. Die Urne versank im Wasser und Joanne hoffte, dass sie niemand jemals herausfischen möge.

»Wir haben es geschafft«, rief Joanne erfreut aus, als die Urne einige Sekunden unter Wasser war, und fühlte sich so leicht und frei wie lange nicht. In ihrem Übermut sprang sie ein paar Mal in die Luft, bückte sich schließlich und spritzte ein wenig Wasser nach den beiden Männern, die sie begleitet hatten.

Nun konnten sie alle wieder zur Normalität zurückkehren und ihr Leben leben.

Joanne war sich sicher, dass sich alles zum Guten wenden würde. Ida wäre bald wieder die Alte und mit Avery zu Hause auf ihrer Burg vereint. Mit Megan und Jonathan würde sie bald deren Hochzeit mit einem rauschenden Fest feiern und Nachwuchs würde sich bestimmt ebenfalls bald bei ihnen einstellen.

Und was Joanne und Hunter selbst betraf, so freute sie sich auf einen goldenen Herbst, wenn vielleicht nicht wetterbedingt, dann zumindest durch den Ring an ihrem Finger.

Nachwort

Es war nicht meine Absicht, hier eine historische Realität abzubilden. Für mich war das Setting vielmehr ein Rahmen für meine Handlung, deshalb habe ich mir erlaubt, das eine oder andere Detail an meinen Plot anzupassen. Beispielhaft hierfür ist die Anrede der Personen untereinander: Zur damaligen Zeit hätten die Menschen dieser sozialen Schicht bei einem solchen Treffen gewiss auf die persönlichere Du-Anrede verzichtet. Ich finde aber, dass man als Leser so den Figuren näherkommen kann, als wenn man sich mit Nachnamen begnügen müsste.

Weitere Hintergrundinformationen zur Debatte um Shakespeares Autorschaft, wie Avery und der Professor sie führen (und zu seiner Person generell), sind unter anderem in Bill Brysons Buch »Shakespeare - wie ich ihn sehe« zu finden.

Danksagung

Zuerst möchte ich meinem Mann und meinem Sohn danken, denen ich den Roman gewidmet habe: für absolut alles und vor allem dafür, dass es euch gibt.

Meinen Eltern einen großen Dank dafür, dass ihr immer an mich geglaubt habt und mich in allem unterstützt, was mir gerade einfällt. Ihr seid die Allerbesten!

Was wäre man ohne seine Testleser? Daher geht ein ganz besonders herzlicher Dank an Sophia Berg. Danke, dass du mich unterstützt, verstehst und immer ein offenes Ohr für mich hast! Außerdem danke ich meinen Testleserinnen von der Büchereule »Tilia Salix«, »mazian« und » Ayasha« sehr für ihre Kritik und die aufmunternden Worte! Euer aller Testlesen war wirklich auf höchstem Niveau, ich danke euch für die Zeit, die ihr mit meinem Roman verbracht habt.

Und natürlich danke ich auch dir, lieber Leser/liebe Leserin, dass du dich für diesen Schauerroman entschieden hast. Ich hoffe, du hattest eine angenehme Lesezeit! :-)

Außerdem von der Autorin erhältlich:

Fürchte die Schatten der Nacht

Kurzroman

In Jennas Welt sind Vampire keine Gentlemen. Sie sind blutrünstige, seelenlose Bestien, die in der Dunkelheit lauern, um sich am Blut ihrer Opfer zu laben und sie zu ihresgleichen zu machen. Dennoch ist Jenna gezwungen, eines Nachts für ihren jüngeren Bruder das Haus zu verlassen. Danach steht ihre Welt kopf: Sie fällt einem Fremden in die Arme und möchte sich fortan öfter in die Finsternis hinauswagen, um an seiner Seite zu sein. Doch man kann sich nicht davor wappnen, was in den Schatten der Nacht geschehen mag.

Außerdem von der Autorin erhältlich:

Das Grab im Schnee

Kurzroman

Eingeschneit! Elisa versucht sich damit abzufinden, ihre Reise nach Freiburg nicht fortsetzen zu können. Dass sie im Waldgasthof festsitzt, ist nur ein Teil des Übels, denn das seltsame Betragen ihrer Mitgefangenen ist zuweilen besorgniserregend. Elisa versucht einen Ausweg zu finden und die Geheimnisse zu ergründen, die in der Luft liegen. Bald geht es für sie nicht länger darum, endlich weiterreisen zu können, sondern nur noch um das eigene Überleben.

14100499R00168

Printed in Poland
by Amazon Fulfillment
Poland Sp. z o.o., Wrocław